Marianne Wiggins wurde 1947 als Tochter eines Amerikaners und einer Griechin in Pennsylvania geboren. Sie hat in Paris, Brüssel, Rom und New York gelebt und wohnt heute in London. Sie war mit dem Schriftsteller Salman Rushdie verheiratet. Mit dem Roman »John Dollar«, der in 17 Sprachen übersetzt wurde, gelang ihr der internationale Durchbruch.

Dieses Buch wurde auf chlor- und
säurefreiem Papier gedruckt.

Vollständige Taschenbuchausgabe Juli 1994
Droemersche Verlagsanstalt Th. Knaur Nachf., München

Titel der Originalausgabe »John Dollar«

Aus dem Englischen von Bernhard Robben
Umschlaggestaltung Adolf Bachmann, Reischach
Umschlagillustration Arena Clementson/Schlück, Garbsen
Druck und Bindung Elsnerdruck, Berlin
Printed in Germany
ISBN 3-426-65053-3

2 4 5 3 1

Marianne Wiggins

JOHN DOLLAR

Roman

Knaur

meinem geliebten Salman

1. CHARLOTTE

DIE LETZTE TAT DES APOSTELS

Mit der Sonne im Rücken erschienen sie kurz nach Tagesanbruch auf dem Hügelkamm, schwarze Gestalten, die sich durch Heide und graue Felsen ihren Weg zum Meer hinunter in die Stadt St. Ives suchten.

Die alte Inderin kam als erste den Hügel herab; den Esel führte sie an einem Seil, und quer über dem Rücken des Esels lag Charlotte. Als man sie vor Jahren von der Insel gerettet hatte, war Charlottes goldenes Haar weiß geworden, und jetzt wallte es wild und voll und offen herab, weil die Inderin geglaubt hatte, daß es so am besten zu Geltung käme. Die Inderin hatte das lange weiße Haar in Tee aus Blüten englischer Kamille gespült und dann mit Mandelöl gesalbt, doch hatte sie weder den Mut noch das Vertrauen gefunden, es hochzubinden. Sie hatte ihr auch nicht die Augen geschlossen, noch ihr die Arme zusammengelegt und ihr die Hände gefaltet oder den Leichnam in Tücher gewickelt, die in Leinsamenöl getränkt waren, um die Verwesung zu hemmen. Sie wußte, daß ihre Herrin schon einmal gestorben war, also wachte sie diesmal neben ihr und wagte einen ganzen Tag lang nicht, sie in dem zu stören, was womöglich nur ein tiefer, doch vorübergehender Schlaf sein konnte. Sie hatte gewartet, beobachtet und eine vorläufige Totenwache gehalten, um herauszufinden, ob dieser Tod unwiderruflich sei wie so mancher Tod, oder sich bloß als Täuschung erwies, wie etwa der Tod Christi oder das Ende der Jahreszeiten. Es war nicht das erste Mal, daß sie einen Menschen sterben sah, und es war nicht das einzige Mal, daß dieser Mensch hier gestorben war; deshalb war sie in den Stunden düsterer und schrecklicher Stille, die sich über Charlottes Körper niedersenkten, weniger von Trauer überwältigt als abwartend. Bis dann drei Dinge geschahen – sich eigentlich eher angesammelt hatten als ereigneten –, die bestätigten, daß der Tod diesmal dauerhaft und unwiderruflich war. Der erste Beweis zeigte sich auf der Haut der Leiche. Charlotte war eine alte, eine sehr alte Frau, zwei Jahrzehnte älter als die Inderin, und während der letzten zehn Jahre waren ihre Haut und ihr Körpergeruch so gewesen, wie man es bei einem vertrockneten, alten Menschen erwartet, ein leichter Hauch von pudrigem Staub wie von Schmetterlingsflügeln. Doch nachdem Charlotte in der Nacht still geworden war, wurde ihre Haut langsam wächsern. Mit dem Tageslicht kam bald danach die zweite Bestätigung. Charlottes Augen – das eine blau, das andere grün, eigenwillige Zeichen ihrer zwei Naturen – hatten immer eine gewisse Jugendlichkeit ausgestrahlt, aber im Licht des folgenden Tages gerannen sie, wurden glasig und gelb wie Eidotter; und drittens schließlich, begann sie zu stinken.

Nur einmal in ihrem Leben war die Inderin allein gewesen und so begann sie zu singen, um den ihr ungewohnten Zustand zu erforschen. Während sie Charlottes Haar mit Kamille spülte, überraschte die Inderin sich mit ihrem Lied. Anfangs war das kein angenehmer Klang, der da aus ihrem Leid aufstieg, doch nach den ersten, reinsten Klagelauten fand die Inderin in dunkler Erinnerung Musik aus ihrer Kindheit und sang ununterbrochen, während sie die Leiche zurechtmachte und mit ihr zur Stadt aufbrach. Ihr Singen erschreckte die Tochter eines Bergarbeiters, die an jenem Morgen, in der Nähe von St. Ives, auf dem Schulweg war. Sie rannte in die Stadt, um ihre Freundinnen zu warnen, daß eine Hexe den Hügel herunterkomme, aber in Cornwall wird das Auge leicht getäuscht. Das Land wirft Bukkel und Furchen auf, und obwohl die Kinder der St.-Anselm-Schule sich die Augen aussahen, konnten sie den bösen Geist nicht entdecken. Die Hexe und ihr Opfer waren verschwunden.

Die Inderin schlängelte sich durchs Tal, mied die Straßen, ging querfeldein über Weideland, wo unschuldige, zum Schlachten bestimmte Lämmer grasten. Hin und wieder sah sie Männer mit Mützen und derben Jacken und schlug einen weiten Bogen um sie. Sie war Männer nicht gewohnt. Sie war Menschen nicht gewohnt. Über sechs Jahrzehnte hatten Charlotte und sie im Hochland gelebt, wo unmittelbar unter der dünnen Erdkruste Fels das Rückgrat war. Sie hatten nichts getan. Sie schauten hinaus aufs Meer. Die Inderin strickte und pflanzte Kürbisse und Kartoffeln. Von allen Früchten des Herrn liebte sie die Kartoffeln am meisten, liebte es, sie in der Hand zu halten, sie mit den Augen nach unten in die Erde zu setzen. Die Inderin kochte: dicke Suppen, dünnen Eintopf, und sie buk ungesäuertes Brot. An einem Tisch aßen sie nie. Auf einer

Matte auf dem Boden, Seite an Seite, Rücken an Rücken nahmen sie ihre einsamen Mahlzeiten ein, ohne je auch nur ein Dankgebet zu murmeln. Bevor sie nachts zu Bett gingen, tranken sie eine Schale Ziegenmilch und sahen hinaus aufs Meer. Wenn sie sprachen, falls sie sprachen, gaben sie acht, nicht viel zu sagen. Geburtstage wurden vergessen, am Wechsel der Jahreszeiten erfreuten sie sich nie. Die Sommer in Cornwall waren nicht heiß genug, um sie an das Land zu erinnern, woher sie kamen, oder an die Hölle. Sie verloren ihre Religion im Schweigen, ihre Geduld in der Angst. Jahr um Jahr weigerten sie sich zu vergessen, der Zukunft entgegenzusehen, in sich hineinzuschauen, irgendwo hinzusehen außer aufs Meer. Die Inderin liebte die blinden Augen der Kartoffeln. Sie rieb sie mit ihrer Hand. Sie setzte die Kartoffeln mit den Augen nach unten in die steinübersäte Erde. Jedes Jahr zog sie gleich viele. Nichts entwickelte sich, nichts änderte sich. Nur war Charlotte jetzt tot, und bald, das wußte die Inderin, würde auch sie sterben.

Zuvor aber war sie in die Stadt gekommen, um mit dem Teufel der Engländer Frieden zu schließen.

Der Mann im schwarzen Anzug hatte gesprochen.

Gnädige Frau, sagte er. *Gnädige Frau,* dachte er, war wohl am besten. „Gnädige Frau", sagte er, „ich muß Sie gütigst bitten, meine Haltung zu verstehen."

„Ja. Ich werde sie verstehen. Fragen Sie."

„Sie müssen verstehen, daß dies nichts Alltägliches ist."

„Sehr gut. Ja, das ist es nicht."

„Man wird nicht jeden Tag mit einer Angelegenheit wie dieser konfrontiert."

„Nein, das wird man nicht."

„Sie sprechen, Sie beherrschen, ich meine, Sie sind mit der englischen Sprache vertraut?“

„Ich bin eine Untertanin.“

„Natürlich, nun gut, die Vorschriften sind ganz eindeutig. Die Vorschriften für diesen Fall sind nämlich sehr streng.“

„Sie ist auch eine. Eine Untertanin.“

„Für diesen Fall, meine ich. Geweihte Erde. Es ist eine Frage der Sakramente. Letzte Ölung. Eine Frage der — wissen Sie — war sie — *getauft?*“

„Ja.“

„War sie — *richtig* getauft?“

„Ja.“

„Wann und wo?“

„Vor langer Zeit. In einer Kirche.“

„Ich meine, bevor wir weitere Überlegungen anstellen, benötigen wir jedenfalls ihren Taufschein.“

„Ja. Sehr gut. Ich werde zahlen.“

„Sie verstehen mich nicht. Es muß eine Bestätigung vorliegen, daß sie zur Kirche von England . . .“

„Ja. Sehr gut. Sie ist Engländerin.“

„Bit-te?“

„Die Bestätigung. Sie ist englisch. Die Kirche von England. Gleich-und-gleich.“

Der Mann im schwarzen Anzug wies mit seinem Handrücken auf den Esel. „Sehen Sie“, sagte er. Er sah ihr nicht in die Augen. Sie folgte seinem Blick. „Gehen Sie zu denen hinüber“, riet er ihr. Auf einem Schild stand „Polizei“. „Die können Ihnen helfen.“

„‚Polizei?‘“

„Ja.“

„Für den Himmel?“

„Wie?“

„Anständig beerdigt?“

„Wie bit-te —?"

„Sie wollen es also nicht machen?"

„Sehen Sie —"

„Sie wollen die Gebete nicht sprechen?"

„Es tut mir *wirklich* leid . . ."

„Sie wollen sie nicht in diese Erde legen?"

„Das kommt nicht in Frage."

„Welche ‚Frage'?"

„Verboten."

„‚Verboten'?"

„Forbidden. Défendu. Non licet, interdit. Vetitum est."

War er verrückt? War dies ein schlechter Scherz? Sein Hokus?

Die Inderin trat zwei Schritte zurück und hob den Arm. Sie hielt ihm ihre Handfläche vor Augen, damit er sah, daß auch sie übersetzen konnte. Der Engländer macht Gesetze. Er macht ein Gesetz für Männer. Er macht ein Gesetz für Frauen, ein Gesetz für seine Kinder. Gesetze für seine Hunde. Ein Gesetz für Fledermäuse. Und dieses Gesetz, ein exklusives, kirchliches Gesetz, um in der Erde die Toten von den Toten zu scheiden. Sehr gut, übersetzte sie. Der Engländer würde niemals seine Flüsse mit Leichen füllen, er versteckte sie statt dessen in der Erde. Er aß mit scharfen Messern. Er kaute mit Messer und Gabel. Er begrub seine Toten, damit Angehörige der anderen weißen Kasten sie nicht kochen und essen konnten. Er zog Würmer und Maden den Zähnen seiner Feinde vor, deshalb saß die weiße Kaste ständig bei Tisch. Der Engländer aß und aß. Er aß Gebirge und Erz. Er aß Diamanten und Rubine, den blauen Himmel. Er aß Städte, zerkaute Namen. Er aß Menschen. Vor langer Zeit hatte der Engländer ihren Namen zerkaut; aus dem ursprünglichen „Menaka" war ein Wort geworden, daß er wie „Monika" aussprach, dann nannte er sie nur noch „Monkey“. Er übersetzte sie, er kaute und kaute. Doch auch die Inderin wußte, wie man übersetzt. Sie übersetzte seine Gesetze in etwas Flüssiges, in den berechtigten Verdacht der Gesetzlosigkeit, und mit dem Gesicht nach oben schwamm dieser Verdacht auf ihrem Dasein und gab vor, eine Oberfläche, ein Meer zu sein: Sie konnte beerdigen, *o ja!* Sie hatte schon früher beerdigt. Sie konnte übersetzen und gleichzeitig lächeln, sich verbeugen und wieder aufrichten, den Esel nehmen, auf dem Charlotte lag, und vor dem Tor in der hohen Mauer warten, bis es dunkel war, bis er und seine Brüder schliefen. Mit den Worten würde es ein Pokus, eine Plage sein, aber sie würde sich erinnern müssen. Sie hatte sie schon einmal gesagt, schon oft, vor vielen, vielen Jahren. *Gebenedeit sei die Wurzel unseres Begehrens.* Nein, so nicht. *Möge ihn treffen, was zu Zeiten des Festes die Trommel trifft.* Ja. Schläge. Niemand würde ihr das Recht zur Trauer absprechen. Niemand würde sie daran hindern, der Seele Charlottes Recht geschehen zu lassen.

Sie hockte sich vor die Mauer. Der Esel schlief im Stehen. Während sie dort saß und Charlotte betrachtete, sang sie ihren Gesang. Sie hielt Charlottes Hand. Charlottes Haar wehte im Wind, als wäre es lebendig.

Mit der Dunkelheit schlichen sie sich hinein. Der Mond schien, und die Gräber waren klar zu erkennen. Einige Geister versammelten sich. *Grabedigrab,* sagte Monkey. Im Herzen fühlte sie sich wie ein kleines Mädchen. An der Wand, bei einem Schuppen, fand sie eine Schaufel, einen Eimer, eine einrädrige Schubkarre. Monkey band den Esel an. Wie viele Jahre war es her, Charlotte, daß sie das, was sie getan hatten, an jenem Strand im Licht dieses

Mondes taten? *Grabe hier, du verrückte Alte,* befahl sich die Inderin.

Sie grub.

Sie stemmte sich mit ihrem Gewicht gegen die Schaufel, um die Erde aufzubrechen. Sechzig Jahre oder ein Leben lang nichts als graben, dachte sie. Sie und Charlotte hatten getötet, Monkey etwas weniger, aber Monkey hatte ihnen die Schädel mit einem Stein eingeschlagen, als ihre Hände sich nicht mehr bewegten. Dann hatten Charlotte und sie die beiden Körper für die Geier und die Haie ans Meer hinuntergeschleppt. Danach hatte Charlotte gesagt: *„Ich will, daß du ihn beerdigst."* Da war Charlotte schon verrückt.

Monkey hatte ein großes Loch gegraben, allein, mit ihren Händen, in den Sand. Charlotte stand dabei und sah ihr zu. „Ist es fertig?" wollte sie wissen. Monkey war blind vor Tränen. *Wie groß muß es denn sein?* fragte sie sich. Wann soll ich aufhören?

Charlotte hatte seine Knochen eingesammelt. Die Arme und die Beine und den Kopf. Dann hatte sie mit Monkey die Knochen sortiert und so in die Erde gelegt, daß sie die Gestalt eines Menschen ergaben. Laß sein Gesicht in Richtung Hölle sehen, sagte Charlotte. Monkey drehte den Schädel um. „Leg ihn mit den Augen nach unten in die Erde."

Dann hatte Charlotte geweint, während Monkey die Knochen begrub. Die Nacht war rasch über sie hereingebrochen. Charlotte stampfte mit den Füßen die Erde fest, und der Mond kam hervor. Sie trampelte und stampfte im Mondlicht, stampfte auf seinem Grab herum, als wollte sie ein Feuer austreten, stampfte und stapfte, ein Marsch, der nirgendwohin führte. Als sie schließlich innehielt, fiel sie auf die Knie und sagte: „Sprich mir nach. *Der Mensch, den eine Frau gebar, ist voller Elend Amen.*"

— Elend, Amen, sagte Monkey. Sie ließ sich neben Charlotte auf die Knie nieder.

Der Tod brach ihn wie eine Blume er fliehet dahin als ein Schatten und wird niemals mehr unter uns weilen Amen.

— Niemals mehr weilen, Amen, sagte Monkey.

Du kennst o Herr die Geheimnisse unseres Herzens aber erlasse uns . . . . . O allmächtiger Gott . . . . . O heiliger und barmherziger Erlöser . . . . . Du edler Richter . . . . . Erleide uns nicht in unserer letzten Stunde Amen.

— Ja, sagte Monkey.

— Sprich mir nach: *Erde zu Erde Asche zu Asche.*

— Zweimal Asche, hatte Monkey gesagt.

Staub zu Staub.

— Zweimal Staub.

Wie es war am Anfang so soll es sein von jetzt an und für alle Zeit Erde ohne Ende.

„Ohne Ende“, sagte Monkey.

CHARLOTTE

Charlotte war im Herbst des Jahres 1917 nach Burma gezogen, als Gott und die Geschichte sie dorthin führten.

Vor dem Krieg hatte sie nicht geglaubt, daß sie berufen sei, hätte nie gedacht, das Leben sei ein so zerbrechliches Ding, daß ein Zweck es zusammenhalten müsse. Vor dem Krieg war sie ein Mädchen ohne ungewöhnliche Zukunft — ein hübsches, aber niemals schönes Mädchen, ein brauchbares Mitglied ihrer sozialen Klasse. Ihr einziger Anspruch auf Besonderheit lag darin begründet, daß sie ein blaues Auge und ein grünes Auge besaß. Das grüne war das größere. Sie ging nach Burma, wie alleinstehende Frauen eben in fremde Länder gehen — sie ging, weil es Frauen gibt, und es sie immer geben wird, die *parfois* nisten wie Papiermotten, Frauen, die versuchen, sich mit papiernen Füßen an das Urzeitliche zu klammern.

Am 8. November 1917, ihrem Geburtstag, nach einer Reise über Gibraltar, Marseille, Malta, Port Said, durch den Suezkanal und das Rote Meer, über Aden, Bombay und Kalkutta, erreichte sie während der Trockenzeit Rangun. Sie war fünfundzwanzig Jahre alt, und von den Schriften der Bibel wußte sie viel, von der Welt wußte sie weniger. Ihre Kenntnis des Ostens war dürftig, basierte auf Kipling und einer oberflächlichen Lektüre der Lehren des Islams und der Mythen des Hinduismus. Die burmesische Regierung, die den Schulen einen Zuschuß zahlte, verlangte diese Kenntnisse von den Lehrern, obwohl die Burmesen an Buddha glaubten. Für das Innenministerium und die Missionare des Christentums war eine östliche Religion so gut wie jede andere: man hielt sie alle für exotisch; das britische Denken, das die Andersgläubigkeit aus den Dingen herausfiltert, als wäre es ein Fremdkörper in der täglichen Milch, hob ihre Unterschiede auf.

Außerdem war Charlotte nicht entsandt worden, um Eingeborene zu bekehren. Sie war keine Missionarin — sie gab niemals vor, von Gott berufen zu sein, die heidnischen Seelen dem Christentum zuzuführen. Sie arbeitete für „die Regierung". Sie war hier, um „die britische Jugend" zu unterrichten. Ausgeschickt, die Tugenden des Empires in englischen Kindern zu hegen und zu pflegen. Ja, sie hatte eine höhere Aufgabe. Aber ob man für seinen Gott oder für sein Land arbeitete, machte unter der britischen Herrschaft in Burma nur einen sehr feinen Unterschied, und zumeist hatte er etwas damit zu tun, wie man seinen Reichtum trug, oder damit, wie sie ihr Recht auf Sexualität ausübte.

In keinem von beiden besaß sie eine natürliche Begabung.

Sie war arm, ohne Mitgift oder Einkünfte der Familie.

Und sie hatte ihre Weiblichkeit verloren.

Sie hatte in einem Zimmer ohne Kamin am Ende des Korridors in einem Haus gewohnt, das Mrs. Crowley gehörte, einer nervösen Frau mit drei Kindern, die die ganze Nacht lang husteten. Mrs. Crowley war seit kurzem Witwe, Kriegswitwe, so wie sie selber. Die Flure waren dunkelgrün gestrichen, und auf der Treppe roch es nach Fisch oder nach Putzmitteln, als wären diese Gerüche zwei Ströme, die sich im Meer vermischten. Das Haus war kalt und hieß den Wind durch nutzlose Rauchfänge und wurmstichige Fensterläden willkommen. Es stand in einer engen Straße roter Backsteingebäude, deren Fassaden alle gleich aussahen. Um für ihren Unterhalt aufzukommen, brachte Charlotte den jüngeren Crowleys das Rechnen bei und dem ältesten das Schreiben und die „Literatur". Damit verdiente sie sich zwei Bäder die Woche und einen täglichen Tee zusätzlich, der etwas stärker war als der Tee am Morgen. Sie besaß zwei Kleider, vier Paar Schuhe, fünf Paar wollene Strümpfe und einen Mantel. Ihre Fingernägel waren eingerissen, und das Haar fiel ihr aus. An ihren Schläfen, nahe bei ihren Gedanken, zeigte sich zwischen den Wurzeln weißer Reif, kündete von der Ankunft eines Gletschers.

Um Geld zu sparen, ging sie jeden Tag die zwei Meilen von Mrs. Crowleys Haus zum Büro in der Stadt zu Fuß. Nachts wickelte sie die Füße in Droschkendecken, dem einzigen, was ihr Vater, ein

Kutscher, ihr hinterlassen hatte. Sie besaß kein Federkissen. Alles um sie herum zeigte ihr seine scharfen Kanten. Ihr gehörte nichts Weiches, Helles oder Tröstliches. Nachts lag sie da, wie eine Mumie in grobe Wolle gewickelt, und sehnte sich nach Kerzenlicht, seinem lebhaften Spiel an den Wänden. Sie träumte von Wärme, vom Aufscheinen oder Verblassen strahlender Sterne, träumte einen bewußten oder unbewußten, tief innerlichen Traum von Feuerglut.

In Gedanken sah sie ihre eigene Hitze sterben. Es war äußerst seltsam. Es war nicht etwa so, als wäre sie alt und hätte den unausweichlichen Tod vor Augen; so war es nicht, denn diesen Blick, dieses Dahinschwinden hatte sie in den Augen ihrer Eltern gesehen, als diese krank waren und starben und ihre Gesichter sich nur auf einen Punkt richteten, ein entferntes, helles Licht, das im Zentrum ihrer Pupillen brannte. Sie selbst lag nicht im Sterben, das wußte sie. Ein fortschreitender, sich vollendender Tod hätte Leidenschaft bedeutet, und ihr Leben war ohne Leidenschaft. So sah sie es. Ein leidenschaftsloser Mensch hat eine andere Furcht: eine Furcht vor der Leere, dem Zeitmaß, dem Strafmaß. Sterben, sein Verlauf, ist ein Aufbegehren, und sie starb nicht. Sie fiel nicht kopfüber ins Leben, ihre Hitze verließ sie; sehr seltsam. Sie beobachtete es, beobachtete ihre endlosen Tage; *armes Ding,* dachte sie manchmal über sich, als wäre sie in früher Dunkelheit auf der Straße an einem fremden Mädchen vorübergegangen. Die Feuchtigkeit, die Kälte, sie haßte London, aber ihr Haß war unbedeutend. Ihr Haß war nur ein Gespenst, nur ein weiterer Schatten von etwas, das sie einstmals gekannt hatte. Sie wünschte sich den Tod. Sie hielt sich nicht für einen Feigling. Sie wünschte sich den Tod, den Tod, der einen Menschen mit sich nimmt, irgendwo anders hin. Sie wollte fortgetragen werden. Statt dessen kam ein Tod, der als ein Mieter blieb.

Sie hätte es ertragen können, hätte diesen Tod ein wenig leichter ertragen, wenn sie nicht überall, wohin sie blickte, ihr Elend wiederholt gesehen hätte, in all den Frauen, denen der Verlust der Liebe wie eine Blutarmut anzusehen war. Der Krieg hatte sie alle gekennzeichnet. Auf der Straße lasen sich ihre Gesichter manchmal wie die Namen einer Landkarte: *Ypres, Marne, Verdun.* Auf ihrem Gesicht, vermutete sie, war *Somme* zu lesen. Deshalb haßte sie es, sich anzusehen; deshalb wandte sie sich von allem und jedem ab, das ihr Bild hätte widerspiegeln können. Schon vor der Somme hatte sie den Krieg auf den Gesichtern von Frauen gesehen, doch hatte dieser Anblick sie nicht gequält. Solange Henry noch am Leben gewesen war, konnte sie die Augen schließen und sein Gesicht sehen, konnte die unmittelbare Wirklichkeit durch Bilder ihrer Vergangenheit oder ihrer Zukunft ersetzen. Solange Henrys Briefe noch eintrafen, wußte sie, daß das Leben, so wie sie es sich vorstellte, ob es nun zutraf oder nicht, von jemandem geteilt wurde, denn er schrieb ihr, daß ihre Träume auch seine Träume seien. Irgendwo, an einem Ort, an dem jeder den anderen traf und der so wirklich war wie Frankreich oder England, liebten sie sich wie zuvor. Ihre Liebe entwickelte sich. Gleichwertig und beidseitig vertieften die Träume ihre Liebe. Es lag jenseits aller Möglichkeit, daß er nicht zurückkehren würde. Es war unmöglich. Noch zwei Monate, nachdem er gefallen war, nach dem Tag, an dem er, wie sie behaupten, „starb", trafen seine im Schützengraben geschriebenen Briefe ein. Ein Toter konnte keine Briefe schicken, das wußte Charlotte. Sie wußte auch, daß sie Monate zuvor geschrieben worden waren, aber sie machte sich etwas vor. Sie hoffte gegen alle Hoffnung, daß es der Mann einer anderen Frau gewesen war, ein anderer Henry Lewes, dessen Herz von einem Lewis-Gewehr zerschmettert wurde, als er durch die Dunkelheit lief und von einem unerfahrenen Rekruten für einen „Jerry" gehalten wurde. Seine Ausrüstung traf ein, und Charlotte bestätigte den Empfang, glaubte, sie könne sich täuschen, solange sie alles ungeöffnet ließ. Aber dann blieben die Briefe aus. Ein Monat verging ohne ein Wort von ihm, und eines Nachts stemmte sie mit einem Brieföffner die Kassette auf, und sie wußte es. Wie aus einer Höhle entfloh aus diesem Kästchen Ewigkeit. Es würde für immer Winter sein. Was sie fand, reichte nicht aus, um ihn überleben zu lassen: Knöpfe, Nadel, Faden, eine Tasse, ihre Briefe und ihr Ehering. Als er ging, hatte jeder den Ring des anderen behalten. Charlotte trug den seinen an einem Faden zwischen den Brüsten; sie war wie vor den Kopf geschlagen, als sie entdeckte, daß er gestorben war, ohne ihren Ring am Körper zu tragen. Jetzt, da einer schon zuviel war, hatte sie beide. Manchmal nahm sie die Ringe in den Mund. Sie legte sie auf ihre Zunge, beide ineinander gesteckt. Sie biß darauf. Manchmal lag sie regungslos da und breitete die Briefe, die er geschrieben hatte, über ihr Gesicht wie ein Leichentuch. Manchmal versuchte sie, seine Stimme zu hören. Sie vermißte sein Gesicht. Sie wollte wissen, welchen Ausdruck es trug. Sie nahm seinen Rasierpinsel, wollte ihren Bauch damit berühren, aber außer Kälte konnte sie nichts spüren. Sie wollte die Kassette geschlossen halten, damit sie seinen Geruch bewahrte, doch dann sehnte sie sich wieder danach, sich in dieser Kassette zu verbergen. Sie konnte sein Gesicht nicht sehen. Nach dem Träumen verfiel sie einem Stumpfsinn, der sie alle sinnliche Wahrnehmung verlieren ließ. Sie wünschte sich, sie könne einen Talisman erwerben, der ihren Körper von seiner Betäubung befreite, von seiner Gefühllosigkeit, seiner Fremdartigkeit, doch wo sie auch hinging, sah sie die anderen Witwen, erkannte die gegenseitigen Sinnestäuschungen. Sie konnten sich nicht in die Augen sehen. Wo immer die Trauer sie stehenbleiben ließ, an Straßenekken, in Straßenbahnen oder Teeläden, sahen diese Frauen mit offenen Augen und sahen wiederum nichts, sahen gespenstisch aus und konnten nicht sehen, suchten mit schrecklich leeren Blicken nach fahlen Extremen von dem, was vor ihnen lag; Frauen, die immer in die Ferne sahen, nach den zerklüfteten Rändern des Seins, nach einzelnen Stoffäden, zum Beispiel, dem zerbrochenen Geflecht eines Rohrstuhls, dem widerspenstigen Haar, einem zerknitterten Blatt, dem Riß in einer gläsernen Kugel, Frauen, die dennoch niemals in *Augen* sahen und niemals die Nähe einer anderen suchten. Denn eine von ihnen könnte zu reden beginnen, und dann würde das Reden aufwallen, würde sich ausbreiten, niemals aufhören. *Gib nicht an, daß du dich an die Liebe erinnerst,* schienen ihre Gesichter zu sagen. Verstecke deine Gefühle unter dünn aufgetragener Tünche. Werde bitter, niemals sentimental. Man sagt den Briten nach, daß sie so sind: ein leidenschaftsloses, perfektes Volk. Sie wünschte sich, tot zu sein. Sie spürte ihm in den Büchern nach, die sie zusammen gelesen hatten, und entdeckte, daß sie ihn sogar dort verloren hatte. Was früher Teil ihrer Welt gewesen war, trug nun dazu bei, sie zu quälen — in ihren alten Büchern suchte sie nach Worten des Trostes und wütete innerlich statt dessen gegen dumme Heldinnen. Durch *Clarissa,* durch Jane Austen, durch die Brontës, durch Flaubert hindurch hungerte sie nach einer anderen Art von Geschichte, eine, die die Welt von einst noch einmal erfand. „Mit fünfundzwanzig“, las sie eines Abends in Henrys Exemplar von *Un Coeur Simple,* „wurde sie oft für vierzig gehalten . . . Sie hatte ihre Liebesgeschichte gehabt wie jede andere Frau auch.“

In dieser Nacht drehte sie den Spiegel um und erkannte, daß sie älter aussah, als sie war — sie sah vereinsamt aus, vernachlässigt, verlassen und ungeliebt.

In der gleichen Woche kaufte und las sie die Werke einiger amerikanischer Autoren, Henry James, Edith Wharton, Stephen Crane. Einer plötzlichen Eingebung folgend, stahl sie aus einem Buchladen auf der Charing Cross Road zwei Ausgaben der Zeitschrift *The Egoist,* in der sie Ezra Pound und Joyce und Stephen Hero für sich entdeckte: Sie begann, Mythen zu lesen.

Sie bewarb sich um eine Stelle in Burma.

Sie wurde unruhig und träumte, sie habe den vertrauten Umgang mit ihrem Gewissen verloren.

Sie verlor ihre alte Gewohnheit, an Gott zu denken.

Am Ende des Monats traf der Brief ein, der ihre schlimmsten Befürchtungen bestätigte.

Er teilte ihr das Datum ihrer Abreise mit.

Er nannte ihr den Ort der Zuflucht:

Rangun.

„ITHAKA“

Erst im nachhinein schien es eine Liebe auf den ersten Blick gewesen zu sein.

Zuerst einmal war sie seekrank. Zwei Tage nach der Abfahrt der *Viceroy of India* von Portsmouth sichteten sie das französische Finistère und trafen auf den

Golf von Biskaya, wie sich Charlotte die Begegnung mit einem wilden Bären auf einem Spaziergang im Hyde Park ausgemalt haben würde. Von der folgenden, sturmgeschüttelten Woche konnte sich Charlotte nur an einen scheußlichen Geruch (ihren eigenen) erinnern, an den kalten Tee und eine Stimme, die durch ihre verriegelte Kabinentür rief: „Es wird nicht mehr lange dauern, Miss. Wenn wir erst Lissabon passiert haben, ist alles vorbei."

„Lissabon passieren" schien das Heilmittel zu sein.

Dann folgte eine Reihe ruhiger, glasklarer Tage und danach Gibraltar. Sie erkannte die Stimme wieder, die durch die Kabinentür zu ihr gesprochen hatte. Sie gehörte dem Matrosen Slash, einem Jungen aus Yorkshire in der weißen Jacke eines Stewards, einer Jacke mit zu langen Ärmeln. Die Manschetten hatten sich verfärbt, und nur seine Fingerspitzen sahen darunter hervor. „Die Säulen des Herkules", sagte er zu ihr und zeigte mit den Fingern einer Hand hinüber zum „Felsen". „Die andere ist da drüben." Er drehte sich um sich selbst, beide Arme ausgestreckt, beide Ärmel bis aufs Äußerste gestrafft, und fügte hinzu, „in Afrika". Charlotte lächelte und zog die Augenbrauen hoch. „Heißt der ‚Djebel Musa'", erklärte er. „Und irgend so'n Herkules, der sollte mit jedem Bein auf einem von den beiden Gipfeln stehen, 'nen Spagat über beide Kontinente. So *riesig* war der", erzählte er ihr. Seine Stimme brach. Er war höchstens sechzehn oder fünfzehn Jahre alt, und Charlotte war schon drauf und dran, ihn für amüsant zu halten, als sie begriff, daß die Seemannsjacke, die er trug, jemand größerem, wahrscheinlich auch älterem gehören mußte, jemandem, dessen Arbeit dieser Junge zu erledigen vorgab, einem Mann in Frankreich oder in Belgien oder in einem nicht gekennzeichneten Grab, und deshalb versagte sie sich dieses Gefühl. Der plötzliche Gedanke, er könnte sie attraktiv finden, gefiel ihr nicht.

„Ich vermute, daß man euereins ermuntert, sich an weibliche Passagiere heranzumachen", sagte sie unfreundlich, um ihn wissen zu lassen: „Glaub ja nicht, daß ich *dafür* zu haben bin", aber vor lauter Verwirrung errötete er so tief, daß sie sich gouvernantenhaft und schroff vorkam; und sie lehnte sich gegen die Reling, warf den Kopf in den Nacken und atmete die salzige Luft so ein, daß sie hoffentlich etwas einnehmender wirkte. Sie sah auf ihren Ehering und drehte ihn, dann tastete sie nach Henrys Ehering an seinem Faden unter ihrem Kleid.

„O je", sagte sie. Etwas hatte sich gerade unter der Oberfläche gerührt.

„Schön, nich?"

„Ja", sagte Charlotte. „Wie heißen die?"

Der Junge lächelte, und Charlotte sah, was für schlechte Zähne er hatte. „Ha'm Sie denn noch nie 'n Delphin geseh'n, Miss?"

Erstaunt betrachtete Charlotte die Tiere, dann versuchte sie zu lachen. Das hatte sie tatsächlich noch nicht. Sie hatte sie bisher nur auf griechischen Wandfriesen gesehen.

„Mein Vadder sagt, daß die Delphine, wo hier in der Meerenge von Gibraltar leben, daß die die Geister von diesen Phöniziern sind."

„Dein ‚Vadder' —?"

„*Die ganze Welt war hier zu Ende,* das hat mein Vadder immer von dieser Meerenge gesagt. Er meinte, die Welt ist von hier bloß bis Syrien und so gegangen, das war alles, da war sie dann zu Ende. Und diese Phönizier sind ihr ganzes Leben lang hier 'rumgesegelt, jahrhundertelang, und wußten nicht, daß dies bloß ein großer Teich war. Traurig, nich, wenn man so drüber nachdenkt, mein' Sie nich auch, Miss?"

Charlotte sah ihn an und sagte: „Du trägst die Jacke von *deinem Vadder,* nicht wahr?", doch seine Antwort war ohne Folgen. Denn als sie in dieser Nacht Malta anliefen, um Vorräte aufzunehmen, schiffte sich die halbe Mannschaft, er auch, auf einem anderen Frachter in Richtung Casablanca ein.

In Malta kam eine Gruppe der widerlichsten Menschen an Bord. Sie reisten nach „*N*'dya", rissen üble Witze über das *„M'pyre",* warfen Früchte nach den fliegenden Fischen und Teller und Tassen nach dem deutschen Unterseeboot, das in der Nähe von Kreta wie ein versehentlicher Verstoß gegen ihr Protokoll auftauchte.

Nach Kreta kam Port Saïd, wo sie anlegten, um Kohle zu laden, und wo Charlotte ihren ersten Muezzin hörte.

Sie ging an Land, nach Kairo, ging im Schlepptau anderer Engländer (den Maltesern) und wurde von Griechen und Arabern bestürmt, die pornographische Bilder von jungen Mädchen verkauften. Ein besonders hitziger, eifriger Wallah drängte sie in eine Ecke der Medina und breitete vor ihren Augen eine Reihe von Fotos von Jungen aus. Zu guter Letzt sah sie sich unfreiwillig, doch nicht zu rasch die Bilder an, die ihr eigentlich ganz gut gefielen. Da waren ein oder zwei, bei denen Licht und Dunkel, die Schatten auf der Haut, die Schenkel, Füße und glühenden Augen ganz ungewöhnlich waren, und so kaufte sie: neun. Zuviel Geld, ja, um sie niemals anzuschauen. Wieder an Bord fiel ihr ein Australier auf, ein Mann, der die gleichen Bilder gekauft hatte und sie bei Tisch herumzeigte.

„Cavafy", sagte er später, als er ihr am nächsten Morgen begegnete.

„Lewes", erwiderte sie und hielt ihm ihre Hand hin.

„Nein. Ich meine den Dichter."

Er hatte Mitleid mit ihrer Unwissenheit und drückte ihr ein dünnes Heft in die Hand.

„‚Ithaka'", sagte er.

„Charlotte", antwortete sie unbeirrt.

„So kam es, daß sie vor Ägypten ankernd las:

Wenn du aufbrichst nach Ithaka
hoffe, daß dein Weg ein langer ist,

voller Abenteuer und Entdeckungen.

Dort anzukommen, ist dir bestimmt.

Beeil dich nicht,
es ist besser, deine Reise dauert Jahre,
und du bist alt, wenn du deine Insel erreichst

Ithaka gab dir diese Reise

Ohne sie hättest du sie nie geträumt

Findest du sie kümmerlich, hat sie dich nicht getäuscht:

So weise du auch wirst,
so voll der Häfen,

du hast begriffen, worum es ‚Ithakas' gibt.

DAS ENDE DER ZWISTIGKEITEN

Sie Glückliche, wurde sie eines Abends beim Essen von einer Frau mit blassen Lippen und nervösen Fingern genannt. „Wäre Patrick nach Rangun versetzt worden, statt in dieses elende Pandschab, dann hätte ich meine Babys behalten können."

Mit diesen Worten verlor die Frau ihre Beherrschung und lief aus dem Speisesaal, und später am Abend reimte sich Charlotte zusammen, daß dies die Frau aus der Nachbarkabine sein mußte, deren Weinen sie seit ihrer Abfahrt von Kairo Nacht für Nacht wach gehalten hatte. In Aden, wo sie noch einmal anlegten, um Kohle an Bord zu nehmen, die von Kulis in Körben auf ihren Köpfen über die Gangway an Bord getragen wurde, versuchte eben diese Frau zu fliehen und rannte an den Kulis vorbei, aber es gelang ihr nur, vor die Füße eines Deckoffiziers zu fallen, der sich ihr in den Weg gestellt hatte; sie flehte ihn an, ihr zur Rückkehr nach England zu verhelfen.

„Passiert jedesmal", sagte der Zahlmeister zu Charlotte und schüttelte den Kopf.

„Was —?"

„Diese hysterischen Anfälle. Frauen, die sich vor ihrer Pflicht drücken wollen. Hobsons Wahl."

„Hobsons Wahl bedeutet, daß man nimmt, was es gibt, oder nichts nimmt. Ich weiß eigentlich nicht, wie —"

„Sie sind doch diejenige, die in die Welt zieht, um Lehrerin zu sein, oder vielleicht nicht?"

„Ja."

„Dann werden Sie es schon noch herausfinden."

„Danke sehr."

„Bitte, bitte. Wissen Sie, ich meinte ja man nur, daß diese Frau sich zwischen ihren Kleinen und ihrer Pflicht als Ehefrau entscheiden muß. Sie können das nennen, wie Sie wollen. Hobsons Wahl, Jobsons Wahl, soll sie beim Ehemann bleiben, wenn die Kinder zur Schule nach England geschickt werden ...? Aber Sie brauchen diese Wahl wohl nicht zu treffen?"

„Wie kommen Sie darauf?"

„Erst einmal sind Sie nicht verheiratet."

„Verwitwet."

„Tatsächlich? Da soll doch einer — das sieht man Ihnen aber gar nicht an."

„Danke schön."

„Bitte, bitte. Kinder?"

„Ich —?"

„Haben Sie Kinder? Sie und er?"

„Es war nicht genug Zeit."

„*Zeit* findet sich immer. Wollen Sie?"

„Kinder?"

„Einen Gute-Nacht-Besuch."

Nein, Sie wollte keinen, obwohl sie beobachtete, wie sich die Treffen zwischen den alleinstehenden Männern und Frauen mehrten, je näher sie Indien kamen. Ein besonders blauäugiges und törichtes Paar wurde sogar, nachdem es sich an Bord begegnet war und vor Gibraltar die Nacht durchtanzt hatte, vom Kapitän getraut. Man feierte die Hochzeit auf dem Roten Meer mit einem Fest, auf dem alle Passagiere der ersten Klasse so taten, als hätten sie das Paar schon ihr Leben lang gekannt. Charlotte reiste zweiter Klasse, also war sie nicht eingeladen worden, aber sie sah, wie die Braut Blumen vom „A"-Deck ins Meer warf. Der Bräutigam trug seine Regimentsuniform, doch die Braut trug ein ganz mit Spitze besetztes Kleid und einen Schleier. Die Frau, neben der Charlotte auf Deck stand, sagte, das Mädchen hätte vorgehabt, *irgendeinen* Mann zu heiraten, als sie es sich in der Woche vor ihrer Abfahrt nach Indien in England anfertigen ließ. Es war so neu, daß noch keine einzige Falte zerknittert war. *„Ach, Heirat"*, sagte die Frau; *„Ach, Monongahela."* Die Frau hieß Tim, ein Name, den sie sich vor siebenundfünfzig Jahren zugelegt hatte, als sie alt genug war, sich mit Mama und Papa zu streiten, wenn die sie mit dem Namen riefen, den sie ihr ausgesucht hatten: Daisy.

„Wenn ich die Wahl hätte, würde ich alles noch einmal machen“, sagte Tim etwas später über die Ehe. „Ich würde allerdings etwas länger warten, bevor ich Tel ein zweites Mal heiraten würde. Er war ein guter Mann, Tel, verstehen Sie mich da nicht falsch, so irisch er nun einmal war. Schöne Hände. Sie gaben ihm ein prächtiges Begräbnis.“

Tim leitete eine Teeplantage und lebte seit vierzig Jahren in Indien. Sie sprach mit einem singenden Tonfall, ein irisches Englisch, durchsetzt mit Urdu-Brocken. Sie war drüben in Blighty gewesen, um ihren letzten Sohn zu beerdigen und um eine Quecksilberkur gegen ihr, wie sie es nannte, „Borodino“ zu machen. („Ich habe einst eine kostspielige Eroberung gemacht, die meinen Feldzügen für immer ein Ende setzte.“) Als sie hörte, daß Charlotte auf dem Weg nach Burma sei, bot sie ihre Begleitung von Bombay bis Kalkutta an, wo sie während der „kalten“ Jahreszeit lebte, und Charlotte nahm ihren Vorschlag dankbar an. Im Nachhinein konnte sich Charlotte nicht vorstellen, wie sie es ohne Tim je durch Indien geschafft hätte. Zuerst war es die Hitze, die sie erschreckte. Sie begann auf dem Ozean. Nach Aden schienen die Tage immer länger zu werden, ohne daß Land in Sicht war, und die Hitze lag in zähflüssigen Schichten über dem Wasser. Tim sagte: „Dies ist noch gar nichts.“ Sie hatte recht. Obwohl sie im Oktober, zu Beginn der „kalten“ Jahreszeit in Bombay anlegten, empfand Charlotte die Hitze wie eine Hülle, wie ein Tuch, das sie zu ersticken drohte. „Sie werden sich daran gewöhnen“, sagte Tim mitleidvoll. „Ich habe ein Auge für die, die sich nicht daran gewöhnen werden. Sie werden es. Lassen Sie nur die Finger vom Gin. Zu viele Leute glauben, der Gin würde ihnen helfen; hat wohl etwas mit seiner Farbe zu tun. Und die Idioten, die bei diesem Wetter Rotwein trinken, finden den frühen Tod, den sie verdienen."

An Bombay konnte sich Charlotte später kaum erinnern, denn der Hitze entströmte die „Mattigkeit". Ihr Blut floß wie Wachs. Die Docks, der moosüberwachsene Verfall der Balkone und Gebäude, die dampfenden Straßen, der Strand, alle Einzelheiten ihrer Landung und ihrer Fahrt durch die Stadt zum Viktoria-Bahnhof verflossen ineinander; gerade die Augenblicke, von denen sie voller Aufregung geträumt hatte, wirkten durch die Mattigkeit wie eine einzige weite Fläche, eine flockige Masse, eine wollige, pelzige, trübe, verschwommene Welt.

Nach der Mattigkeit kam der plötzliche Verlust der Sprache. Tim redete und redete, belehrte sie über Architektur, über Fahrpläne und Krankheiten. „Suche immer nach Schatten", glaubte sie Tim sagen zu hören, aber dann sagte Tim etwas anderes, in einer anderen Sprache, zu einigen Trägern im Bahnhof, während die Lautsprecher Ankündigungen über die Bahnsteige bellten: IHR ANSCHLUSS IST GESTÖRT, und Züge tickten wie Uhren synkopisch zu den Forderungen *Nur fünf Rupien, Missus,* und eine Ziege knabberte an ihrem Kleid, ein Schläfer erwachte, *hallo! hallo!,* und Tim zog sie am Arm, das glaubte sie jedenfalls, und rief: „Hier lang, Charlotte, Sie und ich, wir haben erste Klasse im Postzug, dem dort drüben, nach Kalkutta."

Auf der Reise, vier Tage lang, schlief Charlotte oder glaubte zu schlafen, obwohl sie träumte, ein Junge würde ihr eisige Kälte zufächeln. Mehrmals erwachte sie wie von einem Fieber, oder schien aufzuwachen, und obwohl sie jedesmal aus dem Sprachverlust, der Hitze, der Mattigkeit aufzutauchen meinte, fiel sie zurück in noch tiefere Panik, die Panik, einen fatalen Fehler gemacht zu haben, sie fiel durch die Zeit in einen Abgrund; niemand sprach sie frei. Tage vergingen, in denen sie keine zwei zusammenhängenden Gedanken denken konnte, es gab Zeiten, da ihr Verstand nicht länger arbeitete, um sich der Wirklichkeit um sie anzupassen. In Kalkutta verließ sie den Zug, ein Koffer war verschwunden, sie verbrachte eine Woche mit Tim. Ihr Koffer wurde wiedergefunden. Sie bestieg den kleinen Postdampfer nach Rangun, und Tim drängte ihr Bücher, Namen, Adressen und narrensichere Arzneien auf. Es war November. Auf dem Wasser gelang es ihr, das seelische Gleichgewicht wiederzufinden, aber die Ahnung eines verhängnisvollen Geschicks konnte sie nicht abschütteln. Ohne jede Sympathie hörte sie zu, wie jemand neben ihr an der Reling die Burmesen beschrieb („die sind anders als diese reizbaren *Inder,* wissen Sie"): „fröhliche, leichtlebige, prächtig bekränzte Eingeborene, die sich mit duldsamer Sorglosigkeit unserer englischen Gutsherrarchie anvertrauen". *Hilfe,* flehte sie stumm, als sie die ersten Reismühlen erblickte, ich bin um die halbe Welt gefahren, um mein Leben in einem Land von *Händlern* zu verbringen.

Es stimmte, es war keine Liebe auf den ersten Blick; der Reis — der Reis, Mahagoni und Teakholz — lockte den weißen Mann nach Rangun, und seine Mühlen stachen unter ihren ersten Eindrücken wie Ausrufezeichen hervor. Weiter im Norden, in Mandalay und Mogôk, grub man nach Rubinen, und mit Saphiren und Gummi konnte man ein Vermögen gewinnen, doch neun Zehntel des bebauten Landes waren mit Reispflanzen und Teakbäumen bedeckt, die den Irrawaddy hinuntergeschifft wurden und die Zollhäuser in Rangun passierten, wo man sie zersägte, schälte und mit ihnen Handel trieb, ehe sie über das Andamanmeer in die Welt gelangten. Die

Männer, denen der Handel unterstand, waren Briten. Für sie, wie für ihre Frauen und Kinder, war England ein Mythos und eine Erinnerung, ein Ort, der im Mikrokosmos, in seiner Neu-Schöpfung realer war, als er es in Wirklichkeit je sein konnte. Wäre es nach ihnen gegangen, hätten Kitcheners Armee oder der Krieg in Europa ebensogut nicht existieren können. Für sie gab es statt dessen so eine Art verblichenes Bild, ein sepiagefärbtes Leben, das einen drängend vollen, farbenprächtigen Schauplatz überlagerte. Wenn etwas auf diesem Schauplatz sich dem Bild, das sie sich bewahren wollten, nicht fügen mochte, dann taten die Briten, als wäre es ohne Bedeutung. Sie ignorierten es, als wären Phantasien und Fakten, Bild und Realität, Wahrheit und Fiktion untrennbar eins. Dagegen rebellierte Charlotte noch stärker als gegen die Hitze, die sich abkühlte, und gegen die Mattigkeit, die wieder verflog. Als erstes lehnte sie sich gegen die Sprache auf. Sie begann, stumm, mit dem Sehen. Sie wollte Worte, die den Dingen angemessen waren. Das Englische versagte vor den hundert verschiedenen Rotschattierungen, die sie an Blumen und Gewürzen entdeckte. Sie kannte die Namen der Bäume nicht, die sie sah, nicht die Namen der Vögel, der Früchte. Sie konnte im Lexikon die Namen der Dinge nicht finden, die ihr vertraut waren; so gab es zum Beispiel kein englisches Wort, das auch nur annähernd wiedergab, was *hti* beschrieb, jenes Regenschirm-ähnliche-Ding-auf-den-Dächern der Pagoden, an denen winzige Glöckchen zitterten, deren silbernes Klingeln mit dem Wind durch die Nacht schauerte. Klare, verläßliche Bedeutung schien sich durch Unkenntnis in nichts aufzulösen, und sie rebellierte: Die englischen Worte für Hosen, Mäntel und Röcke konnten die fließenden Gewänder nicht beschreiben, die sie sah, anderseits konnten in den ersten Monaten die Worte *sam foo* dies ebensowenig. Die Straßennamen waren ins Englische übersetzt — Merchant Street, Canal Street, Tiger Alley, King Edward Road, Judah Ezekiel Avenue —, aber auf den Straßen selbst floß ein Verkehr, der alles, nur nicht englisch war. In einer Rikscha fuhr sie am ersten Tag an einem Ochsenkarren vorbei, der mit purpurnen Garnelen so groß wie Bischofsmützen beladen war, sie sah die Eier der Garnelen wie teure Diamanten und Trauben unter ihren Bäuchen hängen, während sich blaue Raben in wildem Hunger auf sie stürzten und der Wind die gezischelten Gebete der Büßer von der Pagode herübertrug, während Ungeziefer, Läuse oder ähnliches Getier, das im Pferdehaar des Rikschasitzes lebte, auf ihren Hintern kroch und sich unter dem Popelin über ihr Fleisch hermachte: und was sie wollte, was sie brauchte, was sie suchte, war eine Sprache, die *all* das beschrieb.

Wovon sie nichts wußte, was die Mattigkeit überdeckte, war ihr langsames Erwachen aus der Gefühllosigkeit. Es würde eine lange, lange Zeit dauern. Es brauchte Zeit, viel Zeit und den Moment der Überraschung, um Liebe neu zu entfachen. In der Zwischenzeit, etwa Ende März, begannen die sengenden Winde, und dann am ersten Mai, kam der Regen. Man hätte meinen können, daß all die Jahre in England einen auf den Regen vorbereitet hätten, doch es gibt kein englisches Wort, das den fugenlosen Druck eines Monsuns erfassen könnte. Im Zimmer ist sein Klang so gegenwärtig wie der Herzschlag der Mutter für das Kind im Mutterleib. Es gibt vor ihm kein Entrinnen, keinen Trockenplatz, keinen Kamin, keine Walnüsse, keine knackigen Äpfel, keinen Feuerstein, keine trockenen Buchseiten, nichts raschelt oder kracht, nicht einmal die Knochen. Charlotte trank ihren ersten Monsun, als wäre sie zu Erde geworden. Sie stand in ihm und ließ sich von ihm waschen. Sie ging in ihm spazieren, ließ lachende Strudel um Fußknöchel glucksen. Die anderen Memsahibs warnten sie mit strenger Miene vor *dem Wurm,* einem Monsunparasiten, der sich wie eine Distel durch den bloßen Fuß bohrt und sich zeitweilig in den Blutbahnen einnistet, Charlotte aber ließ ihre Regenstiefel im Koffer und lehnte in einer solchen Sturzflut den Vorwand eines Regenschirms ab. Ihr gefiel es, sich wie eine Amphibie zu fühlen, durch ein Doppelleben zu schwimmen. Sie war weder das eine noch das andere, weder eine mit Kiemen versehene englische Frau, die *troppo* geworden war, noch ein eingeborener Bewohner dieses Landes. Das Gefühl, irgendwo zwischen bekannten Grenzen zu leben, exterritorial zu leben, wurde von den Menschen um sie her noch verstärkt. Chinesen, Inder und Burmesen ließen sie glauben, sie wäre aus einem anderen Himmel, sie hegten tiefes Mißtrauen gegen die Farbe ihrer Augen. Menschen brachten andere Menschen aus den Dörfern herbei, warteten vor ihrem Haus und bettelten, sie möge sie ansehen. Man bot ihr Reis und Fisch und Stückchen farbiger Schnüre an, alle nur denkbaren Geschenke der Buddhisten. Andere hatten Angst vor ihr — die Hindu-Frauen verbargen die Gesichter der Kinder vor ihrem Blick. Man sagte ihr nach, sie bewahre irgendwo einen zweiten Kopf auf (unter ihrem *Longyi!*), der das entsprechende Paar Augen zu diesem Kopf habe. Wenn sie schlafe, hieß es, sei ein Auge immer geöffnet (das grüne! mit dem könne sie die Geister der Toten beobachten!). Man sagte ihr nach, daß sie nicht von einer Frau geboren worden sei, daß sie auf einer höheren Ebene der Menschlichkeit existiere, daß sie in der Nacht leuchte, daß sie frei sei von sinnlichen Begierden, sich von keinen bekannten Speisen ernähre, nur von dem kristallenen Extrakt reiner Freude, daß sie dem *Nirwana* näher sei als jeder Mönch: Man sagte ihr nach, sie sei halb Mann, halb Frau. Für die Burmesen war sie etwas, was man noch nie zuvor gesehen hatte. Für die Engländer war sie *eigenartig*. Man hielt ihre Hingabe an die Arbeit für ein weiteres bewundernswürdiges Beispiel der Ethik weiblicher Selbstaufopferung, die dieser Spezies nun einmal eignet, und hegte nie den leisesten Zweifel, daß der eigentliche Grund, weshalb sie um die Welt gefahren war, ein Ehemann sei.

Ihrer Ansicht nach machte sich keine alleinstehende Frau, die noch einen Funken Stolz besaß, aus einem anderen Grund ohne Begleitung nach Britisch-Indien auf. Eine Reise zu einem Verwandten oder in missionarischen Angelegenheiten lieferte den fadenscheinigen Vorwand für den löblichen und nötigen Handel mit britischen Bräuten zum Wohle britischer Junggesellen im öffentlichen Dienst oder in der Armee und garantierte außerdem die rassische Reinheit des Empires. Eine alleinstehende englische Frau war in sozialer Hinsicht so etwas wie der aus gleichem Grund importierte, unverzollte Gin: ein bißchen Heimat, um die gute, alte Moral zu stärken. Ihre erste Aufforderung zum Eintritt in den Ehestand kam auf den Tag genau einen Monat nach ihrer Ankunft in Rangun. Sie wurde um zehn Uhr morgens, nachdem er sich rasiert, gefrühstückt und seinen Gin zu sich genommen hatte, von einem Mr. MacGregor überbracht.

„Man weiß natürlich“, sagte er, „was das Wort *Rangun* in der Sprache der Einheimischen bedeutet.“

Das Netz zerplatzter Kapillaren auf seiner Nase fiel etwas in sich zusammen, als er ausatmete. Charlotte starrte es an. Es schien ein Schleppnetz zu sein, mit dem er nach Luft fischte. „Nein", sagte sie, „man weiß es nicht."

„,Ende der Zwistigkeiten'", verkündete er feierlich.

Sie lächelte höflich. *Wie angebracht,* dachte sie, dann schlug er im Anschluß an diese Definition vor, daß es, da sie beide alleinstehend seien und an einem so passend benannten Ort lebten, keinen Grund zu geben scheine, warum sie nicht auf immer zusammenleben und notgedrungen also Mann und Frau werden sollten.

„Nur lebe ich leider in Trauer", entgegnete Charlotte.

„Papperlapapp", sagte er und wedelte mit der Hand.

Er war zwanzig Jahre älter als sie, von unbekümmertem Benehmen und der Krone treu ergeben, obwohl er ein Schotte war. Seit fünfzehn Jahren lebte er in Burma. Mehr wußte sie nicht von ihm, nicht einmal seinen Vornamen. Sie meinte sich zu erinnern, daß er ihr als ein alt-etablierter *Sirdar* im Saphirhandel beschrieben worden war, aber sie war sich nicht sicher, da sie im letzten Monat so viele Männer getroffen hatte, die sie nicht auseinanderhalten konnte, so daß er ebensogut der *Apke-wasti* im ICS sein konnte, der noch bei seiner Mutter lebte. Sie war sich allerdings sicher, daß er keine Kinder hatte, daß er zumindest nicht der Vater von einem der Kinder war, die unter ihrer Obhut standen, sonst hätte sie ihn schon einmal in der Schule getroffen. Eigentlich konnte sie, jetzt, wo sie darüber nachdachte, nicht genau sagen, ob sie ihn zuvor überhaupt schon einmal getroffen hatte, und die Vorstellung, lange Zeit in seiner Gesellschaft verbringen zu müssen, die Vorstellung, jemals von ihm berührt zu werden, erschien ihr äußerst absurd. Sie wollte ihm seine Arroganz vergeben, als wäre sie wie die Gelbsucht eine Folge des Klimas, wollte ihm sein Benehmen vergeben, als sei es seiner zu langen Abwesenheit von England zuzuschreiben oder der Tatsache, daß er zu lange nicht in Gesellschaft von Frauen gewesen war und die Gewohnheit angenommen hatte, sie als *Exotinnen* zu behandeln, die er billig und mit einem Minimum an unnötigem Aufwand zu nehmen hatte. Aber sie begriff bald, daß seine Haltung zur Ehe die britische Haltung war, mit der man in Burma allem begegnete, beinahe so, als wüßten die Engländer hier vom gegenwärtigen Jahrhundert nichts. Die meisten Männer und alle Frauen waren rückständig in ihren Meinungen und Vorurteilen. Selbst vor dem Krieg, als die Liebe ihre Sinne betäubte, war ihr nicht entgangen, daß die Welt ins moderne Zeitalter eingetreten war, daß Bücher geschrieben und Erfindungen gemacht wurden, daß von Bürgersteigen, aus Cafés und Auditorien Ideen strömten —, aber die Briten in Burma interessierten sich nicht für *neue* Ideen, *neue* Bücher oder *neue* Geschlechterrollen. Ebensowenig kümmerten sie die eigenartigen und widersprüchlichen Wunder dieses Landes. Sie waren nur daran interessiert, soweit sie überhaupt an irgend etwas Interesse zeigten, ihre elitären Ansichten zu rechtfertigen, indem sie der Welt beispielhaft demonstrierten, wie privilegiert sie allein durch ihre Herkunft seien. Vielleicht waren ihre Landsleute und sie selbst schon immer so gewesen — manieriert, anmaßend, hochmütig —, doch in diesen ersten Monaten zog sie sich weiter und weiter von jenen Menschen zurück, die glaubten, sie seien ihresgleichen. Ohne sich ihrer Rebellion zu schämen, begann sie, die Engländer für fremder als das fremde Wetter, die Hitze und die Mattigkeit zu halten. Burma und sein Wetter ereigneten sich in Extremen. Rangun ereignete sich, und es quoll über vor Extremen. Der Irrawaddy ereignete sich — und doch vermochten seine Fluten, seine Rinnsale nicht die leiseste Änderung im Lauf des britischen Leben zu bewirken. Monumentale Bürogebäude aus roten Ziegelsteinen wurden errichtet. Klubs wurden gegründet. Petunien wurden gepflanzt, wo zuvor Jasminbäume gewachsen waren. Man produzierte Eiswürfel und lagerte sie in Stroh. Buddhistische Mönche mit Bettelschalen und blaurasierten Köpfen gingen unbemerkt an den Engländern vorbei. Die russische Revolution fand statt, und an der Aisne lieferte man sich die dritte Schlacht. Die Deutschen hielten eine siebenunddreißig Meilen lange Stellung nordöstlich von Paris. Im Klub von Rangun hielt man einen Tanztee ab, und die Männer spielten Karten, während die Frauen über Sonderangebote in den Katalogen redeten. Der Regen kam früh, überflutete die Reisfelder zur Zeit des Umsetzens. Über das Goldblatt auf der Shwe-Dagon-Pagode wuchs ein blau-grüner Schimmelpilz. Der Zar und seine Familie wurden ermordet. An der Marne fand die zweite Schlacht statt. In Rangun auf der Veranda mühte sich eines Nachts ein Herr Steward um etwas Vergnügen und wurde (zwischen dem vierten und fünften Mittelhandknochen seiner rechten Hand, die an ihrer Brust spielte) mit dem Dolch aus Jade und Perlmutt durchbohrt, den Charlotte selbst auf dem Basar gekauft hatte. Bald danach ging auf den Docks ein Elefant durch, vernichtete die Reislager, und Charlotte war die einzige Engländerin, die sich gegen die Tötung des Tieres aussprach. Da hatte die Liebesgeschichte bereits begonnen. Nachts, wenn sie schlief, trug sie bunte Seide so leicht wie Luft, oder sie trug nichts, niemals jedoch Baumwolle. Tagsüber kleidete sie sich so, wie sich die burmesischen Männer und Frauen kleideten, mit einem *Longyi-eingyi* und einer langärmeligen Jacke. Sie ging allein durch den Basar und rauchte im Dunkeln auf ihrem Bett einheimischen Tabak. Sie wurde oft und heftig sowohl von orientalischen Männern wie vom Opium in Versuchung geführt, glaubte sich aber immer noch nicht berechtigt, dem Vergnügen nachgeben zu dürfen, und außerdem fühlte sie sich, wie es einige Heilige von sich behauptet hatten, als würde sie beschützt, beobachtet, als sei sie für etwas anderes ausersehen. Immer seltener ging sie zu den Klubveranstaltungen, und wenn sie ging, dann kam sie allein, sprach wenig, trank niemals, ging früh und ohne Begleitung. Ganz ihrer Gewohnheit gemäß, verhielten sich die Engländer zu ihr, wie sie sich zu vielen Menschen verhielten, Charlotte wurde für sie nach einiger Zeit gesellschaftlich unsichtbar. Der Vertrag von Versailles wurde unterzeichnet. Das Parlament in London verabschiedete das „Government of India"-Gesetz, das Burma ausschloß. Der irische Freistaat wurde gegründet. In Rom ergriffen die italienischen Faschisten die Macht. In Rangun übertrafen die Jahresabrechnungen alles je Dagewesene, die Petunien blühten groß wie Kohlköpfe. Der erste Weihnachtstag wurde gefeiert, und der Reisexport erreichte seinen höchsten Stand. Polo-Rhythmen klangen von der Esplanade herüber. Das Eis war, wie es immer gewesen war: gläsern. Die Männer spielten Karten, die Frauen widmeten die geringe Zeit, über die sie außerhalb ihrer Häuser verfügten, ehrenwerten christlichen Wohltätigkeiten. Sie lasen, zwei Wochen zu spät, die englischen Zeitungen. Sie aßen von englischem Porzellan und stärkten ihr irisches Leinen. Sie nahmen Chinin ein, als wäre es ein religiöser Akt, als wäre Chinin die eucharistische Gabe, die es ja auch tatsächlich war. Selbstbewußt importierten sie „Wie Sie Sich Das Leben Vorstellten". Anders als bei ihren Landsleuten in Indien blieben die Kinder bei ihnen, sie importierten die Schule mit allem Zubehör und übergaben voll blinden Vertrauens ihre Töchter dem Unterricht und dem Erwachen der Witwe Charlotte Lewes.

„EK BURRA BILLA DA."

Sie waren acht — neun, wenn sie Monkey mitzählten, aber das taten sie nur, wenn sie nach Wasser gruben, *grabedigrab,* nach Knochen und nach Lumpen gruben. Sie waren ein bunter Haufen.

Shauna, Ruby Sloan & Sybil.

Amanda, Norris, Gabriella, Jane und „Monkey".

Einige von ihnen waren Schwestern — zwei von ihnen Zwillinge. Sie kannten sich alle seit ihrer Geburt oder die Zeitspanne ihres Lebens, die sie erinnern konnten, jedenfalls genauso lange, wie sie ihre Eltern kannten, vielleicht sogar länger, bestimmt so lange, wie jede von ihnen bereits in Burma lebte. Mit anderen Worten: schon immer.

Tagsüber gingen sie zur Schule und lernten ihre Lektionen über England, und der Himmel war ein Sonnenschirm, ein blauseidener Baldachin. Sie erfuhren von Mrs. Lewes, daß England einen Himmel hatte und dieser Himmel zwei oder höchstens drei bestimmte Farben besaß. Diese Farben waren Weiß und Grau und manchmal Blau. Ihre Augen hatten immer zwei (Farben), und es fiel ihnen nicht leicht zu entscheiden, welches von beiden die Wahrheit sprach.

Die indischen Ammen brachten ihnen Kinderlieder in Pidgin-Englisch bei. Von ihren Eltern lernten sie, vieles zu sagen, was keine Bedeutung hatte, lernten Worte sprechen, die den Ohren eingängig waren wie Hymnen, die aber nicht ausdrücken konnten, was sie empfanden. Von den *Chokras* ihrer

Väter lernten sie die Namen der Schlangen, und von den *Dubashes* und den *Gorawallahs* hörten sie die Töne inbrünstigen Betens. Auf der Brust von *chin-chin*-Jungen sahen sie Tätowierungen, lächelnde Dämonengesichter. Über die Tierkreiszeichen und die planetare Position der Pagoden (daß Gläubige im Uhrzeigersinn zu gehen hätten und der Gegenstand ihrer Verehrung sich in einem bestimmten Winkel zu den Knochen der rechten Schulter befinden sollte) unterrichteten sie die chinesischen Köche ihrer Mütter, die sie in der Küche mit *Hingyo* und Reisnudeln fütterten, während sie erzählten.

Tagsüber machten sie viel *Pooja* um den Union Jack. Nachts sprachen sie ihren Zauber über einem Sternenabakus.

Sie gebrauchten ihre Hände in synkretistischen Gebeten, obwohl sie deren Bedeutung nicht verstanden: sie spielten mit Hexenmacht. Sie glaubten an *Nagas* und *Garudas* und die sechzehn Ebenen des *Ruba-Loka*. Sie glaubten an den Weihnachtsmann. Sie waren einen Steinwurf weit vom *Bo*-Baum geboren, und sie lachten über Alices Verlegenheiten im Wunderland, weil sie die für albern hielten. Es machte ihnen Spaß, die Buchstaben der fremden Alphabete wie eine geheime Sprache durcheinander zu schreiben.

Es gefiel ihnen, Charlotte zu beobachten, Tag und Nacht.

Es gefiel ihnen auch, sich die Spielkarten anzusehen, die ihre Väter von malayischen Matrosen kauften, die auf Schiffen aus Indochina gekommen waren.

Tagsüber wiederholten sie die Gedichtzeilen, mit denen sie den englischen Akzent lernten:

Auf der Straße nach Mandalay,
Dort, wo die olle Flottille lag . . .
Dies verflixte Götterbild aus Lehm
Dat sie nannten den großen Gott Kleen —

Tagsüber hörten sie englische Gedichte und sagten sie Mrs. Lewes in perfektem Englisch fehlerfrei auf.

Doch nachts hörten sie dem Jungen zu, dem sie Geld gaben, damit er ihnen davon erzählte, wie Charlotte in seidenen Pyjamas auf ihrer Veranda im Mondlicht stand, rauchte und sich vorbeugte, um ihr helles, langes Haar zu kämmen.

CHARLOTTE UND DER DELPHIN

Charlottes Haus war auf Pfählen gebaut und stand an der schmalen Bucht gegenüber der Dampferanlegestelle am Monkey Point, zwischen Pazundaung Creek und dem Rangun River.

Während der Regenzeit stieg das Wasser bis auf wenige Zentimeter unter ihren Fußboden an, doch in der Trockenzeit gruben sich Pariahunde und die streunenden Katzen von den Flußbooten Mulden in den Dreck unter ihrem Haus, verschliefen dort die langen Tage und machten sich nachts auf, streiften auf der Suche nach Sex umher und stöberten nach Fleisch und Knochen.

Nachts konnte Charlotte die Laternen auf den Booten der Perlenfischer sehen, die mit der Morgenebbe nach Mergui ausliefen. Sie konnte die Taucher hören, wie sie sich zusangen und sich so gegenseitig, wie Delphine, die unter Wasser Töne ausschickten, durch den Hafen navigieren halfen. Meistens schlief sie nachts nur wenige Stunden und erwachte in der Dunkelheit von den Geräuschen des Flusses, die durch die Rippen der Jalousien in ihr Zimmer drangen. Sie erwachte, wenn der Markt erwachte, wenn die Boote zurückkehrten, und ging in seidenem Sarong und geflochtenen Sandalen durch die Stadt zur Shwe-Dagon-Pagode.

Jeden Morgen vor Sonnenaufgang, wenn die britische Stadt noch schlief, öffnete die Pagode ihre Tore. Charlotte verließ ihr Haus und ging an den Molen vorbei, auf denen Fischer von Diamond Island Schildkröteneier und die Nester von Mauerseglern in die auf Kulirücken geschnallten Körbe luden, damit sie zum chinesischen Markt im Zentrum Ranguns gebracht werden konnten. Sie verkauften die vom Meer noch feuchten Nester an Frauen, die daraus faßweise Vogelnestersuppe kochten, deren würziger und scharfer Dampf durch die Straßen zog und nach dem Kalkstein roch, in dem die Mauersegler bei Ebbe nisteten.

Über die Strandpromenade, nördlich der Kaufmann- und der Bandoolastraße, strömte der Verkehr vom Fluß zu den Marktplätzen. Auf der Lan-Ma-Daw-Straße gab es einen Singvogelmarkt, in Chinatown die Fischmärkte, und außerdem gab es noch den *Thein Gyi Zei,* den indischen Gewürz- und Baumwollmarkt. Nahe bei der Shwe-Dagon-Pagode fand man die Stände, die *Nirwana*-Waren anboten — Räucherstäbchen, Kerzen, Blumen, Puppen, Rosenkränze und Gebetsfahnen. Daneben verkaufte man süßen, in glänzendes Reispapier gewickelten Kuchen — und die edelsten Früchte. Charlotte hatte gelernt, daß der Buddha ein Kenner alles Schönen war — Gläubige trugen einfache Dinge auf ihrem Weg zur Andacht, etwa eine Gabe hübsch arrangierter Gewürze. Die Menschen gaben, was sie entbehren konnten. Die Reichen, die für ihr Leben nach dem Tod beteten, gaben Geld; die Armen Reiskörner. Andere brachten in lackierten Schachteln ihr abgeschnittenes Haar. Die Mönche gaben außer ihren Gebeten nichts. Im Dienste Buddhas hatten sie allem Besitz entsagt und konnten nichts Materielles anbieten, nicht einmal ein Blütenblatt. Da Charlotte eine Frau war, durfte sie nicht mit ihnen reden. Sie durfte ihre Bettelschale nicht berühren, wenn sie ihnen Almosen gab, und mußte zu ihren Gebetsmatten auf dem Boden der Pagode einen bestimmten Abstand halten. Und dennoch: trotz des Abstands fühlte sie sich zu ihnen hingezogen. In ihrer Selbstverleugnung hielt sie sich für eine von ihnen. Sie beneidete sie um ihre überlieferte Kosmologie, um ihren kanonisch festgelegten Lebenssinn. Auch sie verlangte danach, in einer Nicht-Welt zu leben, jenseits der Reichweite von Gesetz und Literatur und des anerkannten Textes der Bibel. Nacht für Nacht sah sie die jungen Männer, die Priester mit goldenen Gliedern und orangefarbenen Gewändern, die an den Markthallen, den Händlern und Prostituierten vorbei zur Pagode gingen, und sie folgte ihnen. Sie versuchte, so dicht wie möglich an sie heranzukommen. Manchmal gelang es ihr in der Menge, eines ihrer Gewänder zu berühren. Sie versuchte, sie zu riechen, und stellte sich vor, sie würden nach Metall oder Safran riechen; es war aber wohl nur die Farbe der Gewänder, die sie an diesen Geruch denken ließ. Sie sehnte sich danach, die Mönche auf sich aufmerksam zu machen, aber sie wußte, daß die jungen Priester sie nicht sehen konnten. Sie waren blind für ihre Existenz. Außer ihrem Gewand, einer Nadel, einem Rasiermesser, einem Gürtel, einer Bettelschale und einem Sieb, das verhindern sollte, daß sie beim Essen ein lebendes Wesen verschluckten, besaßen sie nichts, nannten sie nichts Weltliches ihr eigen. Sie hatten gelobt, kein Lebewesen zu verletzen und niemanden zu beleidigen. Sie waren jung und schön; und sie lebten keusch. Das Zölibat verlieh ihnen einen Glanz, ein Leuchten. An ihr aber zeigte es sich wie ein Schmerz. Tagsüber legte sie sich ein Verhalten zu, das zu verstehen gab, sie habe sich mit der Rolle der geschlechtslosen Frau abgefunden. Nachts durchlebte sie die Qualen eines Menschen ohne Religion, ohne Liebe oder Sex. Sie redete sich ein, daß das einsame Leben verdienstvoll sei. Auch wenn sie ihre Arbeit nicht leidenschaftlich liebte, so genügte sie doch, um ihrem Leben einen Sinn zu geben. Niemals aber hatte sie vorgehabt, ihre Tage ausschließlich in der Gesellschaft von Kindern zu verbringen; also durchstreifte sie nachts in Gestalt einer Pilgerin die Straßen. Tagsüber schien sie eine jener Personen zu sein, in die Erwachsene sich verwandeln, wenn sie Gefangene eines Stammes kleiner Wesen sind, deren Denken sich nach einer Vergangenheit von weniger als dreizehn Jahren richtet. Nachts war sie ein anderer Geist — ihre Rasse machte sie unsichtbar, weil sie eine extreme Minderheit in der Menge verkörperte, weil sie die einzige Ausnahme war, eine Minderheit von einer einzigen Person.

Während die Monate vergingen, gewöhnte sich Charlotte daran, unsichtbar zu sein. Sie verlor jedes Gefühl dafür, je gesehen zu werden. An Tagen, an denen sie nicht unterrichtete, nahm sie die Postschiffe nach Pagan und Moulmein. Sie begann zu zeichnen und zu malen — unbeholfen zuerst —, ohne Blick für Gesichter oder Gestalten —, dann aber fand sie ihren eigenen Ausdruck in der Tradition der Naturalisten. Sie begann mit dem Malen von Blumen. Die Logik ihrer Form beruhte auf einer Linie, der ihre Hand folgen konnte, und bald stellte sie fest, daß sie mit einem deutlichen Gespür für das

Besondere malte, als wären die Bestandteile einer Blume Objekte intensiven Begehrens. Ihre Bilder zeigte sie niemandem, aber sie nahm ihr Skizzenbuch mit, um einen Grund zum Verschwinden zu haben, wenn der soziale Kontakt mit den Eltern ihrer Mädchen unvermeidlich war.

So kam es auch, daß sie auf seidenen Kissen in einem Beiboot auf dem Inle-See lag und zeichnete, während ein Mann namens Ogilvy ruderte und fünf andere redeten, als neben ihr im Wasser das weiße Gesicht eines Delphins auftauchte.

(Was sie hörten:)

Charlotte — verdammt! — *setzen Sie sich hin! Nicht bewegen!* —Sie bringen uns noch zum Kentern —!

Aber da ist ein Toter —

Toter —?

Sind Sie sicher?

Harry, *hör auf zu rudern,* um Himmels willen —

Laßt uns zurückfahren —

Aber ein *Toter* —!

Ich glaube, Charlotte war zu lange in der Sonne.

Wie hat er *ausgesehen,* Charlotte?

— sieht Gespenster.

Ich sah nur sein Gesicht.

Sah? Sonne. Gesichter sehen . . .

Es hat gelächelt.

Oh. Ich muß schon sagen . . .

Gelächelt? Nicht *gegrinst?* Charlotte —?

Harry, hör auf damit. Und *hör auf zu rudern* —

Keine Angst, Charlotte, Liebes. Wir haben hier schon hin und wieder mal einen Delphin. Soll Glück bringen, glaube ich, so sagt man wenigstens.

Delphine?

Jawoll.

Das war ein *Delphin* —?

Ein blinder, um genau zu sein. Die ganze Brut ist blind wie Fledermäuse. Die gleiche Art wie die im Ganges. Verdammt selten diesseits von Assam.

Aber wir kennen diesen Typ, nicht wahr, Geoff? Ich kann mich erinnern, wie wir sie im Ganges hatten. Schwammen einfach flußaufwärts und rieben sich an den Narren, die dort badeten. Blind wie Fledermäuse, glaube ich.

Das hab ich schon gesagt ...

Schmecken auch fürchterlich, glaube ich.

Ja, nach Wild ...

Absolut widerlich ...

Ja, hab ich auch gehört. Ich habe gehört, das Fleisch soll so widerlich sein, daß es nicht einmal die Japaner essen.

Die Japsen. Mein Gott ja. Also *das* ist ein Land ...

Sie ruderten in einem Beiboot bei heißem Wetter unter seidenem Sonnendach auf dem Inle-See, an dem die Intas leben. Der See war zwanzig Meilen lang, vier Meilen breit und von Kiefernwald umgeben. An seinem Südufer hatten die Briten einen Bergposten mit einem halbtags besetzten Distriktbüro und einem Laden eingerichtet. Er belieferte die Familien aus Rangun, die sich große Bungalows unter den Bäumen gebaut hatten, um sich an heißen Tagen dorthin zurückziehen zu können.

Wenn sie kamen, nahmen sie ihre Diener und ihre Kinder mit.

Sie nahmen auch die Lehrerin ihrer Kinder mit.

Charlotte verachtete dieses „Auf-dem-Land"-Getue. Sie vermißte die Stadt, sie verabscheute Krocket und Federball.

Jeden Tag ruderte sie mit ihnen hinaus auf den See und hüllte sich in Schweigen, während sie in allen Einzelheiten die Fortpflanzungsorgane der Wasserhyazinthen abmalte. Sie versuchte, die Intamänner und -frauen in ihren Booten zu zeichnen, wie sie inmitten einer optischen Täuschung mehrere Fuß über dem Wasser zu schwimmen schienen, schimmernde *Fata Morganen,* wie sie fischten und vom See ernteten, aber es gelang ihr nicht. Sie war im besten Falle eine Malerin, keine Illusionistin, und was sie auf dem See sah, glich einem Traum mehr als allem, was ihr bisher zu Gesicht gekommen war: Die Intas bauten schwimmende Inseln aus Hyazinthenstengeln, die sie über Bambusstäbe flochten. Sie lebten auf diesen Inseln und zogen dort Blumenkohl, Erbsen, Tomaten und grünen Chili. Die Frauen arbeiteten in ihren Seegärten, während die Männer in den Prahms nach Karpfen und Aalen fischten, sich an Stangen im Gleichgewicht hielten und mit den Beinen ruderten. Sie auf dem Wasser zu beobachten war, als sähe man Engeln beim Abflug zu, sähe, wie sie durch einen Goldstreifen über das Wasser liefen.

Charlotte versuchte, diese Halluzination mit ihren Strichen auf dem Papier festzuhalten; doch was sie zeichnete, war ein lachender Toter, der vom Grund des Sees auftauchte, um sie zu verfolgen.

Der Delphin, falls es denn einer gewesen sein sollte, war verschwunden. Wie sie es von Rangun gewohnt war, stand sie jeden Morgen vor Sonnenaufgang auf. Sie wollte ihn suchen. Am Ufer versteckt lag ein kleines Boot, mit dem sie zur Mitte des Sees ruderte, noch ehe die anderen aufgewacht waren.

Sie hatte die Mädchen im letzten Jahr einen Aufsatz über „Das Verhalten höherer Wirbeltiere" schreiben lassen, und das älteste Mädchen, Amanda, hatte eine ausgezeichnete Studie über Delphine abgegeben; also ruderte sie eine Woche lang täglich auf den See hinaus in dem Wissen, daß ein Delphin nicht taucht, wenn er schläft, daß er schläft und dabei dicht unter der Oberfläche des Wassers seine Kreise zieht, so wie sie ihre Kreise über die Märkte von Rangun zog. Sie ruderte, ließ sich über lange Zeit hinweg treiben, horchte, wartete darauf, daß sich das Wasser teilte, wartete auf das Geräusch, das jemand von sich gibt, wenn er atmet.

Dann, eines Nachts, sah sie die Delphine.

Sie stand am Ufer neben dem Boot, wollte gerade von Land stoßen, als sie durch die Wellen sichelten, und sie sah ihnen zu, wie sie das Spiegelbild des Mondes über den See trieben, als wäre es ein Quecksilberpuck.

Vom Ufer aus sah sie plötzlich fünfzig Fuß entfernt einen Schatten unter der Wasseroberfläche. Dann sah sie sein schimmerndes, weißes Gesicht.

Als sie auf ihn zuging, bewegte er sich ebenfalls ein Stück auf sie zu. Mochte er auch wirklich blind sein oder sie tatsächlich unsichtbar sein, so war sie sich trotzdem sicher, daß er sie wahrnehmen konnte. Als sie ins Wasser ging, kam er ihr in einem

Winkel entgegen, der ihrem auf das Genaueste entsprach.

Eine Zeitlang schienen sie ein elegantes, vorsichtiges Menuett zu tanzen, und dann bemerkte sie überrascht, daß sie ihm hinterherschwamm.

Sie schwamm dorthin, wo sie ihn vermutete, doch sie verlor ihn aus den Augen. Eine Weile trat sie Wasser. Sie suchte, so gut sie es bei Mondlicht konnte, aber der See war hier so tief, daß das Wasser zu dunkel war, also hoffte sie darauf, daß er sie finden würde, und schwamm weiter, bis sie müde wurde. Als sie innehielt, um Atem zu schöpfen, sah sie ihn im Mondlicht auf der anderen Seite des Sees in die Luft springen. Dann sprang ein zweiter Delphin, dann noch einer, vier, fünf, sieben, bis sie beim Zählen durcheinandergeriet. Einer, dann noch einer und dann noch einer, höher und immer noch höher, bis sie das Wasser in ihrem Rhythmus gegen sich schlagen fühlte.

Bald war sie von ihnen umringt.

Noch nie hatte sie so freundliche Gesichter gesehen. Sie schwammen um sie herum, schnalzten mit ihren lächelnden, schnabelartigen Schnauzen, dann tauchte einer und kam direkt neben ihr wieder hoch. Er schwamm auf seinem Rücken und machte klappernde Geräusche wie ein Dutzend hohler Stöcke, die eine Treppe hinunterpurzelten, und dann berührte er sie mit seiner Flosse am Schenkel.

Ein zweiter Delphin schwamm an sie heran und hob sie auf seinen Rücken. Sie hielt sich an seiner Flosse fest und ließ sich von ihm ziehen, und der Schwarm — sie konnte nicht zählen, wie viele es waren — begann eine langsame Kreuzfahrt über den See und stellte Charlotte stolz zur Schau.

Während sie schwammen, schienen sie ein einziger Körper zu sein. Der Delphin, an den sie sich klammerte, holte im gleichen Rhythmus mit ihr Atem. Sie schwammen, rollten sich im Wasser, und Charlotte preßte sich in ihrer ganzen Länge gegen den Körper des Delphins. Sie war größer als er, eine Entdeckung, die sie befriedigte. In einer Hautfalte an seinem Bauch entdeckte sie zwei Brustwarzen.

Dann, als wären die Delphine ein Schlaf, auf die ein Traum genäht worden war, verlor sie jedes Zeitgefühl.

Sie glitten Meile um Meile durch den See, vorbei an den im Mondlicht schwimmenden Inseln, bis die Sonne aufging. Als das Licht sich auf dem Wasser brach und der Tag begann, schien sie aufzuwachen und fand sich in der Nähe einer der schwimmenden Inseln wieder, auf jener Seite des Sees, die der, von wo aus sie aufgebrochen war, gegenüberlag.

Einer nach dem anderen drängten die Delphine ihre Schnauzen gegen sie, tauchten und verschwanden.

Der Delphin, an dem sie sich festhielt, glitt in die Tiefe und stieß sie dort mit seinen Flossen fort. Sie hielt sich noch so lange fest, bis die Atemnot sie an die Oberfläche zwang. Sie holte Luft, tauchte, kam wieder hoch, tauchte abermals, doch sie hatte ihn verloren.

Das Licht über dem Wasser war plötzlich sehr hell.

Sie blickte sich suchend nach einer Spur von ihnen um, aber das Licht ließ die Wasserfläche zu einer Galaxie von Prismen werden. Dann glaubte sie, sie sähe den Delphin bei der ihr zunächst schwimmenden Insel durch einen Lichtstreifen laufen.

Sie war sich sicher, daß sie sah, wie der Delphin aufrecht durch die Sonnenstrahlen lief, die sich auf dem Wasser brachen, wie er sein Hemd auszog und ihr auf seinen Beinen entgegenlief. Es war die Erscheinung eines Mannes, der durch ein Lichtfeld auf sie zueilte, als lebte er einzig dafür, ihr über das Wasser entgegenlaufen zu können.

JOHN DOLLAR

Keiner wußte, woher er kam.

Er wirkte wie ein Mann um fünfunddreißig, aber Charlotte fragte sich, ob er nicht vielleicht jünger war. Seine Augen waren hart. Seine Hände waren die Falleinen gewohnt, doch waren ihnen auch Frauen nicht unvertraut, und wie ein Mensch, der viele Nächte allein unter freiem Himmel überlebt hat, wahrte er ein selbstsicheres Schweigen.

Es war sein Auftreten, das ihn so alt wirken ließ, dachte sie. Zweifellos war er wissenschaftlich belesen, und er verstand, wie die Dinge funktionierten. Er las. Er las, was er auf Englisch in die Hände bekommen konnte, denn englische Bücher, sagte er, wären dort, wo er gewesen war, schwer zu finden gewesen. Landreisende nahmen Bücher mit sich, Matrosen konnten das nicht. Drei Bücher in einer Leinentasche war alles, war er hatte mitnehmen dürfen — *nur drei Bücher* —, wenn er also las, dann las er wie um sein Leben. Er lernte auswendig. Es lag etwas in seiner Erinnerung, das seine Augen so hart wirken ließ, dachte sie. Irgendwo, vermutete sie, hatte er Männer sterben sehen. Vielleicht war er auch ein Feigling gewesen. Irgendwo war ihm irgend etwas angetan worden, das er kein zweites Mal mit sich geschehen lassen würde.

Sie hatte sich nie für die Art Frau gehalten, die Anrecht auf einen hübschen Mann hatte, oder für eine Frau, deren Körper etwas bot, das irgendein hübscher Mann begehren konnte, und daher schokkierte sie die Plötzlichkeit, mit der sie sich ihm unterwarf.

All das, was sie von der Liebe erwartete, besaß John nicht. Er war heftig, niemals zart; spontan, aber niemals rastlos; ruhig, niemals unvollkommen.

Er war ein Seemann.

Alles an ihm sprach von der See, und nur drei der letzten Abenteuer, die sie zu bieten hatte, hatte er noch nicht erlebt:

Er war noch nicht ertrunken.

Er hatte noch nie ein Geisterschiff gesehen.

Und er hatte vor Charlotte noch nie eine Meerjungfrau gehabt.

2. AN BORD DER *CHARLOTTE*

WAS DIE SCHLANGE SAGTE

An jenem Morgen, an dem sie Segel setzen sollten, glitt eine Schlange durchs Fenster in das Zimmer, in dem Oupi schlief.

Es war eine gelbe Schlange mit bernsteinfarbenen Schuppen, die wie die Fingernägel der alten Männer vom Markt aussahen. Ihr Kopf war schwarz, ihre Kehle schimmerte wie Perlmutt, und wenn sie sprach, leuchteten ihre Augen wie Amethyste oder Goldstücke. *„Sssschrei"*, sagte sie, *„und ich sssschlängle mich in dich hinein."*

Oupi blickte ihr so gut sie konnte in die Augen. Es ist nicht einfach, eine Schlange anzusehen.

„*Ganz,* meinst du?"

„Ganz", bestätigte die Schlange.

Sie lächelte, und Oupi sah, daß sie das Ei eines Reihers zwischen ihren Zähnen hielt.

Das Lächeln sollte sie wissen lassen, daß die Schlange sich mit ihrem Dornenmaul überall festklammern konnte, an der Erde so gut wie am Himmel oder an ihrem winzigen Herzen.

Das Lächeln sollte sie wissen lassen, daß die Schlange sich in sie hineinwinden und sie von innen her *verschlingen* konnte.

Sie dachte: Wenn sie das tut, dann sterbe ich mit siebeneinhalb Jahren, was nicht so jung war, wie manche Mädchen starben, aber viel — *viel* — jünger, als sie es sich gedacht hatte.

Trotzdem durfte sie nicht schreien, sonst würde sich die Schlange in sie hineinwinden und sich in ihrem Bauch wie ein Seil aufringeln, und dann mußte sie sterben, soviel stand fest.

Außerdem gehörte es sich für einen Menschen ihrer Rasse nicht, laut zu schreien. Man konnte Hunde oder Diener anschreien — ihnen einen Befehl zuschreien. Man konnte Bettler, Hindus, Araber, Neger, Moslems, freche Menschen und Franzosen anschreien, niemals aber durfte man Preußen oder *Schlangen* anschreien. Ein Preuße würde ihr eine *Ohrfeige* geben, aber eine Schlange würde lächeln und *töten*.

Bei einer Schlange mußte sie sich auf ihren Glauben und ihre überlegene Intelligenz verlassen.

Ihr Dad hatte gesagt, ein Mädchen müsse sich auf die ihm angeborenen nationalen Tugenden besinnen, sei es in Burma, auf hoher See oder im tiefsten Innern des Sudans, wenn es sich den Launen der Natur gegenüber behaupten wolle. Eine Schlange ist nur ein häßliches Etwas ohne Engel auf der Schulter und ohne Sinn für Bürgerpflichten, also sollte sie nicht schreien, sie sollte sie *hinwegnationalisieren*.

„Möchtest du gern einen *Kinder*reim hören?" fragte sie. *„Ich sag dir einen Reim auf, und dann gehst du weg."*

Die Schlange lächelte wieder.

„Ich kenne alle Reime", sagte sie. „Ich bin die

Naga, die gefürchtete *Nagh.* Du kannst mir nichts erzählen, was ich nicht schon gehört hätte. Ich lebe in den Köpfen kleiner Mädchen so wie in deinem, an Orten, an *weit-entfernten-eisigen* Orten, an Orten, wo vor mir keine richtige Schlange jemals war."

„Dann bist du also eine *richtige* Schlange?" fragte Oupi, und die Schlange schob sich auf schreckliche Art näher an sie heran.

„Ek burra billa da!" sagte sie.

(Die Worte bedeuteten: „Es war einmal vor langer Zeit, da lebte eine *große Katze!"*, und fast hätte Oupi sie herausgeschrien.) Es waren magische Worte, und die anderen Mädchen hatten ihr schwören müssen, sie nie ohne ihre Erlaubnis zu benutzen (wie niemand die magischen Worte anderer aussprechen durfte), aber *eine Schlange ist eine Schlange,* und jetzt war ihr kein Fluch und keine Waffe und keine Hoffnung auf Magie mehr geblieben. Sie lief rubinrot an, was oft geschah, da ihr Vater Rubinengräber war und weil sie rotes Haar hatte und Ruby ihr Vorname war: doch immer noch glitt die Schlange durch das Fenster und würde sie gleich in den Bauch beißen. Ihre stinkenden, krummen Zähne würden in sie eindringen, so wie das Zentrum einer Zielscheibe einen gefiederten Wurfpfeil aufsog, und ohne Letzten Willen und Testament würde sie mit siebeneinhalb Jahren in Burma an Schlangenbiß sterben, noch ehe sie in der Heiligen Kirche konfirmiert worden war und noch bevor sie ihr Frühstück gegessen hatte.

Dann rief sie doch: *„Shauna! Wach auf!"*

„Weg da, willst du wohl —"

„Eine Schlange! Shauna!"

„Hör auf damit, hab ich dir gesagt —!"

Oupi krabbelte zu Shauna auf die andere Seite des Bettes, das sie mit ihrer Schwester teilte, und Shauna trat nach ihr, weil sie gemein war, und wenn sie aufwachte, haßte sie alle, ganz besonders Ruby.

Oupi gab einen leisen, keuchenden Laut von sich, und ihre Amme, die draußen auf dem Balkon schlief, rief: „Die Missies — *Baba,* was? Die *Baba* wollen . . .?„

Unter dem Bettuch, im Spalt zwischen den Betten, fühlte Oupi etwas Feuchtes und roch einen verbotenen Geruch. Sie strampelte das Bettuch zur Seite, die Schlange lachte sie an, und ihre Zunge war rot. „Sie hat uns gebissen!" gellte sie. „Wir sind tot! Sie hat uns gebissen, und jetzt sind wir tot!"

Shauna setzte sich auf, die Fäuste vor den Augen. „Sei still, Ruby, du Schwein!" rief sie. Ihr Nachthemd war von der Taille abwärts mit klebrigen Flecken besudelt.

Oupi haßte Blut, weil es aussah, als dürfte man es eigentlich nie *sehen,* darum begann sie zu weinen, und die Amme kam, die Hände geschäftig, die Augen groß und klagend. Dann kam ihre Mutter, danach lief ihr schottischer Terrier, Mister Hobbs, ins Zimmer und schnüffelte an den Laken, und schließlich stürzte ihr Vater herein, seine zwei Revolver in den Händen.

ALLMÄCHTIGER! explodierte er. Er gehörte zu den Männern, die Fenster aufrissen; er war sehr ungestüm. Seit seiner Malaria hatte er sich nie wieder ganz beruhigt.

„Es ist nicht meine Schuld — Ruby war's!" Shauna wollte alles erklären — das Schwein! —, aber als sie vor ihrem Dad stand und er entdeckte, in welchem Zustand sie war, wandte er rasch das Gesicht ab, ließ jedoch seine Töchter zuvor noch seinen völligen Widerwillen sehen.

Wieder eine Enttäuschung, dachte Shauna. Aber: „Du hättest sie sehen sollen, Dad!" stieß Oupi hervor. „Eine Schlange, zwölf Fuß lang war die! Guck!

Sie hat uns gebissen, uns beide, hier, mitten in unsern Bauch —!"

Ihre Worte prallten gegen den Rücken ihres Vaters.

Ihre Mutter, Mrs. Fraser, schloß hinter ihm die Tür und befahl: *„Tunda pani, ayah — chelo!"* Dann begann sie, die Bettlaken abzuziehen.

„Laß die *Dhobi* das machen, Mum", sagte Shauna, die sich zu Dienern sehr herrisch benahm.

„*Du* solltest es selbst machen", wurde ihr beschieden. „Es ist schließlich *deine* Suppe, Fräulein von und zu."

„Es war die Schlange", piepste Oupi. „Sie hat mich auch dreckig gemacht . . ."

Und damit fühlte sie sich doch veranlaßt, einen Blick zu riskieren und ihr Nachthemd hochzuziehen.

„Mir ist gar nicht schlecht", hörte sie ihre Schwester sagen.

„Das kommt noch", antwortete ihre Mutter.

„Aber ich kann trotzdem auf der *Charlotte* mitsegeln", behauptete Shauna.

„Einen Monat nach dem Martinstag vielleicht."

„Mum —?"

„Nein."

„Mummy —?"

„Nein!"

Oupi hörte, wie ihre ältere Schwester sagte: „Wenn ich nicht darf, dann darf Ruby auch nicht!", also suchte sie nach dem Bißmal der Schlange auf ihrem Bauch.

Ihr Bauch wirkte unversehrt, ihr kleiner Nabel sah aus wie immer.

Sie zog ihren Schlüpfer herunter.

Und dann pinkelte sie, verstockt wie sie war.

DIE GRUNDSÄTZE DES FLIEGENS

An jenem Morgen, an dem sie Segel setzen sollten, flog eine braune Taube in den Teakbaum vor Gabriellas Fenster und begann mit ihrem *Kukuruku*.

Dann flog sie zum Schlag auf dem Dach und versuchte, Großvaters Tauben zu besteigen.

Großvater kam im Adamskostüm angerannt, begann in rasender Geschwindigkeit sein muttersprachliches Portugiesisch zu brüllen und verfluchte Vater, Mutter, die baumelnden Eier zukünftiger Generationen etcetera.

Für Gaby waren seine Schimpfkanonaden und seine Nacktheit nicht wegzudenkende Eigenheiten seines Charakters. Die Hoffnung, ihrem Großvater Anstand beibringen und/oder Kleider anziehen zu können, hatte ihre Familie bereits seit langem aufgegeben, obwohl ihre Mutter immer noch darauf bestand, daß er während des Essens, bitte, die linke Hand von seinem Penis nehmen solle.

So wie ihr Großvater war auch Gabriella mit beiden Händen gleich geschickt.

Alles, was sie über die Grundsätze des Fliegens wußte, hatte sie von ihm gelernt. Er wiederum hatte es von Leonardo, auch wenn er sich seine Tauben nicht so sehr studienhalber hielt, sondern wegen des Kalks und Vogelmists, auf dem er Tomaten zog. Seine Tomaten, Oliven, Trauben und seine Nacktheit halfen ihm, sich zu erinnern, wie er über Portugal denken sollte, *sem pensar não podemos protestar,* sagte er. Wenn nicht wir denken, wir nicht können protestieren. *Pensamos com o cerébro, que se acha na cabeça:* Wir denken mit dem Hirn, das im Kopf ist (sich befindet). Aber Cholera und gelbes Fieber hatten es (sein Gehirn) verwirrt, und es dachte weniger als eine Tomate; trotzdem: Gaby liebte ihn — und nicht nur, weil er ihr Drachen baute.

Er baute mythische Drachen aus Bambus, und er

zeigte ihr, wie man sie auf der Mole, draußen bei Monkey Point, fliegen lassen konnte.

Seine Drachen waren so leicht, daß sie von allein aufstiegen — und Gaby dachte, wenn sie nur springen würde, dann reichte das Zerren der vom Himmel herabhängenden Schnur in ihrer Hand, und sie würde fliegen.

Taumelnd, schlingernd, trudelnd, jeder in Rangun kannte die Drachen ihres Großvaters, und Gabriella ging bei ihm in die Lehre.

Von ihm hatte sie gelernt, wie man das Rattan zu Holmen verknüpfte, wie man den halben Schlag knotete, die Leitschnüre befestigte. Sie lernte durch Zusehen und durch Probieren; aber das Eigentliche, die Schnelligkeit zu beherrschen, den Auftrieb zu meistern, den Zug, die Fallgeschwindigkeit, den Schwung, das lernte sie durch *Fliegen,* ohne doch je selbst zu fliegen.

Es gab nur noch einen anderen Menschen, der soviel über Drachen wußte wie ihr Großvater. *O Capitão* kannte den Wind und das Wetter und wußte, wie Schiffe segelten. Eines Abends war *o Capitão* am Kai aufgetaucht, in der Hand einen eigenen Drachen, einen karmesinroten, achtstrahligen Stern nach *Hakkaku*-Bauart, den er aus Siam mitgebracht hatte, und obwohl Großvater seit so vielen Jahren außer Gaby keinen Freund mehr gehabt hatte, wurden *Dólar* und er augenblicklich Freunde.

Darüber war Gabriella sehr glücklich.

Die beiden Männer ließen sie an ihren Abenteuern teilnehmen — auf Dólars Boot fischten sie mit den Drachen nach Köderfischen . . . fochten Drachenkämpfe mit Glasscherben, die sie an den Holmen befestigt hatten, um die Schnur des feindlichen Drachen zu kappen . . . ließen im Dunkeln Drachen aufsteigen, an deren Schwänze sie Feuerwerkskörper gebunden hatten. Am schönsten war es jedoch, Großvater unter seiner Freundschaft mit dem *Capitão* aufblühen zu sehen und seine Konstruktionen und Erfindungen zu bewundern. Für Gabys Fahrt auf der *Charlotte* hatte Großvater den wunderbarsten Drachen gebaut, den sie je gesehen hatte, *reclamar o luz dessa a lua,* sagte er. Während er seine Tauben — er hatte sie mit Schnüren an den Beinen festgebunden — von Dach aus fliegen ließ, um ihnen Bewegung zu verschaffen, rief er: *Eiyyyy! Dieser Drache, den ich für sie gemacht habe! Er hat ein Crix obendrauf!* (Ein *Crix?* wunderte sich Gaby.) Er lief über das Dach in seine Werkstatt, schlug flatternd mit den Armen, kam zurück, nackt wie immer, und trug, was sie für den schönsten Flugkörper der Welt ansah.

É sua, sagte er: Er gehört dir.

É a nossa, er gehört uns, antwortete sie.

Dann sagte er viel zu schnell zu viele Dinge, die sie nicht verstehen konnte: *O Rei Momo* (König Momo?), *sua beleza graça* (seine Schönheit und Anmut?) und *O Capitão João.* Und der Drachen, sie könne ihn zwölf Meilen hoch in den Himmel fliegen lassen *o próximo Deus* über dem *o mar,* wo er (*Deus,* Großvater?) ihn von weitem sehen könne. So würden seine Augen (zeigte auf sein Herz) ihm sagen, daß es ihr gut gehe, wohin sie mit der *Carlotta* (der *Charlotte*) auch fahren würde.

DAS MÄDCHEN, DAS GOTT ZWEIMAL ERSCHUF

An jenem Morgen, an dem sie Segel setzen sollten, lagen im Bett auf der Veranda zwei Mädchen in sich zusammengerollt, so wie sie sich auch in ihrem pränatalen Leben umeinander gerollt hatten.

Ihre eine Hälfte liebte es zu jagen, sich anzuschleichen, die Eingeborenen nachzuahmen, taub zu spielen und Knochen im Garten auszugraben.

Sie hieß Sloan.

Die andere Hälfte liebte es, *Annas* zu sparen, mit dem *Bobaji* die *Chapattis* auszurollen, Lügen zu erzählen und Karten von Ländern zu zeichnen, die nicht existieren konnten.

Ihr Name war Sybil.

Sie besaßen noch ein Geschwister, drei Jahre alt, mit Namen Malcolm, das sie wie einen Schoßhund oder wie einen Betrüger behandelten und verachteten.

Er gab sich als ihr kleiner Bruder aus, machte in die Windeln und roch.

„Laß uns Malcolm ertränken", einigten sich die beiden Hälften.

Doch keine der Hälften wußte, wie man Pronomen richtig gebrauchte, daher sagten sie im Chor: „Laß uns *ihm* loswerden."

Keine der Hälften war gehässig. Jede war praktisch und geschickt und fand Wege, sich die Welt ihren besonderen Wünschen gefügiger zu machen.

Sie waren Zwillinge, aber das wußten sie nicht, und sie kannten die Welt nur in Hälften.

Sie waren sich so ähnlich, kopierten sich so vollständig, daß ihre Mutter, Mrs. Ogilvy, nicht wußte, welche von ihnen welche war. Vom Augenblick ihrer Geburt an begegneten ihnen die Einheimischen mit ehrfürchtiger Scheu, und ihrer Mutter machten sie Kummer. Sie fürchtete, ihre Töchter niemals auseinanderhalten zu können, die eine der anderen vorzuziehen oder unfähig zu sein, sie beide gerecht zu loben. Sie war nie zuvor Mutter gewesen, und nun war sie es gleich zweifach, und da sie von zarter Konstitution war, fühlte sie sich wie ein nervöser und ängstlicher Schwimmer in aufgewühlter See. Anders als manche Frauen war sie für das Austragen von Kindern nicht geschaffen. Sie war klein, zartknochig, und sie ertrug die lange, allmähliche Reifung ihrer weiblichen Pflicht nur mit dem Gedanken, daß sie einen einzigen Engel zur Welt bringen würde, eine kleine Knospe, eine Schneeflocke wie sie selbst, die sie mit Krinoline und Bändern schmücken konnte. Aber dann gebar sie nicht eines, sondern zwei kräftige Babys. Und ihre Kinder verschworen sich gegen sie, um ihre Leiden zu verlängern, da sie beide, auf gleiche Weise, alles Mädchenhafte von sich wiesen. Schon früh beschlossen sie, in Batist idiotisch auszusehen, und seit sie laufen konnten, war es unmöglich, sie bekleidet zu halten. *Barbarenkinder,* das waren sie für sie; und *Barbarenkinder* waren sie geworden. Hatte sie früher den Dienern mißtraut, so lernte sie, spätestens seit die Kinder krabbeln konnten, den Kleinen zu mißtrauen. Jedesmal, wenn die beiden im Spiel ihre Köpfe zusammensteckten, stellte sie sich vor, sie würden ein Komplott aushecken. Sie hielt die Kinder daher tagelang getrennt. Dann kam ihr ein naheliegender Gedanke. Sie verdächtigte die Dienerschaft, die beiden hinter ihrem Rücken zu vertauschen. Insgeheim stellte sie sich vor, eines der Mädchen mit einer Narbe zu markieren oder beiden ein Brandmal aufzubrennen. Dann nahm sie eines Tages in der Hitze und unter dem düsteren Blick einer Dienerin eine Papierschere vom Tisch, an dem sie die Londoner Wochenzeitungen las, und als Sybil in ihre Teestunde hineinplatzte, schnitt sie ihr die Haare bis zu den Wurzeln ab, damit sie die beiden endlich auseinanderhalten konnte.

„Es hat unser Haar abgeschnitten!" schrie die, die nicht Sybil hieß.

Die Dienerin, die diesen Vorfall beobachtete, war die ehrwürdige Ma Bwa, „Fräulein Großmutter". Sie hatte selbst ein paar *(zwanzig!)* eigene Kinder aufgezogen, doch über ihr Gesicht zogen sich noch nicht die Fäden des Alters. Sie war beispielhaft fromm und glaubte, die fünf großen Sünden seien: 1. einen Floh zu töten, 2. einen Vater zu töten, 3. einen Mönch zu töten, 4. ein Kind zu verletzen und schließlich 5. Buddha eine Beule zu verpassen (er konnte nicht wie ein Floh ermordet oder wie ein Kind verletzt werden, ihm konnte nur eine *Beule* geschlagen werden). Sie kaute Betelnüsse, und gegen ihre Gebrechen trank sie bitteren Currysaft. Sie glaubte an die beruhigende Wirkung des Mohns. Am selben Tag noch lernte Mrs. Ogilvy (Vorname Kitty) unter ihrer Anleitung, die Pfeife zu rauchen. Sie zögerte zuerst, dann entdeckte sie jedoch rasch, daß sie wahres Genie, ein echtes Talent, eine natürliche Begabung für diese Sucht besaß.

Mit den Jahren errieten es die meisten, aber insgesamt verneinten die Briten, daß auch nur einer von *ihnen* die Droge nahm.

Ihr Mann erriet es von Anfang an. Er konnte es sehen und riechen, und er war außer sich —, aber auch er wurde von der Droge verführt. Als Zuschauer wurde er von ihrer Wirkung auf seine Frau verlockt, die das Gift in eine verträumte Lethargie gleiten ließ. Wenn er es genau abpaßte, mehrere Gins intus hatte und genau zu jenem Augenblick vom Klub nach Hause zurückkehrte, wenn sie gerade in die Apathie hinüberglitt, dann konnte er ihren Körper sich straffen und ihre Brüste hart werden lassen, und ihre sich erhitzenden Glieder machten keine Einwände. Schließlich war es eine Wohltat mit der eigenen Frau, wie sie ihm keine andere bereiten konnte. *Mein Gott,* hörte man ihn sagen (und nicht nur zu sich selbst), es ist erfrischend, es mit der eigenen Frau zu treiben, verdammt, eine Nummer mit der Mutter der eigenen Kinder zu schieben . . .

Kitty verbrachte das unvermeidliche „Nächste Mal“ im Bett, fern von ihren Töchtern, den Quälgeistern.

Einmal am Tag gestattete sie ihnen, in ihr Zimmer zu kommen, empfing sie geistesabwesend und erzählte ihnen, sie würde eine neue Schwester für sie backen. *Etwas zu essen,* hatten die beiden zuerst gedacht — eine *kleine Schwester* war, so wie sie es verstanden, eine mehr von *ihnen.*

Sie erwarteten eine weitere Kopie, ausgewachsen, identisch, eine Spätkommende, doch trotzdem eine *Schwester* von der gleichen Quelle. Aber dann kam ein schmächtiger, phlegmatischer *Junge,* der Tag und Nacht bei der Mutter schlief. Seine Locken wuchsen ungeschnitten bis auf die Schultern, und seine Mutter kleidete ihn in Spitze und Leinen. Ihre beiden Mädchen wuchsen zusammen, für sie verschmolz die Welt zu einer Art Glanz, einem Lichterkranz. Die beiden, die mittlerweile nicht mehr zu unterscheiden waren, flackerten wie Sonnenlicht über dem Wasser. Sie waren selig, endlich wurden sie vollkommen. *Gott,* ermahnte ihre Mutter die beiden, *erhört die Gebete.* Manchmal beugte sie sich zu ihnen und sagte *Gott, Gott.* Manchmal faßte sie nach ihrem Mann. *Liebling,* sagte sie. In das Schweigen erzählte sie ihm oder ihnen *Gott hat mir eine vollkommene Tochter geschenkt.*

JANE An jenem Morgen, an dem sie Segel setzen sollten, wie an jedem Morgen seit dem Tod ihres Bruders, ging Jane auch den Hengst ihres Vaters satteln.

Seit dem Tod ihres Bruders dauerten die Ausritte ihres Vaters länger; er schwang sich vor dem Frühstück aufs Pferd, kam nicht vor dem Abend zurück, und der Durst ließ seinem Hengst „Kraft“ Schaum vor dem Maul stehen.

Wenn er auf dem Pferderücken blieb, gelang es ihrem Vater manchmal mehrere Tage lang, ihren Anblick zu vermeiden.

Deshalb ging Jane vor ihm und vor dem Morgengrauen hinunter, um „Kraft“ zu striegeln.

Die ersten Male hatte sie ihn damit überrascht.

Wer da? rief er in seinem Kasernenhofton.

Jane! Vater! Sir! antwortete sie mit schneidender Stimme.

Manchmal schien es ihn zu überraschen, daß er eine Tochter besaß. *Wer da?* fragte er. „Bist *du* das, James, mein Junge —?“

Als sie ihm die Zügel übergab, schien er direkt durch sie hindurchzusehen.

Ihr Bruder war ein Held.

Er hieß James und war im Krieg gefallen.

Die meiste Zeit war er in England auf der Schule gewesen.

Ehe die Armee sie nach Burma versetzte, hatte er sie jedes Jahr einen Monat lang in Indien besucht.

Jane hatte ihn zehnmal in ihrem Leben gesehen, und an sieben Male erinnerte sie sich:

James stieg immer aus einem Zug, und sie wartete immer am Bahnsteig auf einem Bahnhof in den Bergen. Es war immer der gleiche Monat, das gleiche Licht, die gleiche Tageszeit und sehr heiß, trotzdem trug er immer Uniform, dem Vater zuliebe, sah von Mal zu Mal stattlicher aus, hübscher.

Jane begriff, daß ihre Eltern sich in seiner Gegenwart anders verhielten, da sie ihn lieber hatten.

Nun, dachte sie. *Das sollten sie auch:* Er hatte so eine Ausstrahlung. Er war ihre Hoffnung. Sie war bloß *Jane,* etwas, das nach der „Hoffnung“ kam — ein Nachgedanke, ein Versehen.

Als James in der dritten Schlacht an der Aisne getötet wurde, konnten Janes Eltern mit diesem Verlust nicht auf gewöhnliche Art fertig werden.

Zu trauern, von Gram gebeugt zu sein, reichte nicht aus — *Schuld* mußte her, als Trost, als eindeutiges Exempel der Verantwortung, und ihr Vater gab den Deutschen die Schuld.

Ihre Mutter gab dem „Leben" die Schuld.

Trauernde Eltern sind Narren der Natur, ein abscheuliches Vakuum.

Trauernde Eltern sind Größen, die sich gegenseitig aufheben.

Wenn Kinder verschwinden, verkürzt sich der Text, werden die Schlußfolgerungen unausweichlich:

Es gibt einen Schöpfer, der die Welt vernichtet.

Alle Dinge und jeder Moment erhalten Bedeutung aus einem Kontext, von dem erwartet wird, daß man ihn versteht.

Man lebt freiwillig.

Entschuldigungen helfen nicht.

Janes Mutter nahm sich wenig später selbst das Leben; Jane wurde nie etwas davon gesagt.

Seit zwei Jahren lebt Jane allein mit ihrem Vater im soldatischen Exil in Rangun. Wie seine Ledergamaschen und seine Medaillen ist sie ein Schatten seiner früheren Tage. Wenn sie, was nur selten geschieht, in den Spiegel blickt, entdeckt sie überrascht, daß sie einen Körper besitzt. *Ich bin es, die hier ist, Sir,* muß sie sich oft sagen, nur Jane.

WARUM DER BRAUNE MANN SICH BLAUE GÖTTER MACHTE

Menaka wurde an jenem Morgen von ihrer Mutter geweckt. Menaka liebte sie mehr, als je ein Mädchen seine Mutter geliebt hat, und während sie den *Chai* trank, den ihre Mutter zu ihrem *Charpai* brachte, beobachtete sie, wie der kleine Vogel in Mutter Ammis Kehle auf- und abhüpfte, während Ammi ihr den Schluß ihres Lieblingsmärchens erzählte.

„Und dann ist er gestorben?" fragte Menaka, als es zu Ende war.

„Ja."

„Daran kann ich mich erinnern."

„Das ist gut."

„Ich war sehr traurig."

„Es wird nie einen Tag geben, an dem du trauriger bist."

„Dann wirst du nie sterben, Ammi?"

„O doch, ich werde sterben, du wirst schon sehen."

„War er hübsch?"

„Ja, das war er."

„Aber du bist auch hübsch."

„In seinen Augen war ich das."

„Ich bin häßlich."

„Wer hat diese Lüge behauptet?"

„Sie."

„Wer sind diese ‚sie'?"

„Die Mädchen."

„Wie heißen sie?"

„Du kennst sie."

„Ihre *Namen?*"

„Shauna, zum Beispiel."

„Ihre vollständigen Namen, Vor- und Zuname, auf Englisch —"

„Shauna Fraser."

„*Dieses Fleckenschwein!* Wer noch?"

„Norris."

„Das soll ein *Mädchen*name sein —?"

„Norris Petherbridge."

„*Noch ein Schweinchen!* Wer *noch* —?"

„Amanda."

„Sie ist ein Aal in meinen Augen, wie heißt sie mit Familiennamen —?"

„Amanda Sutcliffe . . ."

„*Aal!* Hab ich dir doch gesagt. Wer noch —?"

„Die Schwestern, Sloan und Sybil. Zwillinge . . ."

„*Zwei Ratten!*"

„Gaby. Ortíz. Sie heißt Gabriella."

„*Hündin!*"

„Jane Napier."

„*Diese Fledermaus!*"

„Ein Mädchen namens ‚Monkey'."

„Es gibt ein Mädchen mit dem Namen ‚Monkey' in eurer Schule?"

„Ja."

„Ist es ein englisches Mädchen?"

„Sie ist nur eine halbe Portion."

„Und die andere Hälfte —?"

„Sie lachen sie aus . . .; sagen, sie sei häßlich."

„Und *ist* sie das?"

„Ja."

„Ach so. Hat sie große Klauen —?"

„Hände so wie meine . . ."

„Ein Gesicht voller Pickel?"

„Ein Gesicht wie meines."

„Einen verkrüppelten Körper, Lepra?"

„Braune Haut."

„Ach so, *jetzt* verstehe ich: Dann muß sie wirklich häßlich sein . . ."

„Das behaupten sie —"

„Weil sie kleine Teufel sind."

„*Ich will nicht mit ihnen gehen!* Ich habe Angst vor

dem Wasser! Sie sind so klug; sie wissen, wie man schwimmt — ich will bei *dir* bleiben . . .!"

„Wann sind wir je getrennt?"

(Keine Antwort.)

„Das ist gar nichts", sagte Monkeys Mutter. „Drei Tage, das ist keine Trennung."

„. . . *und* zwei Nächte."

„Ein kurzer Augenblick . . ."

„Aber ich werde Angst haben —; ich sollte bei dir bleiben und tun, was Vater gesagt hat. Vater hat gesagt, ich soll auf dich aufpassen, und ich sollte auf ihn hören —; Hattest du auch einen Vater —?"

„Ja . . ."

„*Siehst du!* Und hat er dir gesagt, was du machen sollst?"

„Das hat er."

„*Siehst* du. Und dann hast du *gehorcht,* oder —?"

„Ich habe es nicht getan."

„Nein?"

„Nein, habe ich nicht."

„Das war sehr böse."

„Das hat er auch geglaubt."

„Was hat er dir denn gesagt, was du tun solltest?"

„Er sagte mir, ich solle mich nett zu meiner Familie und zu unserem Vieh verhalten."

„Und das konntest du nicht?"

„Er sagte mir, ich solle heldenhafte Kinder gebären."

„Und *das* konntest du auch nicht?"

„Er sagte mir, ich solle nie eine Fehlgeburt haben und niemals einen leeren Schoß, und ich solle meinem Gatten gehorchen."

„Das war klug . . ."

„Er sagte mir, daß er sich am Morgen meiner Geburt geschämt hätte, und daß der Vater meines Mannes sich an dem Morgen, als mein Mann geboren wurde, nicht geschämt hätte. Also war ich ungehorsam."

„Hat er dich geschlagen?"

„Kein Mann darf eine Frau schlagen."

„Hat er dich in Stein verwandelt?"

„Er hat es nicht getan. Der Beweis steht vor dir."

„Was hat er getan?"

„Er tat so, als wäre ich tot."

„Und was hast du getan?"

„Ich tat so, als wäre ich nicht tot."

„Du bist aufgesprungen?"

„In aller Pracht."

„Und du bist geflogen?"

„Weit, weit fort."

„Und das war möglich?"

Der Vogel in der Kehle ihrer Mutter hüpfte auf und ab, und Monkey hoffte, der Vogel sei so blau wie Krishna. Ammis Haut, ihre Zartheit, war fehlerlos, und Monkey wußte, sie würde nie so eine Frau sein wie ihre Mutter, so schön. Ihre Eltern hatten einem Wahnsinn nachgegeben, den sie für „Liebe" hielten, weißer Mann, schwarze Frau, und sie machten ein Mischlingskind. Ihre Lehrerin, Charlotte Lewes, hatte ihr gesagt, die sterblichen Menschen malten sich Götter mit blauer Haut oder mit einem Heiligenschein, weil blaue Haut und Heiligenschein *unmöglich* waren, und gegen alle Hoffnung hoffte Monkey und fragte ihre Mutter: „Sehe ich so aus wie er?"

„Ob du wie Mister Lawrence aussiehst?"

„Ja. Wie Vater . . ."

Und ohne zu wissen, daß ihre Worte jede Hoffnung zerstörten, bestätigte der Mensch, den Monkey von allen Menschen der Welt am meisten liebte: „Natürlich nicht! Überhaupt nicht —!" und im Glauben, er hätte weise gesprochen, hob sich der Vogel in der Kehle ihrer Mutter auf den Schwingen des Lachens empor, flog durch das Zimmer, rot, nicht blau, und flog davon, hinaus auf den Ozean.

DER GEBURTSTAG DES KÖNIGS

Am Monkey Point gingen an jenem Morgen bei kräftiger Brise drei Boote unter Segel — die Motorjacht des Diamantenschürfers Mister Fraser, *Die Ruby Girl;* Mister Sutcliffes Gewürzschaluppe, *Die Cinnabar* und John Dollars Dhau mit Trapezsegel, die *Charlotte.*

Am Kai marschierte das Militär auf, eine Kapelle spielte, Reverend Petherbridge erflehte Gottes Segen und betete um eine zeitweilige Verfügung gegen Sturm, Flutwelle, Et Cetera. Er predigte blumig und überlaut im Stil der Lollard-Schule, war aber unfähig, die Seelen zu rühren, selbst die seiner Tochter nicht, die starren Blicks durch seine Klischees auf einen Frühstückskrümel an seinem Kinn starrte und von fünfhundert an rückwärts zählte, damit sie nicht zappelig wurde, bevor er fertig war. Er redete weiter und weiter, sprach aus dem „Gebetbuch für den Alltag" alle „Gebete für die See" und zu jedermanns Verwirrung einige Gebete, die als „Dankgebete nach einem Sturm" zu singen waren, *Jubilate Deo* und *Confitemini Domino:*

„Daß sie ihm bringen würden das Opfer
des Dankes:
mit Freuden seine Taten zu verkünden!"

Wovon *redet* er eigentlich? dachte Nolly und verzählte sich etwa bei dreihundert:

„. . . Wer sich in Schiffen auf das Meer begibt
und auf den großen Wassern seinen Geschäften nachgeht,
diese Männer sehen die Taten des Herrn
und seine Wunder in der Tiefe . . ."

Mister Fraser stimmte ein „Hört! Hört!" an, und Nolly sah ganz deutlich, wie John Dollar Charlotte anlächelte:

„. . . Denn auf sein Wort hin erheben sich stürmische Winde,
durch die sich die Wellen auftürmen.

Sie werden zum Himmel emporgetragen, und wieder hinab in die Tiefe;
im Angesicht der Bedrängnis schwinden ihre Seelen dahin.
Sie taumeln von hier nach dort —"

Jemand tuschelte.

„. . . und torkeln wie Betrunkene,
und sind mit ihrer Weisheit am Ende . . ."

„Oh, *halt den Mund,* Vater", flüsterte Nolly, als Großvater, verwirrt von religiösen Gefühlen und dem Gedanken an das *droit de seigneur,* in ein helles Leinentuch gewickelt auf dem Kai erschien, John eine Handvoll Tomaten gab und zum Meer hin obszöne Gesten machte, damit es allen Glück bringe.

Der Tag war klar und frisch, einmal mehr ein Beweis dafür, daß Gott ein Engländer war.

Wahrlich ein Tag zum Feiern — der Geburtstag des Königs —, und der Himmel war wolkenlos, von königlichem Blau.

Drei Monate lang hatte dieser Tag ihre Gedanken bewegt, ein Leitstern ihrer Zukunft, ein Ereignis wie eine Krönung oder wie das Rennen von Ascot, auf das sie sich mit patriotischer Hingabe freuen konnten. Der Krieg war vorbei, und sie sehnten sich nach Feierlichkeiten — zu nahe, sagten sie wieder und wieder, war die Welt daran gewesen, auf immer königlos zu werden. Nur noch vier Monarchien gab es in Europa, und unter ihnen, versicherten sie sich, war die englische die geachtetste, die niemals endende. Etwas mußte getan werden, um den königlichen Geburtstag zu ehren, etwas Angemessenes, Passendes, Vollkommenes. Einen Kostümball hielt man für zu frivol, obwohl die Damen Sutcliffe und Fraser sich mit dem Argument dafür einsetzten, daß sie unter einem guten Vorwand den Ballsaal im Klubhaus renovieren könnten, der gegenwärtig während des Monsuns als Hallenspielfeld herhalten mußte. Aus Lucknow kam die Nachricht, daß man *dort* zum Gedenken dieses Geburtstages eine Bronzestatue in Auftrag gegeben habe, die aus einundzwanzig alten Mogulkanonen geschmiedet werden sollte und mehrere Tonnen wiegen würde. Die Briten in Kalkutta ließen wissen, sie hätten vor, ein Regiment einheimischer Wehrdienstpflichtiger und ein Hospital für Leprakranke nach dem König zu benennen. *Sich ja nicht überbieten lassen,* wurde in Rangun zur Parole des Tages; doch bis zu jener Nacht, in der John im Gymkhana-Klub erzählte, daß er gerne die Andamans kartographieren würde, war die richtige Idee noch nicht geboren.

Na klar, John! Und warum nicht auch als erster den Küstenverlauf von Devon auf einer Karte eintragen, wenn du schon mit deinem Theodoliten da draußen bist —? *(Sutcliffe antwortet:)*

Weil es seit zweitausend Jahren eine Karte von Devon gibt, sagte John.

Das ist es ja gerade, natürlich ist Devon seit der Römerzeit kartographiert. Genau wie die Andamanen.

Ich bitte darum, anderer Meinung sein zu dürfen, Sir.

(Colonel Napier verteidigt die Unwissenheit eines weißen Gefolgsmannes:)

Langsam, John — Sutcliffe kennt seine Gewässer. Wir haben Leute da draußen, Männer und Frauen, die in der Strafkolonie in Port Blair kaserniert sind — du glaubst doch wohl nicht, wir würden sie, zack, einfach so an einen Ort schicken, den wir nicht vorher kartographiert hätten? Ich habe die königlichen Ordonnanzkarten dieser Inseln mit eigenen Augen gesehen. Du solltest deine Träumereien auf den aktuellen Stand bringen, John, oder wenigstens auf den Stand unseres Jahrhunderts . . .

Die Karten, von denen der Colonel sprach, antwortete John, wurden im Jahre 1888 von einem einäugigen Trunkenbold angefertigt, der seine Feder in unsichtbare Tinte tauchte. Die Umrisse der Inseln des Archipels sind sonderbar ungenau, als wären sie, wie Sterne, nur aus der Ferne gesehen und nie aufgesucht worden. In all den Jahren, in denen er sich mit Karten beschäftige, habe er noch niemals eine Gruppe Koralleninseln gesehen, die aussähen wie die auf dieser Karte, als seien die Samenkörner einer einzigen Schote ausgesät worden, jede identisch mit den anderen. Außerdem, behauptete er, wären die Andamanen-Inseln noch im Entstehen begriffen, ihre Umrisse würden sich fortwährend ändern.

(John nippt an seinem Whisky.)

Selbst wenn die Karte anfangs korrekt gewesen wäre, was nicht zutreffe, dann seien vierzig Jahre eine zu lange Zeitspanne zwischen kartographischen Expeditionen. Er wisse aus eigener Erfahrung, daß wenigstens einer der Tiefseekanäle zwischen den unbenannten Inseln heute ein massives Korallenfeld sei und daß zwei Schwesternatolle, eingetragen als *N. und S. Brother Islds.* gänzlich unter die Sandbänke abgesackt seien. Zwei- oder dreimal im Jahr werde dieses Gebiet von Erdbeben erschüttert, die an der Stelle von ehemals flachen, scharfzackigen Riffen brandneue Atolle und Laguneninseln aus dem Meer heben würden —

Moment mal:

Brandneu, sagtest du?

(Die Männer entwickeln einen Plan:)

Inseln —?

Nicht eingetragen, sagtest du —?

Atolle —?

Sind irgendwelche *größeren* dabei, John?

Und wie es sich ergab, wurde Sutcliffe das Verdienst für den „Plan" zugesprochen.

(John hatte nichts dagegen — er war kein Royalist, und ihm war es egal, ob der König lange lebte oder bald starb, ein Tanz nach ihm benannt würde, eine seltene Zibetkatzenart oder eben eine öde Insel.)

Aber als es tatsächlich soweit war, daß dem König zum Geburtstag eine Insel geschenkt werden sollte, waren die Mitglieder des Klubs gezwungen, ihn nicht mit der Entdeckung einer neuen Insel, sondern mit der Umbenennung einer bereits bekannten Insel zu ehren. Aus der nördlichen Gruppe mehrerer hundert Inseln wählten sie ein einsames, sechzehn Quadratmeilen großes Eiland, das von Marco Polo *L'Isola dei nostri sogni proscritti* oder *Die I. unserer verbotenen Träume* genannt worden war. Sie glaubten, die Insel habe die einer Geschenkinsel angemessene Größe, und der Name fordere eine Änderung geradezu heraus. Also teilten sie ihrem König mit, daß sie, seine ergebenen und gehorsamen, seine untertgst. Diener, die Engl. von Rangun, in vollem Staat (Frauen und Kinder inkl.) zum Obengenannten-und-neu-benennenden Gestade segeln und sein

Banner auf jene Insel pflanzen wollten, die von diesem Tage an unter dem Namen *König-Georg-Insel* bekannt sein würde; herzlichen Glückwunsch zum Geburtstag.

Der „Plan" wurde an jenem strahlenden Tag wie folgt in die Tat umgesetzt:

Die Ruby Girl

Mit dem von Fraser angeheuerten Mann, Kapitän Matlock, am Ruder, führte Frasers Motorjacht, das schnellste und schnittigste Schiff, die Flotte aus dem Hafen von Rangun. Zur Mannschaft der Jacht gehörten außerdem die beiden Diener von Matlock; Fitzgibbon, der Vorgesetzte der Jungen und Direktor der Schule; sowie sieben Jungen, Söhne Englands, im Alter von sechs bis siebzehn Jahren, uniformtragende Scouts, für die es um ein Abzeichen in Schifferknoten, Himmelsnavigation oder Signalflaggen ging.

Die Cinnabar

Mit einer halben Meile Rückstand tuckerte an ihrer Leeseite Sutcliffes Schaluppe mit Sutcliffe auf der Brücke und Ogilvy als erstem Offizier. An Bord befanden sich außer den Vorräten der Expedition noch Mrs. Sutcliffe, Colonel Napier, Mr. und Mrs. Fraser, fünf Diener, Harpunen zum Schildkrötenstechen, Gewehre unterschiedlichen Kalibers, einige hundert Schuß Munition, eine Landmarkierungsflagge der Königlich-Geographischen Gesellschaft, Mr. Sutcliffes Wasserspaniel, die Flagge des Königs, der Union Jack und die Standarte des Heiligen Georg. Hinter diesen beiden Schiffen folgte Johns Dhau mit einer über dem Focksegel gehißten und zum Gruß gedippten Lotsenflagge, drei fliegenden, an die Heckreling gebundenen Schachteldrachen — der eine weiß, der andere rot, der dritte blau — und vollen Segeln von auffälliger, erdroter Leinwand. Mit ihm fuhren John, Charlotte, acht Mädchen, zwei Dienerinnen und Johns Deckjunge, ein fünfzehnjähriger, immer vergnügter Bursche aus Bengalen, den sie Jib nannten. Alle Mädchen waren bereits einmal mit einem Schiff gefahren — die ältesten, Nolly und Amanda, waren per Schiff aus England gekommen, und selbst unter den jüngeren konnte sich zum Beispiel Monkey noch an die Überfahrt auf jenem Dampfschiff erinnern, mit dem sie nach dem Tod ihres Vaters von Kalkutta nach Rangun gefahren war, um dort bei dem Bruder ihrer Mutter zu bleiben. Aber nur Oupi und Amanda, deren Vätern die beiden anderen Schiffe gehörten, waren schon einmal *unter Segel* gefahren; außerdem sah hundert Meilen im Umkreis kein Schiff auf dem Meer so vollendet, so wundersam und schön aus wie Käpt'n Dollars Dhau.

Die Charlotte

Rumpf und Kiel hatte sich John in Goa von portugiesischen Werftarbeitern bauen lassen, hatte aber ihr Spantenwerk verstärken und ihre Bespannung speziell von einem orientalischen Genie in Rangun anfertigen lassen. Man sagte seinem Boot nach, daß seit der Arche Noah keine unwahrscheinlichere Konstruktion zu Wasser gelassen worden sei — eigenwillig, auffallend und wie geschaffen, die Talente ihres Herrn zur Geltung zu bringen. Die *Charlotte* fuhr sich wie kein anderes Segelschiff und glich auch im Aussehen keinem zweiten. Ihre Segel waren zinnoberrot – eine Farbe, die sich John ausgedacht hatte, da sie unter allen Wetterbedingungen leicht zu erkennen war —, und ihr Heck wölbte sich steil und hoch aus dem Wasser. Sie war bequem und sparsam eingerichtet, und jeder Zentimeter diente einem dieser beiden Zwecke. Bis ins letzte Detail durchdacht, war sie schön und schnell. John lebte auf seinem Schiff, wenn er seine Nächte nicht mit Charlotte in ihrem Haus am Fluß draußen am Monkey Point verbrachte. Bevor er und Charlotte sich begegneten, war er zwischen Bangkok und Rangun mit Schmuggelware hin- und hergesegelt und hatte auf dieser Schönheit von einem Boot, das zu der Zeit noch keinen englischen Namen trug, schon jahrelang gelebt.

(*Charlotte hat etwas Pfefferminz, und sie meint, es würde helfen,* sagt Monkey tröstend zu Jane.

Janes Gesicht hat nur noch eine Farbe; es ist kreidebleich.

„Käpt'n Dollar meint, es hilft, wenn man aufs Land sieht. Schau nicht ins Wasser", sagt Monkey. Sie wartet darauf, daß Jane sie beachtet oder ihr antwortet. Während sie wartet, fragt sie sich, wie es wohl wäre, wenn Jane sie ansehen würde. Sie fragt sich auch, wie es wohl wäre, wenn sie Jane berühren würde.)

Achtern versanken die Hügel von Monkey Point. Dort, wo der Himmel sich neigte und das Wasser berührte, wurden die letzten Reste dessen, was einmal Burma gewesen war, davongespült und kippten über den Horizont. Hinter ihnen waren, so weit sie sehen konnten, nur noch Himmel und Wasser, sonst nichts, nur die hundert Töne einer einzigen Farbe: Blau.

„Hol ihr einen Eimer", befahl Amanda.

Sie legte einen Arm um Janes Schultern und half ihr von der Reling fort.

„Nun —?" schnappte sie, als Monkey sich nicht rührte.

Monkey holte den Eimer, und Charlotte und Amanda trugen Jane nach unten.

„*Es* kommt sich sehr gebieterisch vor", sagten Sloan und Sybil.

„Es ist eifersüchtig", flüsterte Gaby.

Ist *es* das —?

„Ja."

Auf *wen* —

„Shauna", sagte Gaby.

Warum?

„Ratet mal."

Sag's uns!

„Okay: die *Es-ze-ha-el-a-en-ge-eh* . . ."

. . . *Wann* —?

„Heute morgen."

Wo —?

„Ratet mal, wo."

Du meinst . . .

„Ja. Oupi hat es gesehen."

. . . Sie *gebissen?*

„An *der Stelle*", verkündete Gaby, „und ihr wißt, was *das* bedeutet . . ."

Die Königin ist tot, wußten sie; es lebe die Königin.

SCHIMPF-TIRADEN

Oupi sah es als erste — John hatte sie in einem Korb hochgehievt, und sie rief mit lauter Stimme: *Land ahoi! Land ahoi! Land ahoi!*

Sie zeigte nach backbord achteraus, und alle kamen angelaufen. „Es sieht ihn nicht!" beschwerte sich Sloan, aber Oupi gestikulierte wild, hüpfte in ihrem Korb herum und schrie: *Hei! Hurra! Hollaho!*

Von der *Ruby Girl* ertönte ein dreimaliges Hurra der Scouts, und auf der *Cinnabar* schoß Mr. Fraser einundzwanzig Revolverschüsse in die Luft, als Begleitung zu „God Save the King", das von den Frauen und burmesischen Trägern a cappella gesungen wurde.

Jeder von ihnen empfand beim Anblick von

Land etwas Besonderes — doch obwohl sie bereits ein Dutzend Inseln passiert hatten, weckte diese eine ihre patriotischen Gefühle. Besonders die Scouts konnten ihre Aufregung kaum bändigen. Matlock, der ihnen zusah, wie sie wilde Freudenrufe gegen das Ufer schleuderten, sagte zu Fitzgibbon: „Es ist das Blut, Sir. Söhne Englands. Es liegt ihnen im Blut, Sir. *Insel*bewohner".

Zur Landung führte die *Charlotte* die Flotte in den Wind, und Sutcliffe brachte die *Cinnabar* steuerbord, kam längsseits, und Ogilvy schrie durch sein Megaphon:

ERBITTE BEILIEGEN ZU DÜRFEN, JOHN — IST DIES *DER ORT?*

BITTE GEWÄHRT — BEILEGEN, ERSTER OFFIZIER! rief John gegen den Wind durch den Trichter, zu dem er seine Hände geformt hatte.

Sie brachten die Schiffe in den Windschatten der Insel; zwei schmale Riffstreifen waren von dem übrig, was einst die Barriere gewesen war. Die Untiefen versprachen eine geschützte Bucht im kabbeligen Meer, also signalisierte John, sie sollten die Anker auswerfen. Sie waren neun Stunden lang West-Südwest gesegelt und einen Grad vor der Sonne hergelaufen, die jetzt hinter ihnen über dem Meer hing, als sie bei Flut mit dem Bug Richtung Insel lagen und die Segel einholten. Es war acht Glasen, noch sechs Stunden bis zur Dämmerung. Der Mond ging in diesen Breiten erst spät auf — es war lange hell, aber sie waren fünfunddreißig (plus Hund), und mit nur fünf Booten mußten sie und der reichliche Vorrat noch vor der Ebbe an Land gebracht werden.

„Erinnert mich an das bekannte Rätsel", staunte

Sutcliffe, als sie darüber debattierten, wie die kleineren Boote am besten einzusetzen seien, „von den Missionaren, die in einem einzigen Boot über den Fluß müssen. Und hinter ihnen diese hungrigen Kannibalen . . .“

(Sobald sie Anker geworfen hatten, zogen sich, außer den Dienern und Matrosen, alle unters Deck zurück, um sich umzuziehen. John dachte, daß die damit verschwendete Stunde besser genutzt würde, wenn er, Jib, Matlock und einige Diener Vorräte an Land verschifften, aber Fraser hielt dagegen, daß die ersten Spuren, die ein Teilnehmer dieser Expedition im Sand hinterließe, die Insel König und Vaterland weihen würde, und dies sollten daher nicht die Schleifspuren von Glas- und Porzellankisten sein, die über das zur Zeit der Ebbe trockene Land bis an die Flutgrenze hochgeschleppt werden mußten. Man fand einen Kompromiß zwischen Pomp und gegebenen Bedingungen, als John vorschlug, daß die Boote an Land fahren und Diener und Vorräte unterhalb der Gezeitenmarke ausladen sollten; man hielt dies für eine vernünftige und passable Idee, da sie keinen unziemlichen Übergriff auf das königliche Recht bedeutete, denn ein Strand bei Ebbe war eigentlich, wie jeder zu wissen glaubte, kein *Land,* das den Namen verdiente . . .).

John überwachte die Verladung der Vorräte in die Boote. Es waren: acht Teppiche, zwei Kisten hauchdünnes Royal Worcester Knochenporzellan mit dem „Hyde Park“-Muster, ein mit Bast ausgelegter Kasten voll irischer Bleikristallgläser, eine Truhe mit Silberbesteck, Fläschchen mit Gewürzpulver, drei Fäßchen Sherry, GIN, LIMONEN, MEHL, EIER, ein Dutzend Konserven mit schwedischen Fischfrikadellen, ZUCKER, Weinfässer, je eine Dose mit CHEDDAR und STILTON, Zitronenquark, zwei

Dutzend Zeltstangen, fünf Zeltvordächer, Regenschirme, Pilze, WASSER, Sellerie, Zwiebeln, Knoblauch, Kondensmilch, Tomatenketchup, REIS, TEE, Papayas, ZWEI LEBENDE SCHWEINE, elf Kochtöpfe, drei Bratpfannen, Bananen, Mangos, Austern, Auberginen, Biskuitkuchen und Kekse.

„Keinen *gefleckten Schwanz?*" witzelte John.

Doch Fraser hatte überhaupt keinen Sinn für Humor.

„Zu meiner Zeit", sagte er, „hätte man es kaum ein Mittagessen zu nennen gewagt, wenn wir uns nicht mit wenigstens sechzehn Elefanten aufgemacht hätten."

„Ganz genau", bestätigte Sutcliffe. Er war ein großer, pferdegesichtiger Etonianer, ein Sportsegler, dem man nachsagte, er halte sich eine burmesische Jugendliche für seine Vergnügungen. Gerüchte über seine Kindfrau waren sogar zu seiner Tochter vorgedrungen, deren Ähnlichkeit mit ihrem Vater grotesk war, fast als hätte dieser sich den Bart abrasiert und wäre in ein Kleid geschlüpft. „In der Führung eines *m'*pires kann es nichts geben, was die Franzmänner *de trop* nennen würden", ermahnte er. „John, ich weiß, du bist da ein wenig eigen, und ich verzeihe dir, aber es steht nun einmal fest: ‚Uns' gehört alles. ‚Ihnen' gehört nicht einmal der eigene Hintern. Sie gehören uns. Sie gehören uns, weil ‚wir' besser sind. Es gibt nichts, wo auch immer, in keinem Winkel der Welt, das uns nicht gehören könnte. (Sag nur, wonach dir der Sinn steht, John. Das da sind unsere Diener . . .) Warum sollten wir uns nicht vergnügen? Bislang ist dieses Jahrhundert von *W*'s regiert worden: von der *W*itwe von *W*indsor und dem *W*eltkrieg — ich behaupte, es wird Zeit für *W*ohlstand und *W*alzer, *W*onnen und *W*ein und —"

„*Chaque à son goût,* Edward“, rief Mrs. Sutcliffe scharf dazwischen. (Sie war keineswegs eine so schwache Person, wie ihr Beitrag zum Aussehen ihrer Tochter hätte vermuten lassen, auch wenn ihr Französisch schlecht war.)

Matlock war zwar nur Frasers Angestellter, wußte aber alles über die anwesende Gesellschaft. Er wechselte das Thema (wenn auch ein wenig plump) und behauptete, es gäbe etwas, das jedem Seemann bekannt und ein Entzücken für den Gourmet sei und das er *Riz océanique* nannte. („Das ist einfacher Reis. Nach Meeresart, Missus.“)

„Wirklich?“ fragte Mrs. Sutcliffe. Wie ihre Tochter hieß sie Amanda. „Sie müssen mir erzählen, wie man ihn zubereitet, dann werde ich es unseren Boys sagen.“

„Nun, Missus, das ist nicht so einfach. Es verlangt jahrelange Erfahrung.“

„Aber sie haben gesagt, jeder Seemann würde das Gericht kennen?“

„Ja, Madam. Ich schätze, Käpt'n Dollar hat es auch schon zubereitet und könnte es sicher auch erzählen. Im wesentlichen geht man so vor. Zuerst: Wasser kochen.“

„*Rostiges* Wasser“, korrigiert ihn John.

„*Falls* zur Hand. Wenn nicht, tut es auch Bilgewasser. Dann füge man Reis hinzu.“

„Mit Kakerlaken“, berichtigt John.

„Die Kakerlaken, Madam, sind Geschmackssache. Man kann jede Art von hartgepanzertem Insekt nehmen. Drittens: Man koche, bis es gar ist. Viertens: Abschmecken mit allem, wozu man Lust hat. Fünftens: Man bringe es auf Deck. Sechstens: Man werfe es über Bord. Rettet einem das Leben, diese letzte Regel . . .

„Matlock!" ruft John von einem Boot zum anderen, als sie mit der Flut an Land rudern. „Sie wissen deinen Humor nicht zu schätzen!"

„Aye — warum nicht?"

„Du bist nicht besonders witzig!"

„Vielleicht nicht — aber hast du den von dem Elefanten gehört, der vor Lachen stirbt, als er einen Stamm Pygmäen in den Fluß pinkeln sieht?"

„Nein!"

„Der Elefant —"

„— ?"

„... sieht einen Stamm —"

„— ?"

„Pygmäen! Am Fluß! Nackt —"

„— ?"

„Stirbt vor Lachen!"

„— ?"

Hat nicht verstanden, wie jemand genug zu *trinken* kriegen soll mit solchen Rüsseln!"

„Kapitän Matlock!" ruft Jib vom anderen Boot. „Die Diener wollen wissen, ob es auf dieser Insel Löwen gibt —"

„Frag Käpt'n John!"

„Gibt es Löwen auf der Insel, John?"

„Nein!"

„... Die Diener wollen wissen, ob es dort *Schlangen* gibt —"

„Ja!"

"... Gibt es dort Riesenfrauen mit weißen Brüsten?"

„,Riesen' —?"

„*Frauen!* Mit weißen Brüsten —"

„Sag ihnen ,Nein', der Ort, an den sie denken, heißt ,Paradies' —"

Sie landeten an einem Strand auf der Leeseite des Riffs. Der Sand war rosafarben und grün, so grobkörnig wie Zucker und überzogen von einem Flechtwerk der *Ipomena,* einer wilden, tiefroten Purpurwinde, an deren Blüten orangefarbene Kolibris und karminrote Honigbienen nippten. Die Diener errichteten ein vorläufiges Camp unterhalb der Gezeitenmarke und setzten sich dann auf die Kisten, um zu warten, bis die Boote mit dem offiziellen Landungstrupp zurückkehrten. Sie sahen den Sandflöhen zu, die über den Schlick hüpften, lockten mit ihren Zehen Plattfische an und rauchten; und einer von ihnen, der älteste, hielt mit einer Messerklinge aus Sheffieldstahl „Made in England" in der Hand (die Augen starr auf die Bäume hinter dem Strand gerichtet) Ausschau nach Schlangen.

Auf den Schiffen bereitete man sich auf den Landgang vor. Die Männer, die in der Armee gewesen waren (Sutcliffe, Fraser, Colonel Napier und Ogilvy) trugen ihre Uniformen; die Frauen zogen Hüte, Schuhe, Kleider, Handschuhe und Strümpfe an (bis auf Charlotte, die strumpflos, barfuß und ohne Hut ging. Allerdings hatte sie Netzhandschuhe an, ohne Fingerspitzen, so daß sie damit essen konnte.) Sie trugen ihren Schmuck. Als sie da an der Backbordseite der *Cinnabar* standen, glichen die vier Männer und zwei Frauen Hochzeitsgästen, die sich zu einer Trauung auf dem Lande vor dem Pfarrer des Dorfes versammelt haben. Wie er sie so sah, wurde Fitzgibbon auf der *Ruby Girl* von einer unbändigen Lust gepackt, sie „für die ungeborenen Generationen" zu verewigen; er lief, um seine Leica zu holen, und gestikulierte wie verrückt, sie sollten erst dann in die Boote steigen, wenn er sie fotografiert hätte. Außer seinem *Liebchen* (wie er seine Leica nannte — eindeutig taub für das Weltgeschehen und ohne Gefühl dafür, welche Beleidigung solch ein teutonisches Wort für die Ohren seiner englischen Landsleute, besonders die des Colonels, so kurz nach dem Krieg darstellte) besaß Fitz noch eine uralte, jedoch tadellos erhaltene Daguerreotypie-Kamera mit Trokkenplatten, die er in einem Pfandladen in Rangun entdeckt und mit der er einige Quecksilberaufnahmen von der burmesischen Kunst des Tätowierens gemacht hatte. Mit keineswegs geringerer Verehrung als für seine Leica nannte er sie *die Witwe*. Für John war er ein Verrückter mit einem Dreibein, „der bucklige Fitzgibbon", wie er ihn wegen der Haltung nannte, mit der er seine Ausrüstung schulterte und unter ihr gebeugt und hinkend hin- und herlief. „Fitz", so nannte ihn Charlotte, war immer in hektischer Eile, immer leidenschaftlich interessiert an einer neuen Entdeckung.

Für die Nachwelt! rief Fitzgibbon jetzt, als er seine Scouts an Bord der *Ruby Girl* fotografierte. Sie stiegen in die beiden Boote, die von Matlock und einem Diener gerudert wurden, und fuhren zum Treidel der *Charlotte* hinüber, von der die Mädchen über Strickleitern hinabkletterten. Fitzgibbon richtete sich in seinem Boot auf, rief *Und noch eines für die Nachwelt!* und versuchte, die Balance zu halten, während er die Kamera einstellte. Ein Kichern lief durch die Reihen der Scouts, als Charlotte sich über die Reling schwang und ihre bloßen Füße und Beine zu sehen waren.

Bleibt so stehen, Mädchen! rief Fitzgibbon.

„So ist's gut! N-i-c-h-t bewegen! Einmal noch! Charlotte, *bitte,* bleiben Sie in diesem —"

„Wovon reden Sie, Fitz?"

„Bitte!"

„In was soll ich bleiben?"

„Im Bild! Bleiben Sie bitte *im* Bild —"

„Das würde ich ja gerne, aber zuerst müssen Sie mir sagen, wo es *ist* . . ."

Er blickte von dem Sucher auf, kniff die Augen zusammen und sagte „Ha, ha".

Sie drängten sich in die Boote.

In Matlocks Boot saßen: Mrs. Fraser und vier Mädchen.

In Johns Boot: Charlotte, Sloan und Sybil, Jane (der es immer noch schlecht ging) und Oupi (die sich weigerte, mit ihrer Mutter in das erste Boot zu steigen, weil Mrs. Fraser — vor allen anderen — gesagt hatte: „Du hörst jetzt *sofort* auf, diesen Unsinn zu erzählen. Shauna mußte nicht zu Hause bleiben, weil sie von einer *Schlange* gebissen worden ist."). Monkey hatte bei Charlotte und Jane bleiben wollen, aber Oupi hatte sich in letzter Sekunde den letzten Platz auf dem Boot gesichert, so daß Monkey nun, aufrecht und steif, im hinteren Teil von Matlocks Boot saß, hinter Gaby, Nolly und Amanda, und die Gischt von Matlocks Rudern ins Gesicht bekam.

Im dritten und vierten Boot, die von Jib und Matlocks Diener Gunama (sie nannten ihn „Montag") gerudert wurden, saßen Fitzgibbon, sieben Jungen und Fraser. Die Jungen hießen Edward, Edward, Charles, Charles, George, George und (Nollys Bruder:) Nigel.

Im Boot an der Spitze der Flotte, das von Matlocks zweitem Diener Pandi (den sie „Donnerstag“ nannten) gerudert wurde, waren die Sutcliffes, Colonel Napier, der Wasserspaniel der Sutcliffes namens „Nelson“, die Standarten, die Flaggen und Fahnen König Georgs, die Landmarkierungsflagge der Geographischen Gesellschaft und Mr. Ogilvy.

Dieses Boot, so waren sie übereingekommen, sollte „die Landung“ machen, die Flagge aufpflanzen und die Insel taufen. Es machte beim Einlaufen eine gute Figur und hielt geraden Kurs. Am Strand saßen die Diener auf den Porzellankisten, sahen zu und rauchten. Sie redeten, und ihnen war klar, daß ihre Stimmen beim vorherrschenden Westwind nicht weit trugen. Unter sich nannten sie sich Kow Chow, Maung Ang, Ningyan, U Maung und U Thet. Sonst nannte man sie:

Samstag,
Sonntag,
Dienstag,
Mittwoch,
(und den alten:)
„Freitag“.

TELLER UND FLASCHEN

Jeder, der an diesem Tag an Land ging (ausgenommen die Diener), hatte die Geschichte *Das Leben und die Abenteuer des Robinson Crusoe* entweder gehört oder gelesen, und deshalb herrschte diese besondere, überschäumende Heiterkeit, die aufkommt, wenn das Leben sich den Geschichten annähert, die man sich erträumte; außerdem hatte sie jene mächtige Aufregung ergriffen, mit der man Licht, die Fackel der Geschichte, in eine entlegene Region der Dunkelheit bringt.

„‚Gut' . . . und ‚Schlecht'", belehrte Fitzgibbon die Jungen bei der Landung. „War eigentlich das erste, was er machte. Crusoe. Beurteilte die Lage. Notierte sich seine moralischen Hauptbucheintragungen, wog Soll und Haben gegeneinander ab. Ein sehr unternehmungsfreudiger Mann, dieser Crusoe. Frage mich wirklich, was ich an seiner Stelle getan hätte —"

„Sir! Ich weiß die Antwort, Sir!" Der jüngere Edward stand auf.

„Sei ruhig, Edward, bitte setz dich hin, es war nur ein philosophisches Gedankenspiel . . ."

„Signalisiere über Funktelegraphen Punkt Punkt Punkt Pause, drei Striche und danach wieder drei Punkte, Sir", sagte Edward auf, „oder schieße eine rote Leuchtrakete ab oder schieße in maximal einminütigen Abständen mittels Leuchtraketen rote Sternkugeln in die Luft oder errichte ein Rauchsignal an erhöhter Stelle und sende orangefarbenen Rauch entsprechend der Anweisungen im *Bootmanns Handbuch für Scouts,* Sir."

„Und wenn es . . . keinen Funktelegraphen gibt und nichts, womit man orangefarbenen Rauch erzeugen könnte?"

„Einen Brief in eine Flasche stecken, Sir."

„‚Einen Brief in' —?"

„Eine Flasche, Sir, dann auf Hilfe warten; sie wird kommen."

„Und du bist dir sicher, Edward, daß Hilfe eintreffen wird?"

„Innerhalb eines Monats, Sir, ja. Sie kommt."

„Ein *Monat?* Edward, wie kannst du dir da so sicher sein?"

„Die Marine des Königs patroulliert die Weltmeere, Sir —"

„Und du glaubst, Edward, sie würde heimlich

nach Flaschenpost suchen?“

„Jawohl, Sir. So hat die königliche Marine ja auch Robinson Crusoe von dieser schrecklichen Insel in der Südsee gerettet, Sir.“

„Wenn wir nach Rangun zurückkommen, wirst du mir die Stelle bei Defoe zeigen, die dieses verbrecherische Mißverstehen verschuldet hat . . .“

„— bei ‚Defoe‘, Sir?“

„Daniel.“

„‚Daniel‘, Sir?“

„Wie der Prophet der Apokalypse.“

„Natürlich, Sir, jawohl —“

Robinson Crusoes Haushaltsbuch (sein Hauptbuch für „Gut“ *und* „Schlecht“)

SCHLECHT	GUT
Ich bin von der Menschheit getrennt, ein Einsamer, von menschlicher Gesellschaft ausgeschlossen.	Aber ich bin nicht hungrig, und ich darbe nicht ohne Nahrung an wüstem Ort.
Ich bin ohne jede Verteidigung und ohne Mittel, mich gegen Gewalt von Mensch oder Tier zu wehren.	Aber ich bin auf eine Insel verschlagen, auf der ich keine wilden Tiere entdecke, die mich verletzen könnten, wie ich sie an der Küste Afrikas sah; und was wäre, wenn ich dort Schiffbruch erlitten hätte?
Ich habe keine Menschenseele, mit der ich reden oder die mich trösten könnte.	Aber wunderbarerweise hat Gott das Schiff so nahe an den Strand gesandt, daß ich viele

notwendige Dinge
bergen konnte, die mich
mit dem Nötigsten
versorgen oder es mir
ermöglichen, mich selbst
zu versorgen, notfalls so
lange ich lebe.

(Während der Zeremonie der Namensgebung kam etwas Eigenartiges auf oder flaute vielmehr ab: Der Wind, mit dem sie eingelaufen waren und der die mit Nadeln festgesteckten Hüte der Damen in waghalsige Schräglagen gebracht hatte, legte sich in dem Moment, als sie die Flaggen des Königs am Strand vor Fitzs Kamera aufpflanzten, fast so, als hätten die in den Boden gestoßenen Fahnenstangen die Luft aus dem frühen Abend gelassen.)
Der jüngere George und der jüngere Edward kletterten auf die Schultern der beiden Charles' und hielten die schlaffen Flaggen mit ihren Stecken ausgebreitet, damit König George seine Symbole auf dem Foto zumindest so deutlich erkennen konnte wie Mrs. Frasers enges, blutrotes Halsband aus ungeschliffenen Rubinen, Mrs. Sutcliffes dekorative Lorgnette, des Colonels Ordensbänder und Sutcliffes Irrawaddy-Flußaalborte. („Ich mache es immer so", erklärte er Charlotte, „ich schlage dem Aal den Kopf und ein Stück Nacken ab, und dann schäle ich die Haut, als wäre es einen Banane, schneide sie der Länge nach in etwa zweieinhalb Zentimeter breite Streifen und lege sie ausgespannt in die Sonne. Wunderbar elastisch und haben außerdem den Vorteil, daß sie wasserfest sind . . .")
In der Stille, die sich mit dem Nachlassen des Windes ausbreitete, fiel ein ganzer Schwarm roter Schmetterlinge über sie her.

Wirklich schön, einfach wunderbar, ärgerte sich Fitz, „hier stehe ich ohne meine panchromatischen Platten in einem Wirbel roter Farben, die auf dem Foto so grau aussehen werden wie der Pudding von letzter Woche —"

„Grau?" schien Mrs. Fraser hinter ihrem bestickten Taschentuch hervorzurufen, das sie sich wie einen Schleier vor den Mund hielt, damit ihr keine Schmetterlinge hineinflogen:

„Und was ist mit meinen *Rubinen* —?"

„Warum zündet denn um Himmels willen niemand ein Feuer an?" stieß Sutcliffe erstickt hervor. „Gegen dieses Gezücht muß man mit Rauch vorgehen!"

„Sind sie nicht *schön?*" staunte Charlotte.

„Mir ist einer in den Mund geflogen —!"

„Sie sind in unserem Ohr!"

„Nein, nicht fangen, laßt sie fliegen —"

„Glauben Sie, Fitz, daß es sich um eine Art Motte handelt —?"

„Alle still halten! Machen wir eins für die ungeborenen Generationen!"

„Sie wollen doch nicht wirklich behaupten, daß meine Rubine grau aussehen werden, oder? — nein, Oupi, in deinem besten Kleid darfst du heute abend *nicht* von einem Bananenblatt essen —"

Wunderbar! Jetzt rührt sich keiner vom Fleck, während ich um die Kamera herumlaufe und in das Bild komme. Fertig? Ich zähle bis drei:

(1) EINER Mrs. Sutcliffe saß auf einer Decke im Sand, streckte
(2) ZU ihre Füße in Richtung Meer, beobachtete die Diener,
(3) VIEL die dem Feuer Luft zufächelten und sagte zu Mr. Ogilvy: „Es hieß immer, *ein Teil* sauer, *zwei Teile* süß. *Drei Teile* stark und *vier Teile* schwach."

„Du hast schon wieder unrecht, Amanda“, sagte ihr Gatte.

„Ich habe keineswegs ‚unrecht‘, Edward. Man nehme den Saft einer reifen Limone — keine Zitrone —, das ist der ‚saure‘ Teil. Längs halbieren, in einen *Tumlet* pressen und auch die Schale zugeben.“

„Eine Zitrone geht genausogut, Harry, das können Sie mir glauben“, versicherte Edward.

„*Zwei* Teelöffel vom besten Jamaica-Zuckersirup — wir haben immer unraffinierten aus Accompong Marron genommen —“

„Auf der westlichen Hälfte der Insel, Harry, hinter den John-Crow-Bergen. Kennen Sie Jamaica?“

„Fürchte nein, Edward.“

„Schade. Sie, John?“

„Ich muß sagen, die Route bin ich selbst noch nie gesegelt, Edward.“

„Dachte, ich hätte manchmal einen Akzent rausgehört.“

„Wie bitte?“

„Aus der Gegend dort.“

„Welcher Gegend?“

„Wenn es Ihnen nichts ausmacht, es uns endlich zu verraten — woher *kommen* Sie eigentlich, John?“

Der Colonel stellt die Frage:

„Ich kann stolz von mir behaupten, daß ich auf See geboren bin, Colonel. So will es meine Legende!“

„‚Legende‘ —?“

„Ich glaube, das ist ein Wortspiel“, erklärte Fitzgibbon. „Auf seiner *Landkarte,* meint er, glaube ich . . . Ist das da auf der Palme einer von *meinen* Jungens, Charlotte? (Entschuldigt mich:) KLETTER SOFORT HERUNTER, WER DU AUCH BIST, BEVOR DU DIR ETWAS ANTUST. Warum können sie sich nicht mit Muschelsammeln beschäftigen, so wie Ihre

Meute, Charlotte? WAS? Ist ja hervorragend. Jetzt erwartet er wohl auch noch, daß ich komme und ihm herunterhelfe . . ."

„Dann füge man *drei* Unzen vom besten, dunklen Jamaicarum für besondere Anlässe hinzu", fuhr Mrs. Sutcliffe fort, „und runde das Ganze mit *vier* Spritzern frischen Regenwassers aus den Blauen Bergen ab . . ."

„Und du behauptest, das nennt man einen ‚Pflanzer-Punch'?"

„Ja."

„Ich weiß nicht . . ."

DIE KRABBEN HABEN KEIN INTERESSE AN DIR GEORGE SIE SIND DEN BAUM HINAUFGELAUFEN WEIL SIE DIE KOKOSNÜSSE FRESSEN WOLLEN

„. . . Ich muß sagen, *mein* bevorzugter Dschungelfusel ist ein anständiger Saké, schlicht und ergreifend. Heiß. Hervorragendes Zeug, wenn es von Frauen serviert wird . . ."

„Ach, die Liste ist lang — *was* wir damals nicht alles gegessen haben! Matiti-Larven — Liebling, weißt du noch, wie wir Matiti-Larven gegessen haben?"

„Schmeckten wie Garnelen, wirklich, ihr hättet den Unterschied nicht herausschmecken können, die einen sind nur etwas salziger und krachen, wenn man draufbeißt —"

„Und Python."

„Ja. Python. Aber ohne Wermut kann man eine Python unmöglich stilgerecht essen."

„Samuelson — erinnern Sie sich an den? — Samuelson war der Verwalter von Edwards Wäldern auf dem Shan — Sie erinnern sich sicher — hielt Schlangen — Sie müssen sich doch an ihn erinnern — er ist der, von dem Edward herausfand, daß er so einiges von uns mitgehen ließ. Hielt sich eine Russel-Viper als Haustier. Als Edward entdeckte, daß er uns bestahl, ließ er den *Khansama* die Schlange braten und ihm dann zum Abendessen vorsetzen . . ."

„Der aß alles, der Sam. Ich habe ihn einmal beobachtet, wie er mit seinem Daumen den Penis einer Kobra hervorgelockt hat, ihn abschnitt und aß —"

„Wenn man bedenkt, wovon sich Schlangen ernähren, Frösche und andere Schlangen und Eidechsen, Insekten und so, dann können sie selber eigentlich nicht besonders hervorragend schmecken —"

„(*Ich* wußte gar nicht, daß Reptilien —)"

„(Natürlich, meine Liebe. Die männlichen. Sie haben zwei — einen auf jeder Seite. Sie sind reversibel. Und bei manchen Arten haben sie Stacheln.)"

„(Wirklich? Wo —?)"

„(Nun, am *Ende,* was glauben Sie, wie die sonst —?)"

„(Ehrlich gesagt, ich habe mir bisher nie die Mühe gemacht, darüber nachzudenken, Fiona. Es gehört nicht zu den Dingen, die mich normalerweise beschäftigen. Aber warum haben sie *zwei* —?)"

„(Wenn ich an den Ruf Ihres Gatten denke, sollte die Antwort doch offensichtlich sein.)"

„Was *gibt* es denn, das ihr Frauen so eifrig zu beschnattern habt?"

„Schlangen."

„*Giftzeug,* wenn ihr die Wahrheit wissen wollt . . ."

„Ach Gott — *Gift* — erinnert mich an damals, vor ungefähr zehn Jahren, als mir etwas über Schürfereien nach einer Ader taubenblütiger Rubine in den Naga-Bergen zu Ohren kam. Meinem Vormann vom Mogôk-Bergwerk war berichtet worden, die Kachins hätten eine Schicht Taubenblütiger in Nagaland ungefähr fünfzig Meilen direkt östlich der Grenze entdeckt, also besorgten wir uns einige Ponies und nahmen etwas Bakschisch und einige Scharfschützen mit. *Kopfjäger,* sind diese Nagas, *wilde* Bestien, kann ich euch sagen —"

GUT GUT ICH MACHE EIN BILD VON DIR FÜR DEN KÖNIG, GEORGE, ABER DANN KOMMST DU *RUNTER*

„— bieten den Muselmännern und Rebellenarmeen aus China Unterschlupf: *zutiefst* animistisch. Also ziehen wir los, nur wir beide und noch ein Dutzend Träger oder so, in die Wildnis, und die erste Nacht, als sie uns empfangen, müssen wir Schafskopf essen. Na schön. Ich erinnere mich nur daran, Amanda, weil du ‚Gift' gesagt hast: *überzeugte* Fleischfresser, das sind sie, essen ansonsten tagtäglich nur so eine Art blauen Mais ... Sie luden uns ein, bei der Zubereitung dabei zu sein: Mit einem scharfen Messer, fast so ein Rasiermesser, haben sie den Kopf erst mal geschoren. Dann haben sie ihm die Hörner mit einem Hackmesser abgeschlagen und ihn danach geschüttelt, nach links und nach rechts, damit die Würmer aus Ohren und Maul herausfielen —"

SEI KEIN IDIOT, GEORGE, ICH SAGE DIR DOCH, DEINE AUGEN WAREN *NICHT* GESCHLOSSEN, UND ICH MACHE KEIN FOTO MEHR

„— halbiert, und dann wurde das Gehirn ausgelöffelt und woanders in Asche gebacken. Dann wurde der Kopf mehrere Stunden lang gedünstet, in Blätter eingewickelt, und anschließend wurde das Ganze auf einem Bronzetablett im Wald aufgestellt, damit sich die Götter an der Seele dieses Dings gütlich tun konnten — ich habe euch ja gesagt, diese Sorte ist durch und durch animistisch —, danach lud man uns gewöhnliche Sterbliche zum Festschmaus, falls man das so nennen kann, zu dem, was die Götter übriggelassen hatten. Was meine Gefährten und mich anging, für uns war das der gleiche verdammte Kopf, so, wie er zu Beginn der Prozedur gewesen war, und es versteht sich von selbst, daß das Protokoll dieser Wilden verlangte, uns beiden die besten Stücke anzubieten. Stellt euch vor, wir sitzen auf dem Boden, umringt von diesen dreckigen Menschen, die jede Bewegung genau beobachten und erwarten, daß wir uns über die gräßlichen *Augen* freuen . . . Verdammte Narren, die wir waren, viel zu unerfahren, sonst hätten wir die Iris weggeworfen. Das Resultat war jedenfalls, daß uns hundeelend war und wir völlig ausgeraubt wurden und ich nie herausgefunden habe, ob das Gerücht von den Taubenblütigen stimmte oder nicht . . ."

„Meine Erfahrungen mit diesem Menschenschlag sagen mir, daß an dem Gerücht nichts dran war, Fraser. Jedesmal versuchen die, einen mit ihrem einheimischen Essen reinzulegen. Einem zivilisierten Menschen kommt's hoch dabei —"

„Am Weihnachtsmorgen hatten wir immer Schweinskopf", verkündete Ogilvy.

Alle drehten sich nach ihm um.

„Meine Großmutter war Schwedin", erklärt er. „Sie ließ mich immer die Schweinezähne bürsten, bevor der Kopf gekocht wurde . . ."

„Haben Sie eine Zahnbürste dafür benutzt, Harry?"

„Ich nahm meine *eigene* Zahnbürste, Amanda", gab er stolz zu.

„— Wenn diese Männer das Feuer nicht bald in Gang bringen, dann wird es ewig dauern, bis die Schweine gebraten sind. Was verkokeln diese Dummköpfe da eigentlich?"

„(Kokosnußschalen, haben sie am Strand gesammelt)", erklärt Charlotte und steht auf.

„Die reichen nicht", sagt Mrs. Fraser. „Wir brauchen richtiges Holz, schließlich sind dies hier zwei ausgewachsene Schweine!"

„Ich nehme die Mädchen mit, und wir sammeln welches. Ich bin sicher, wir finden genug. Die Mangroven —"

„Kommt nicht in Frage, sie haben ihre besten weißen Kleider an — *Fitzgibbon!*"

„Richtig so: Wunderbar. Natürlich, Fiona. Sie können weiß Gott etwas Beschäftigung gebrauchen. ALSO LOS JUNGS FOLGT MIR, AUF GEHTS —"

Charlotte stellt ihr Glas auf einem Lacktablett ab. „Ein wenig Bewegung würde mir auch nicht schaden", sagt sie.

„Ich komme mit", schlägt John vor und folgt ihr. Sie gehen, mit ungefähr einem halben Meter Abstand, ohne sich anzusehen, den Strand entlang. Als sie außer Hörweite sind, sagt Charlotte: „Hast du ihr Gespräch über Schlangen gehört?"

Als Antwort faßt er ihren Arm.

„Hast du gehört, wie Amanda mich fragte, ob sie in horizontaler Stellung kopulieren?"

Sie hüpft voraus, am Wasser entlang, dann dreht sie sich zu ihm um.

„‚Können Sie sich vorstellen, daß sie es *im Stehen machen?*' habe ich sie gefragt . . ."

Ihre weißen Kleider hochgeschürzt, spielen die Mädchen am Wasser.

Monkey sitzt am Strand, allein, und flicht *Ipomenas.*

Als sie an ihr vorbeigehen, hält Charlotte inne und fragt: „Was machst du da, Menaka?"

„Eine Halskette aus Blumen."

„Sehr hübsch."

„Danke. Sie ist für Jane. Bitte nehmen Sie sie, wenn Sie möchten."

„Nein, nein, sie gehört Jane . . ."

„Gehen Sie spazieren?“

Charlotte hält eine Blume an ihre Lippen und nickt.

„Geht der Kapitän mit?“

Charlotte zuckt mit den Achseln.

Monkey hängt die Blumenkette um Charlottes Hals und beugt ihren Kopf dicht zu ihr:

„Bitte?“ flüstert sie. „Nehmen sie mich mit?“

Aus Platzgründen kann jeder Mann auf diese Reise nur drei Bücher mitnehmen.

Das erste sind die Reisen und Abenteuer des Shaykh Abú 'Abdalláh Muhammad von Tanger, bekannt als Shams ad-Dín oder, gemeinhin, als Ibn Battúta.

Das zweite sind Da Vincis Notizbücher, auf Französisch, so gebunden wie das Original, so daß man sie von rechts nach links lesen muß, denn das Genie war Linkshänder.

Aber nur mit dem dritten kann er häufige Freuden erleben.

Weil der Krieg ausbrach, hatten Henry und sie gemeinsam Französisch gelernt. Als er fortging, zwang sie sich, auf Französisch zu denken, Straßenschilder zu übersetzen, die Reklame in Londoner Geschäften in französische Straßenszenen zu übertragen: eine Übung, die ihr nicht gelingen konnte und ihr auch nicht gelang. Wie die meisten Engländer sprach sie die fremde Sprache schlecht, doch innerhalb von drei Monaten konnte sie einfache Geschichten lesen, und nach einem halben Jahr las sie Henrys Flaubert-Ausgabe im Original. Jetzt übersetzt sie laut aus den „Notizbüchern", die John mitgenommen hat.

AUS LEONARDOS ABHANDLUNG ÜBER DIE NATUR DES WASSERS

„Deshalb läßt sich behaupten, daß es viele Flüsse gibt, durch die das ganze Element geflossen ist und die viele Male das Meer dem Meere zugeführt haben.

Und so ist es mal ätzend und mal stark, mal sauer und mal bitter, mal süß, mal dick- und mal dünnflüssig, mal sieht man es Zerstörung oder Pestilenz bringen, dann Gesundheit oder Gift.

‚mordant', ‚fort', ‚aigre', ‚amer', ‚la peste',

Und wie sich die Farbe des Bildes im Spiegel mit der Farbe seines Objektes ändert, so ändert sich auch das Wasser entsprechend der Natur des Ortes, den es passiert: gesundheitsfördernd, schädlich, abführend, adstringierend, schwefelhaltig, salzig, belebend, deprimierend, rasend, stürmisch, rot, gelb, grün, schwarz, blau, ölig, dicklich, dünnflüssig.

‚laxatif", ‚acerbe', ‚sulfureux', ‚sanguin', ‚bas', ‚en colère', ‚oléagineux'

Mal verursacht es einen Flächenbrand, dann wieder löscht es das Feuer; es ist warm, und es ist kalt; mal spült es fort, dann spült es an Land, hier höhlt es aus, dort schüttet es auf, hier reißt es nieder, dort errichtet es neu, mal füllt es an, mal leert es aus, mal hebt es, mal vertieft es, mal fließt es rascher, dann liegt es still, dort bringt es Leben und hier den Tod, mal bringt es Arbeit, mal Not, hier ernährt es, und da bewirkt es Gegenteiliges, mal ist es salzig

‚arracher', ‚fonder', ‚remplir', ‚se vider'

und mal ohne Geschmack, und dann ertränkt es die weiten Täler in einer großen Flut.

Avec le temps, tout le monde se change.

*

MEERESEIER

Einige waren weich, andere stachelig wie ein Igel — die glatten waren ihr lieber, die legte sie auf die Seite. Manche trugen Zinnen wie eine Burg, andere waren so seidig wie Blütenblätter und schmiegten sich wie Kastagnetten um ihre Finger. Einige hatten die Form von Engelsflügeln, andere sahen aus wie Teller und Tassen. Manche hatten aufgerauhte Ränder, andere waren scheckig wie Giraffen. Manche hingen in Trauben an den Korallen, andere waren vereinzelte Tränen im Sand. Manche hatten stachelige Arme, während andere sich mit geflochtenem Spiralhorn mühten. Einige waren gekerbt, hornig, gewellt. Andere hatten brennend rote Flecken aus leuchtender Farbe. Einige waren spiralig wie Pagoden. Andere sahen aus wie Knöpfe. Manche hießen Venusmuscheln, andere Kaurimuscheln. Einige glichen Wendeltreppen. Andere Licheenüssen. Einige waren purpurfarben, andere grün; wieder andere waren punktiert, Braun auf Gelb, Blau auf glänzendem Orange. Einige waren dick und robust, andere kränklich. Einige waren weiß, durchscheinend, eiförmig, mit einer breiten, geschwungenen Lippe; sie schienen zu lächeln und sich genau in ihre Hand zu fügen. Oupi wußte, daß sie etwas Besonderes waren. Dies waren Meereseier, und sie glaubte, Fische hätten sie gelegt, Fische, die sie zwischen den Korallen sehen konnte, vielfarbige, mondförmige Fische.

Sie sammelte die Eier.

Das Sonnenlicht wurde schwächer, und die Muscheln leuchteten im Wasser wie weiße Rosen.

„Diese hier nennt man ‚Geldkauris'", sagt Gaby. „Großvater sagt, als die Portugiesen —"

„Psst!" befiehlt Oupi und wagt sich noch einen Schritt weiter über die Korallenbank. Bis jetzt hat sie zwei gesammelt, und sie kann noch drei weitere sehen.

„Wenn du dich verletzt, verblutest du", warnt Gaby.

„Korallen — *he!* Was glaubst du, woher die ihre Farbe haben?"

„Ich werde mir diese Eier holen", sagt Oupi.

„Muscheln."

„Ich werde sie mir holen."

„Lebt wohl, Füße! Wen kümmert es schon —"

Bei dieser Tiefe ist jeder Schritt ein *Wenn, dann,* ein hedonistisches Kalkül — auf der kalkgewordenen Anatomie der Korallen wägen ihre kleinen Zehen den Preis des Schmerzes gegen den Lustgewinn ab: Das Meer reichte ihr bis zum Nabel, ihr weißes Kleid war ruiniert.

Ein Asteroid, ein Seestern, zog vorbei.

Sloan und Sybil sammelten die zweischaligen Herzmuscheln und Sandmuscheln; die einschaligen Wellhornschnecken und Strandschnecken und die Miesmuschel- und Austernschalen, die ihren Zwilling verloren hatten, warfen sie zurück ins Meer.

Nolly und Amanda waren in entgegengesetzte Richtungen gegangen und hatten jede eine Muschel gefunden, von der sie hofften, daß sie die größte sei.

Amanda kam mit einem fünfundzwanzig Zentimeter großen Stück einer Riesensandmuschel zurück.

Nolly hatte ein dreißig Zentimeter langes Tritonshorn gefunden.

Jane, die gar nicht mitgesucht hatte, war über eine anderthalb Fuß große, stark verkrustete Pferdefußmuschel *(Hippopus hippopus),* gestolpert, die sie aufheben wollte, aber nicht heben konnte. Sie rannte los, um Hilfe zu holen, und stolperte noch einmal. Da niemand besseres zur Hand war, mußte sie schließlich Monkey bitten, ihr tragen zu helfen, damit sie die Muschel ihrem Vater zeigen konnte.

„Was zum Teufel ist das?" rief der Colonel.

„Eine Pferdefußmuschel", verkündete Jane. „So heißen sie, ich habe den Kapitän gefragt — Gefällt sie dir, ich habe sie selbst gefunden —"

„Stinkendes Meerei! Verkrustet! Widerlich!"

„Meine jungen Damen", sagt Mrs. Sutcliffe.

Sie zeigt dorthin, wo man die Gedecke für sie ausgebreitet hat. Der Mond ist aufgegangen. Mükken machen sich bemerkbar.

„Zeit fürs Abendessen", gibt sie bekannt.

*

SCHILDKRÖTEN

Die Fledermaus, die Operette. Strauß. Sie kennen doch bestimmt *Die Fledermaus?* Haben Sie noch nie von Strauß gehört?

„Kann ich nicht behaupten", sagt der Colonel zu Fitzgibbon. „Name klingt bekannt. Was Namen betrifft, bin ich sonst ein As. Deutscher, oder? Habe Opern noch nie gemocht. Zu weibisch. Habe Deutsche noch nie gemocht . . ."

„— Den Walzerkönig? Nie gehört? *An der schönen, blauen Donau.* Du mußt doch schon mal *An der schönen, blauen Donau* gehört haben: ta rumm pumm pumm-*pumm* pumm-*pumm!* pumm-*pumm!*"

„Ja, ja, mag sein. Aber was hat das mit *denen* da zu tun?" fragt der Colonel und zeigt mit seiner Gabel fuchtelnd auf die dunklen Schatten, die durch das Dämmerlicht fliegen.

(„Indische Obstfledermaus", erklärte der ältere Charles Amanda; sie saßen zusammen in dem für die Kinder abgegrenzten Bereich. *„Pteropus Giganteus."*

Der ältere Charles war bekannt dafür, in allen zoologischen Dingen langweilig und penibel zu sein.

Ich *weiß,* was eine Fledermaus ist, sagte Amanda. Ein Tier, das Blut trinkt.

„Du glaubst doch wohl nicht an diesen kindischen Unsinn, oder?" fragte Charles, während er seine Portion von gebratenem Schwein verdrückte. Amanda merkte, daß sie die Art, wie er aß, nicht mochte. „Ich fürchte, dann glaubst du auch an diesen Unfug mit den Vampiren?"

Genaugenommen: ja.

„Blanker Unfug."

Wir denken nicht so.

„‚Wir' —?"

Amanda zog an ihrem hohen, spitzenbesetzten Kragen und ließ ihn die beiden leberfarbenen Male auf ihrer Haut sehen; sie lagen etwa zwei Zentimeter auseinander.

„Ach, Mandy, wirklich! Das hat doch jeder von uns sich schon mal irgendwann aufgemalt; werde endlich erwachsen. Ich wette, dein Vater hätte einiges zu sagen, wenn er dies hier sehen würde —"

Dies und anderes.

„Was meinst du mit ‚anderes'?"

Amanda wartete, bis er mit dem Kauen fertig war.

Was gibst du mir, wenn ich es dir zeige? fragte sie Charles.

„Solche Spiele spiele ich nicht", sagte er. „Nimm noch von diesem furchtbaren Curry." Ein Diener beugte sich vor und hielt eine Platte zwischen sie, und Charles häufte Reis und Vindaloo auf seinen Teller. „Ich würde mir lieber die Geheimnisse anhören, die du über den Bruder unserer Freundin Nolly erzählen kannst", schlug er vor und sah über die Reihe von Tellern, dorthin, wo er Nigels Beine und Arme ausmachen konnte.)

„. . . Es sind die einzigen Säugetiere, die fliegen können, wissen Sie", sagte Fitz zum Colonel. „Fliegende Eichhörnchen und fliegende Lemuren segeln eigentlich nur."

„Aber Sie vergessen doch wohl nicht die Engel?" fragte Mrs. Sutcliffe und zerteilte das Schweinefleisch auf ihrem Teller mit Messer und Gabel in nette kleine Bissen, ehe sie es verzehrte.

Ich weiß nur, daß ich einmal eine gegessen habe und daß sie besser schmeckte als Gänseleber, sagte der Colonel.

Mrs. Sutcliffe zögerte und suchte nach dem Gesprächsfaden, dann erzählte ihr der Colonel, daß die Beine besonders appetitlich seien und wenn es nach ihm ginge, als Räucherspeck durchgehen könnten.

„Sie . . . haben . . . eine *Fledermaus* gegessen?" fragte Fitzgibbon.

„Einen fliegenden Hund, Sir."

„. . . aber Sie haben ihn *gegessen?*"

„Mit Knochen und allem. Kann mir für den Soldaten im Feld keine reichhaltigere Nahrung vorstellen. Alles an ihm eßbar, außer der Gallenblase. Die Gallenblase bringt einen um."

„Was Sie nicht sagen . . ." stieß Mrs. Sutcliffe hervor. Sie fragte sich, wie man die Gallenblase unter all den anderen Organen einer Fledermaus erkennen konnte, doch sie war von Natur aus zu sensibel, um während des Essens weiter darauf einzugehen. Sie trank einen Schluck Rotwein, um den üblen Geschmack fortzuspülen, den sie plötzlich im Mund hatte. „Und was ist mit Ihnen, Fitzgibbon?" wollte sie wissen. „Haben Sie einen brauchbaren Koch? Edward und ich haben mit unserem ‚Freitag' ja solch ein Glück gehabt . . ."

(„Man nennt das einen Achtknoten." Nigel machte ihn den Mädchen links und rechts vor. „Geht wie der Kreuzknoten, aber beim Achtknoten zeigen die beiden Enden in entgegengesetzte Richtung, statt beide nach oben oder beide nach unten. Hier. Versuch du mal", sagte er. Er gab Gaby das Seil, und sie verknotete es. „Hervorragend!" sagte er. „Von wem hast du das gelernt?"

„— du hast es mir doch gerade gezeigt", antwortete sie.

„Stimmt schon", beharrte er, „aber die meisten Mädchen können nicht —"

„Sei kein Dummkopf", warnte ihn Nolly von der anderen Seite.

Irgend jemand rief *Der erste Stern heute abend!* Seht doch! *Der Abendstern!* Kinder, ihr müßt euch alle etwas wünschen!)

Wie sie schon beim Ablegen gewußt hatten, waren es noch fünf Tage bis Vollmond, und die Flut stand niedrig. Bei Sonnenuntergang, als Fledermäuse und Mücken zu fliegen begannen, hatten die Diener Fackeln angezündet. Gegen die Mücken konnten sie nichts weiter unternehmen, als zwei Diener, einen an jeder Seite des Camps, aufzustellen, die den Rauch in ihre Richtung fächelten, in dessen Umkreis sie vor dieser Pest relativ sicher waren. Die Fledermäuse bedeuteten keine Gefahr, und das Feuer hielt ihnen alle anderen Raubtiere fern, die sie sonst vielleicht bedroht hätten. Als die Nacht sich herabsenkte, stieg in ihnen ein Gefühl verdienter Befriedigung auf. Noch einmal brachte irgend jemand einen Toast auf König George und Königin Mary aus, und sie tranken eine weitere Runde auf ihr Herrscherpaar. Sie waren zufrieden, sehr zufrieden sogar, unter sich zu sein — ihre Selbstzufriedenheit machte sie leicht und quirlig wie heiße Luft. Der Tag war lang gewesen, aber er war mit Schneid und Schmiß absolviert worden. Jetzt kam die Nacht, und sie versprach, vollkommen zu werden; sie entspannten sich. Und während sie auf ihren Pudding warteten, begannen die Jungen und Mädchen „Eile mit Weile" zu spielen. Ihre Eltern und alle anderen standen auf, streckten sich oder zündeten sich eine Zigarette an und sprachen über die Aussichten für die morgige Jagd, während drei „Wochentage" das dreckige Geschirr des Banketts einsammelten und die anderen beiden Tee aufsetzten und die Teller für Kuchen und Käse hinstellten. „Mittwoch", der am Wasser hockte und Töpfe ausspülte, stand auf. Entweder hatte er Halluzinationen, oder es kam wirklich ein Wetterleuchten dicht unter der Oberfläche des Ozeans auf ihn zu. Sutcliffes Wasserspaniel stürzte sich in die Wellen, dann duckte er sich, wimmerte, sah zu Sutcliffe auf und wartete auf Befehle. *Was zum Teufel ist das?* dachte Sutcliffe. Seine Zigarette war ihm aus den Fingern in den Sand gefallen.

„Dollar —?" wollte er fragen.

Doch das Phänomen hatte jeden verstummen lassen.

Auf der offenen See, wo die Schiffe ankerten, war das Wasser in einem mehrere hundert Meter breiten und sich über eine halbe Meile erstreckenden Streifen hellgrün, eine Art fahles Gelb, und es bewegte sich, breitete sich aus, wie ein Flächenblitz und kam auf sie zu. Charlotte legte verstohlen ihre Hand auf Johns Arm und flüsterte: „John — *was ist das?"* Matlock näherte sich ihnen, er und John wechselten einen Blick. „Was denkst du, John? Ich tippe auf Orcas", wagte er eine Vermutung, „aber ich habe sie noch nicht blasen sehen."

„— das ist keine Herde Wale, Mat."

„. . . aber irgend etwas ist da draußen und wühlt all diese Phosphoreszenz auf. Könnten Delphine sein, die sich paaren, John . . ."

„‚Delphine'?" wiederholte Charlotte.

„Ich glaube nicht, Mat. Nicht so, wie die sich bewegen . . ."

„Dollar, Sie sind hier der Experte", verlangte Sutcliffe, „was zum Teufel geht hier vor?"

„Schildkröten, vermute ich."

„Schildkröten —?"

Matlock blickte aufs Meer und nickte: „Der Mond steht richtig", stimmte er zu.

(„Warum leuchtet das Wasser?" fragte Amanda.

„Phosphoreszenz", klärte Charles, der ältere, sie auf, „sichtbar, wenn die biolumineszenten Meeresorganismen *Noctiluca Miliaris* aufgestört werden."

„— du meinst, es ist kein U-Boot? Es ist nicht die *Nautilus?* Das habe ich mir nämlich beim Abendstern gewünscht: daß Kapitän Nemo und seine Mannschaft kommen würden . . .")

„— aber Schildkröten, John? Ich meine: *Schildkröten?*"

„Sie kommen."

„— an Land?"

„Ja."

„Sie meinen: hierher?"

„— um zu legen. Mat — wir ziehen die Boote besser zwischen die Bäume. Fitz — sag den Jungens, sie sollen die Boote über den Strand bis hinter die Lagerfeuer ziehen. Colonel — wir brauchen Fakkeln . . ."

„— *zu legen?*" unterbrach Mrs. Sutcliffe. „Um

was zu legen, Kapitän?" aber er war schon fort, lief mit Fitzgibbon zu den Booten.

„*Eier,* Amanda", antwortete Mrs. Fraser. „Was sollten Schildkröten sonst legen — Ziegelsteine?"

„Oje!" sagte Amanda. „Das wird aufregend — Charlotte? Was halten Sie davon: Wird dies etwas sein, was die Kinder sich besser nicht ansehen sollten? Colonel —? Wird dies eins der Ereignisse sein, das eine Mutter zensieren muß?"

(Die ersten zwei schleppten sich unbemerkt an Land, sie kamen im Dunkeln, noch vor dem Wellenkamm aus gespenstischem Licht. Sutcliffes Spaniel verfolgte zuerst die eine, dann die andere, schnüffelte an ihren Panzern, bis er zufällig eine auf den Rücken warf; er stemmte sie in den Sand, die Vorderpfoten auf dem Bauchpanzer, während die Schildkröte sich hin- und herwarf und wie wild mit den mächtigen Flossen und den verkümmerten, ruderähnlichen Hinterbeinen durch die Luft schlug. Der Spaniel wippte sie auf und ab und verlor das Interesse, als die erste Reihe weiblicher Schildkröten durch die Brandung an Land geworfen wurde und sich schwerfällig den flachen Abhang hinaufzuschleppen begann, als fehlte ihnen die Energie, die Mühsal ihrer eigenen Fortbewegung zu überwinden.

Woran Charlotte sich erinnern sollte, war die Stille.

Sie zogen sich über den Sand, fünfzig in einer einzigen Reihe; nach einer Pause folgte eine zweite Reihe, dann eine dritte. Sie arbeiteten sich den nassen Hang hinauf, als wirke der trockene Sand auf ihre Eier wie ein Magnet, als wären ihre weiblichen Bäuche mit Eisenspänen gefüllt.)

Ihr gemeinschaftliches Ringen war ein akustisches Nichts, eine Stille wie die von einem Insektenschwarm, der in einem Vakuum erstickt. Dort, wo ihre Schwänze in den Sand stießen und ihre massigen Körper vorwärtsstemmten, hinterließen sie im Sand eine Furche, um die herum sich die Spuren ihrer Quälereien ausbreiteten. Hunderte kamen, und ihre Fährten verwoben sich ineinander — der Strand sah rasch so aus, als hätte die Hand eines Riesen nach rätselhaftem Plan ein komplexes Diagramm in den Sand gezeichnet. Einige prallten vorwärts kriechend gegen Teller und Gläser, stießen gegen eine Pfanne und brachten einen Zeltpfosten zum Einsturz; dann bewegte sich die Plane mit ihnen vorwärts, tausendfüßlergleich, buckelig, verhüllte sie bei ihrer Wanderung über den Sand.

Die Ekstase begann.

Wie eine einzelne Heuschrecke die Vorhut eines Schwarms sein kann, begann die Aufregung, der Tumult in der Luft, mit einem einzigen Flattern: Sand bewegte sich wie ein nervöser Strudel, wurde aufgewirbelt und spritzte plötzlich von ihren Flossen auf, als sie ihre Körper um die Rückenachse drehten und wie wahllos und rasend den Sand um sich warfen. Ein Blizzard erhob sich um sie her, und ihre Körper verschwanden, wurden dann wieder sichtbar, jetzt teilweise im Sand versunken. Mit ihren Hinterbeinen schleuderten sie noch eine Sandwolke auf, und dann senkte sich ein zweites, tieferes Schweigen herab, als jede ihre Eier in den trockenen Brunnen legte, den sie sich in den unfruchtbaren Sand gegraben hatte.

Es war entweder Nigel oder der ältere George, der zuerst sagte, sie sähen aus wie Tennisbälle.

Es war Colonel Napier, vielleicht aber auch Fraser, der einen Appetit auf Schildkrötensuppe bekundete.

Oder es war Sutcliffes Spaniel, der seinen Instinkt nicht länger bändigen konnte, über das erste Nest herfiel und versuchte, die weichschaligen Eier zwischen seinen spitzen Zähnen zu apportieren.

Oder es waren die Drachenwarane, die Ogilvy Angst machten, als sie aufrecht, mit hervorgestreckter Zunge und wütend geblähten Kehlen auf ihren Hinterbeinen aus den Mangroven zu den Gelegen liefen, und denen Ogilvy groteskerweise mit brennendem Scheit entgegenrannte:

Jedenfalls konnte außer den Jüngsten, die hinter die Feuer in den Schatten der Bäume rannten, um sich zu verstecken, am Ende niemand von sich behaupten, er wäre ohne Schuld gewesen. Niemand versuchte, es aufzuhalten. Weder Matlock noch Fitzgibbon, weder John noch Charlotte. Fitz lief auf sie zu, begriff aber dann, daß er sie nur mit körperlicher Gewalt aufhalten konnte, und da setzte er sich hin und weinte. Matlock kehrte allem den Rücken zu, fand plötzlich nichts wichtiger, als dafür zu sorgen, daß sie trotz dieser Biester da, verdammt noch mal, nicht von der Außenwelt abgeschnitten würden. Kurzerhand ernannte er sich eigenmächtig zum Wächter der Boote, war die Ruhe selbst, war jemand, der den Rückzug plante, die sichere Rückkehr zur Vernunft und nach Rangun.

Entsetzt dachte Charlotte: So ist das also; und sie versammelte die Mädchen hinter sich, hielt sie von allem fern. Sie stand da und blickte auf John, der es beobachtete, *Halt sie auf, warum hältst du sie nicht auf?* fragte sie sich.

Als sie in ihren Booten zurück zum Schiff ruderten, waren die Jungen noch immer voller Übermut, sangen und bewarfen sich gegenseitig mit Fleisch und Eiweißresten.

Die Mädchen saßen still und sahen John beim Rudern zu. Aus der Ferne, da bei ruhigem Wetter jeder Klang über Wasser klar und deutlich trägt, konnten sie hören, wie aufgekratzt der Colonel war:

Bei Gott, ich sage euch, nichts schmeckt besser als ein Schildkrötenomelett unter freiem Himmel —

Sie konnten auch die Antwort von Mr. Fraser hören:

Ist aber doch komisch mit diesen Schildkröteneiern, Colonel — Ich meine, wenn man sie kocht (das weiß ich von meinem Niggerkoch in Mandalay), dann gerinnt das Eigelb nach ein paar Minuten genau wie bei Hühnereiern, aber man kann das verdammte Ding eine halbe Ewigkeit kochen, und trotzdem wird das Eiweiß nicht fest . . . Seltsam, oder nicht —?

„Ja", hörten sie, wie eine Frauenstimme ihm recht gab, „als wäre es ein Makel, meinen Sie nicht auch . . . als wäre Gott ein Fehler unterlaufen, als er die Schildkröten plante!"

ERSTE NACHT

Was machen sie? fragt Gaby, weil sie sie nicht zusehen lassen. Es gibt immer nur Platz für zwei gleichzeitig.

Nichts, flüstert Nolly.

Nichts? Laß mich sehen —

Du bist nicht dran.

Ich war *überhaupt* noch nicht dran.

Du bist als nächste dran.

Ich hätte noch vor den Sybs drankommen müssen —

Sie waren früher dran, weil sie das Astloch gefunden haben. Schließlich hätten sie es uns nicht zu zeigen brauchen —

Hätten sie *wohl.*

Hätten sie *nicht.*

Ehrensache, hätten sie *doch*.

Psst! Sie sagen was.

Küssen sie sich?

Sie reden nur, du verpaßt nichts, sagt Amanda.

Sind sie nackt?

Psst . . .

Sie sind nackt, nicht wahr . . .?

Ja, sei ruhig.

Laß mich sehen —

Psst!

Stimmt es?

Es stimmt.

Ich meine, stimmt es mit der —

Ja.

— Tätowierung?

Habe ich dir doch gesagt: *ja*.

Ich will es sehen —

Halt endlich die Klappe! Wir können nicht hören, was sie sagen —

(Die Kabine war so konstruiert, daß vier Hängepritschen in ihr untergebracht werden konnten, zwei auf jeder Seite der Mittelpfosten. Zwei schmälere Schlafplätze — Hängematten — waren an die Dekkenbalken geknüpft, und in einer von ihnen schlief Oupi, die, so hatte ihre Mutter gesagt, keine richtige Matratze verdient hätte, da sie sie doch nur naß machen würde; Monkey lag in der anderen. Oben lagen die beiden Sybs, gemeinsam in einer Koje; und, ebenfalls zusammen, waren Jane und Gaby. Unten, einzeln, weil sie die Ältesten waren, lagen Nolly, steuerbord, und Amanda, backbord.

Monkey konnte nicht schlafen, weil die Hängematte so schwankte, daß sie das Gefühl hatte, sie würde herausfallen. Oupi schlief; sie schnarchte. Auch die Sybs waren fest eingeschlafen und hielten sich umschlungen. Monkey wußte, daß Jane noch wach war, sie konnte sehen, wie sich Janes Finger bewegten. Die anderen — Gaby, Nolly und Amanda — waren aus ihren Betten gekrochen, um John und Charlotte nachzuspionieren. Plötzlich setzte Jane sich auf, schlug ihren Kopf an und fiel wieder zurück auf ihr Kissen. Monkey glitt aus ihrer Hängematte, stellte sich auf die untere Koje und sah sie an.)

„Hast du dir weh getan?"

Jane bewegte kurz den Kopf hin und her, als sei eine Fliege auf ihrer Nase gelandet. Sie hatte sich das Laken bis zum Hals hochgezogen.

„Ist dir kalt?"

Diesmal nickte sie, ein kurzes Auf-und-Ab.

Monkey nahm die Baumwolldecke aus der Hängematte.

„Darf ich?" fragte sie.

Erneutes Nicken.

Monkey hievte sich nach oben, hockte sich an das Ende von Janes Bett, glättete die Decke und schlug sie eng um Janes Körper. Jane war sehr mager.

„Du hast fast nichts gegessen", sagte Monkey. „Du mußt essen. Deshalb wird dir kalt. Dein Blut ist zu dünn. Essen würde es dicker machen."

Sie wagte es, Janes Füße zu halten, sie durch die Decke zu reiben. Ihr Herz schlug aufgeregt.

„Besser?" fragte sie.

Ein Nicken.

Dann: „Deine Hände sind warm."

„Ich weiß. Meine Mutter sagt, ich hätte die Sonne in meinen Händen."

„Wenn mir früher, als wir im Naini-Tal im Norden lebten, so kalt war wie dir jetzt, hat meine Mutter mir ein Wärmekissen zwischen die Laken gesteckt. Es war ein Kissenbezug, in dem ein heißer Stein eingewickelt war."

„War es schön?“

Noch ein Nicken.

„Es klingt, als ob es schön gewesen sei.“

Dann: „Sie ist tot.“

Und dann: „Meine Mutter.“

„Mein Vater auch“, sagte Monkey.

„Amanda sagt, dein Vater ist nicht ‚tot‘. Sie sagt, er lebt in England. Sie sagt, er hat eine Frau, die Pamela heißt, und sie haben blonde Babys.“

„Glaubst du ihr?“

„Ja.“

„Amanda sagt, deine Mutter hat sich selbst umgebracht.“

„Amanda redet viel.“

Dann: „Mir ist noch immer kalt.“

„Denk an etwas Warmes.“

„Ich kann nicht.“

„Doch.“

„Mach *du* es.“

„Dich warm machen?“

Ein Nicken.

Dann: „Komm unter die Decke.“

Etwas später fragt Monkey: Was hast du dir heute gewünscht — beim Abendstern?

Sag mir zuerst deinen Wunsch.

Ich habe mir dies gewünscht.

Dann ist dein Wunsch also in Erfüllung gegangen.

Was war deiner?

Er wird sich nicht erfüllen.

Was war es?

Daß er verschwindet.

Er?

Mein Vater. Er soll ‚sterben‘, so wie deiner.

(John hatte die Lampe heruntergedreht, und

durch die Luke fiel blaues Mondlicht. Er schmiegte sich an sie, so wie immer, wenn sie schliefen. *Wir sollten gehen,* sagte sie. *Warum gehen wir nicht.* Er strich mit der Hand über ihre Hüfte. Es ist überall dasselbe, sagte er. Es würde dich nur enttäuschen, Charlotte. *Was?* Die Welt. *Ich mache mir Sorgen wegen Fitz.* Fitzgibbon wird sich erholen — ich mache mir eher Sorgen um dich. *Ich will nicht dahin zurück, John, ich will es nicht bei Tageslicht sehen.* Das brauchst du auch nicht. Morgen wird es aussehen, als wenn nichts geschehen wäre. Die Flut wird alles fortgespült haben. Das ist das Schlimme. Morgen wird alles so sein wie zuvor.

ERSTER TAG

Wie John vermutet hatte, war es kein neuer Tag, sondern eine makellose Wiederholung des vorangegangenen.

Auf der *Ruby Girl* imitierte irgendein Witzbold durch Matlocks Megaphon das Wecksignal der Armee, und erste Lebenszeichen regten sich auf der *Cinnabar* in Gestalt von Fraser und dem Colonel, die ihre Morgengymnastik machten. Es war noch zu früh für den Wechsel der Morgenwache, aber über dem Wasser lag die Hitze schon wie ein Ölfilm, und in der Windstille ruderte Matlock Fitzgibbon hinüber zur *Charlotte,* und Fitz ging an Bord, während Mat und John zur *Cinnabar* hinüberfuhren, um mit Sutcliffe zu reden. „Ich bin für so etwas nicht wirklich geschaffen“, sagte Fitz zu Charlotte. Er trug dieselben Kleider wie am Abend zuvor und sah aus, als ob er nicht geschlafen hätte. „Ich kann ihnen nicht mehr gegenübertreten, von Unterricht ganz zu schweigen. Die Jungen verabscheuen mich. Sie sollten sie sehen. Heute morgen sind sie alle in Paradeuniform, jeder von ihnen verdrückt gerade seine zweite Frühstücksportion. Wir hätten mitten in der

Nacht nach Rangun fahren sollen — jetzt hängen wir hier fest, ‚bekalmt', sagt mir Matlock, für wer weiß wie lange in diesem verdammten Hafen . . ."

„John sagt, die *Cinnabar* sei unter Dampf . . ."

„Himmel, ja, die *Cinnabar* ist alles mögliche. Die *Cinnabar* hat Gott selbst zu ihrem Kommandanten —"

„‚Kapitän', Fitz . . ."

„Machen Sie sich nicht lustig über mich."

„Ich wollte damit nur sagen, daß die *Cinnabar* auch bei einer Flaute nach Hause fahren kann. Wir könnten ja behaupten, die Kinder hätten unserer Meinung nach . . ."

„*Sie* sind die Eltern der Kinder, verdammt noch mal — wir sind nichts als Angestellte, zwei mehr von ihren gottverdammten Dienern, Himmelherrgott noch mal . . ."

„Fitz —"

„Ich weiß nicht, was ich machen soll! Sie haben gesehen, wie ich geweint habe! Ich habe meine ganze Autorität verloren . . ."

„Fitz, hör mal zu —"

„*Obendrein* habe ich mein Stativ verloren . . . Vermutlich habe ich es auf dem verdammten Strand mit all meinen Platten liegenlassen . . . Gott weiß, was wir da sonst noch zurückgelassen haben . . . Zumindest unsere Würde. Wenn sie herausfinden, daß ich diese verdammten Bildplatten verloren habe, Charlotte, dann führen sie das ganze gottverdammte Stück noch einmal auf . . . herrlich! Gottverdammt phantastisch. Mein Gott, ich muß mich waschen. Verzeihung, Charlotte, sehen Sie mich doch an."

„Johns Kleider würden Ihnen passen, Fitz, und warum gehen Sie nicht schwimmen —"

„Ja, warum eigentlich nicht? Wirklich reizend. Wer hätte auch bei dieser Gesellschaft noch Angst vor Haien:

Was man lernt von den
Gelben und Braunen,
wird einem bei den Weißen nützlich sein.

„Kipling", fügte er hinzu.

(Charlotte hatte sich nie besonders an die überlieferten Methoden gehalten, doch in dem Jahr, das sie mit John zusammen lebte, wurde ihr Unterricht besonders ausgefallen. Sie begann meistens damit, daß sie die Namen dreier Farben auf die Tafel schrieb und dazu feststellte: „Die Farben des heutigen Morgens sind (beliebig: eins zwei drei)." Dann schrieb sie ein Wort und sagte: „Das *Wort* des heutigen Morgens lautet (und so weiter)." Sie glaubte, daß man sich an einen Morgen, der zum Beispiel so begann: „Die Farben des heutigen Morgens sind Lachs, Schiefer und Stahlblau; das heutige Wort ist *Habgier,* deutlich anders erinnern würde als an einen Morgen, der etwa folgendermaßen begann: „Die heutigen Farben sind Taubengrau, Ochsenbraun und Kadmium; das heutige Wort lautet *Überzeugung*."

Die Farben des heutigen Morgens, begann sie:

Sie saßen auf dem Deck unter einer Segeltuchplane.

Gelb. Braun. Und weiß.

„Das klingt fürchterlich *gewöhnlich*", beklagte sich Sloan.

„Das heutige Wort lautet: *Eitelkeit.* Wer kann mir sagen, was es bedeutet — Jane?"

„Eitel."

„Wer kann einen Satz damit bilden?"

Amanda stand auf: „Wegen der Schmerzen, die man bei den Einstichen zu erleiden hat, könnten diejenigen, die es gesehen haben, einer Person, die eine Tätowierung auf ihrem Rücken hat, E-i-t-e-l-k-e-i-t nachsagen."

Unter den allgemeinen Blicken völlig unverstellter Unschuld setzte sich Amanda, und über Charlottes Haut lief ein Prickeln das ganze Rückgrat hinunter.)

Sutcliffe war mit dem, was er gesehen hatte, nicht zufrieden (kein nennenswertes Wild, nur diese Eidechsen, wie immer sie auch heißen mochten — er nannte sie, fälschlicherweise, die verdammte Japse-Art von Kimonodrachen). Nein, er war nicht gerade beeindruckt. Sicher, sie war hervorragend, das schon, eine erstklassige Insel, um sie dem König zu schenken (*darüber* waren sie sich einig), aber was diesem Land fehlte, war die Art Wild, das sie hier schießen wollten: es hatte kein *Trophäen*kaliber. „Sie wissen doch, wonach wir suchen", sagte Sutcliffe zu John: Alligatoren, Schweine, Rotwild, Affen, Wildschweine, Pfauen, Füchse, verdammt noch mal, John, *Dschungelkatzen*. („Unter uns, aus mittlerer Entfernung ist Amanda einfach ein Meisterschuß von *Panthera pardus* — ich kenne keine andere Frau, die ihr das Wasser reichen könnte . . .")

Also gingen sie unter Dampf, zogen los — Sutcliffes, Frasers, Ogilvy und Colonel Napier auf der *Cinnabar* — zur Jagd auf einer benachbarten Insel. Sowohl John als auch Matlock bezweifelten, daß sie finden würden, wonach sie suchten, aber weder John noch Matlock hatten für Sport etwas übrig, also wußten sie nicht, wie wenig ihre Skepsis überzeugte. Vorräte wurden von der *Cinnabar* zur *Ruby Girl* und zur *Charlotte* hinübergeschifft, und bei vier Glasen der Vormittagswache holte die *Cinnabar* bei schönem Wetter den Anker ein und machte gute Fahrt auf einem Kurs, der nach Westsüdwest aussah.

„Wo geht er hin?" fragte Sybil.

Jagen.

„Menschen jagen?"

Nein. Wild.

„Kommt er zurück?"

Weiß nicht.

„Wird er einen Tiger mitbringen?"

— glaub ich nicht.

„Wer ist sein Vater, wenn er fort ist?"

Der Kapitän.

„Wer ist seine Mutter?"

Charlotte.

„Wer ist dann die Lehrerin?"

Amanda.

„Bleibt sie denn auf der Insel?"

— denk schon.

„Gefällt ihr das?"

Sehr.

„*Sie* mag es auch. Sie will bleiben. Sie wünschte es sich."

— beim Stern?

„Ja. Und als sie die Gewehre abschossen. Amanda sagt, sie muß sich jedesmal etwas wünschen, wenn ein Gewehr losgeht. Und beim Anblick von Blut."

— davon hat es genug gegeben.

„Nicht weinen . . . Amanda sagt, auf diese Weise macht man einen großen Wunsch. Warum weinen wir?"

— wissen wir nicht.

„Wir haben uns nichts gewünscht?"

Niemand hat uns etwas gesagt.

„Ist schon in Ordnung . . . Nicht weinen. Sie kann sich beim nächsten Mal etwas wünschen."

— will kein nächstes Mal. Sie war verängstigt.

„Du brauchst nicht verängstigt zu sein."

— was soll ich sonst sein?

„Amanda sagt, sie soll ein Quäker sein."

— was ist *das*?

„— weiß ich nicht. Glaube, so was wie Amanda."

— wie Amanda sein?

„Ja — Quäker."

— *Quä — ker* . . .

(Charlotte nahm diesmal ihren Zeichenblock mit, und sie, Fitz, Mat und John beschlossen, nicht dorthin zurückzugehen, wo sie die Nacht zuvor kampiert hatten. Hart gegen die Strömung rudernd, umrundeten sie die südliche Spitze der Bucht, wagten sich durch die kabbelige See und liefen die vorspringende Landzunge des Riffs an, auf der man sie von den zwei Schiffen aus nicht sehen konnte. Hier war das Stückchen Strand breiter als dort, wo sie gestern gewesen waren, doch die Brandung war stärker, für die jüngeren Kinder sogar zu stark, um schwimmen zu können.)

Sie zogen die Boote auf den Strand, und die Kinder, der Enge eines Schiffes wieder entronnen, rannten sogleich herum, spielten Fangen und selbst erdachte Laufspiele. Fitz fühlte sich besser, „erholt", wie John es vorausgesagt hatte, und sah in Johns Segelsachen jünger aus als in seiner Lehrertracht. Er würde die Gruppe der Vogelbeobachter anführen; Mat hatte sich bereit erklärt zu zeigen, wie man einige seltene Knoten schlug; John und Gaby ließen Drachen fliegen; Charles, der ältere, übernahm die Aufsicht über die zoologische Exkursion, Jib ging zu den Sammlern „Eßbarer Muscheln und Schalentiere", und Charlotte führte „Die Einheimische Flora" an. Sie waren bis ins Detail geordnet, vorsichtig, neugierig und organisiert. Alles war so, wie John es vorhergesagt hatte: wieder freundlich und normal.

John und Mat hatten ihre Ferngläser Fitzgibbon gegeben, deshalb hatte John keines bei sich, als er mit Gaby und dem jüngeren George den Hügel hinaufkletterte.

Über Korallenschutt, der mit Sand, *Tah*-Ranken, Stranderbsen und Kletterpflanzen durchsetzt war, gingen sie einen flachen Hang hinauf. Er gehörte zum vorgelagerten Hügel der Landzunge, die sie umrundet hatten — ein sanfter Anstieg von wenigen hundert Fuß Höhe, nicht steil, nicht besonders hoch, aber die höchste Landmarke der Umgebung, und sie hatten höher und tiefer nach Wind Ausschau gehalten. Die Flaute, die ihnen schon den ganzen Morgen zugesetzt hatte, hielt immer noch vor — eine ungewöhnliche Stille lag über der Insel, wie eine Absage an jeden Versuch, die Gleichförmigkeit der Luft zu stören. Hoch oben suchten auch die Störche den Wind. Vor wolkenlosem Himmel, die langen Beine nachgezogen, der eine Flügel etwas tiefer als der andere — so suchten sie nach einem Aufwind. Wie künstliche Drachen sahen sie aus, die ihren langen Schwanz hinter sich herflattern ließen, dachte Gaby. Sie konnte spüren, daß etwas mit der Luft nicht stimmte, obwohl sie nicht genug über die Küstenwinde einer Insel wußte, um das Ausmaß des Ungewöhnlichen zu begreifen. Sie war es gewohnt, Luft in Form von Bewegung zu definieren, Luft, die sichtbar war, wenn sie von den Schwänzen der Drachen geschrieben wurde, doch heute schien die Luft wie ausgelöscht, unsichtbar.

Sieh mal, sagte der jüngere George, als sie den Gipfel erreichten. Gaby mochte George nicht; er verstand nichts von Drachen. „Da unten, ich kann Mr. Fitzgibbon und die anderen erkennen —"

Gaby schirmte ihre Augen gegen den weißen

Glanz des Wassers, drehte sich um und sagte: „Seht doch — die *Ruby Girl* und die *Charlotte* . . .“

Sie sah auf John, der durch seine Hände spähte, die er wie eine Maske um die Augen gewölbt hatte, und imitierte seine Haltung. So, wie er dort stand, war er sogar noch stiller als die Luft, und sie versuchte zu erkennen, was ihn so fesselte. Eine Libelle störte sie. George, der jüngere, stolperte über ein Bodennest aus Federn, Korallenschutt, Schwamm und trockener Seeschlangenhaut und zerstörte es, indem er mit dem Fuß danach stieß. *Tu* das nicht! sagte Gaby und zupfte John am Ärmel, damit er etwas dagegen unternehme. *George, komm her,* sagte John und stellte George zusammen mit Gaby vor sich hin. Ihr seht jetzt beide in die Richtung, in die ich zeige, und berichtet mir, was ihr seht, sagte er. Er beugte den Kopf zu jedem von ihnen hinunter und deutete dicht an der *Ruby Girl* vorbei zum Horizont. Was seht ihr? fragte er. „Wind?“ antwortete George fragend. Er würde nicht einmal wissen, was Wind ist, wenn er von ihm umgepustet würde, dachte Gaby. Wonach soll ich suchen, fragte sie. „Nach einem Schiff“, sagte John. Sie blickte ihn von der Seite an: *Éh* . . . wieso?

Offenbar hatten die Kinder es nicht gesehen. Eine Vision ist eine Vision — und bei inversen Wetterlagen so wie heute, das wußte er, konnte man, besonders gegen Mittag und am Wasser, an Halluzinationen leiden. Es war keineswegs ein Zeichen von Verrücktheit, auch kein Zeichen einer bevorstehenden Offenbarung. Es war nur eine Anballung von warmer Luft, die Auftrieb gewann — ein Wetter, das sich als dunkle Silhouette ankündigte, wie ein Ausleger, der hinter der *Ruby Girl* ins Licht ragte.

O wunderbare, o erstaunliche Notwendigkeit, schrieb Leonardo über „Das Auge“ — „Wer könnte glauben, daß auf so engem Raum alle Bilder des Universums zu sehen sind? O großartige Fügung! Welche Vorteile mag es bringen, eine Natur wie diese zu erfassen? Wessen Zunge wird es sein, die ein Wunder solcher Größe offenbart? Wahrlich keine! Hier ziehen sich alle Formen, hier alle Farben, hier alle Bilder aus jedem Teil des Universums zu einem Punkt zusammen. O wunderbare, o erstaunliche Notwendigkeit — Dieses sind Wunder . . . schon verlorene Gestalten, auf so engem Raum zusammengedrängt, kann es durch Spiegelung wiedererschaffen und neu zusammensetzen. Die Seele findet sich mit ihrer Einkerkerung im menschlichen Körper ab, da wir dank unserer Augen diese Dinge sehen können; da mit Hilfe der Augen all die unterschiedlichen Dinge vor die Natur der Seele gebracht werden können . . .“

‚merveilleux‘
‚prodigeux‘
‚l'univers‘
‚la nature‘
‚surprise‘
‚les formes‘
‚les couleurs‘
‚le point‘
‚les miracles‘
‚perdues‘
‚emprisonnée‘
‚la personne‘
‚les yeux‘
‚l'âme‘

Sie malten Gänseblümchen.

Da kein Wind herrschte, konnten sie zeichnen und malen, ohne vom Sand geplagt zu werden, und so saßen sie im Kreis auf dem Strand in einem schattigen Viereck unter einer Leinwand, die sie über zwei Ruder gespannt hatten. Oupi zeichnete die Umrisse von Muscheln auf ihr Papier, aber alle anderen konzentrierten sich auf Mistelzweige, Fächerblumen oder Strandtausendschön.

„Wer kann mir sagen, ob er die Bedeutung aus dem Namen dieser Blume heraushört?“ fragt Charlotte und hält eine Jelängerjelieber hoch. Die Mädchen starren zuerst die Blume, dann sie verständnislos an. „Versucht einmal ihn s-e-h-r l-a-n-g-s-a-m auszusprechen“, rät sie ihnen.

Die Bedeutung von *was?* fragt Amanda.

„— des Namens“, antwortet Charlotte.

Namen müssen keine Bedeutung haben.

„— das ist wahr; aber einige Namen bedeuten trotz —“

Bedeutet Ihrer etwas —?

„Meiner —“

— ich dachte, es wäre eine Art Süßspeise. Charlotte. Eine Art Nachspeise. Lewes . . . Lois . . . los —

Je-län-ger-je-lie-ber sagt Oupi, sehr langsam. Dann, als sie begreift, was sie gerade gesagt hat, ruft sie: „Oh! Je *länger,* je *lieber* —?“ und erleichtert tupft Charlotte ihren Pinsel auf Oupis Nase und hinterläßt einen runden Klecks Zinnoberrot. Oupi zieht die Nase kraus und bringt die anderen zum Lachen, und Amanda malt einen breiten Strich chromgrüner Farbe auf Oupis Backe und sagt: Laßt uns die Gesichter anmalen — („Au ja . . . fein . . . *laßt uns!*“) — und niemand denkt daran, Charlotte um Erlaubnis oder Zustimmung zu fragen.

(Arm in Arm und seitwärts wie die Krebse laufen Sloan und Sybil unter die Winkerkrabben, die aussehen wie Soldaten mit blauen Mänteln und orangefarbenen Hosen und, gar nicht wie Krebse, in voller Formation vor- und zurückhuschen, bis der Feldmarschall in ihren Rückzug hinein das Signal gibt und sie sich gleichzeitig mit Korkenzieherwindungen in ihre hundert verschiedenen Biwaks in den blaßroten Sand schrauben.

Ein Knochen bewegt sich seitwärts auf sie zu.

Was ist *das?* fragt Sloan und hält so unvermittelt, daß sie beinahe hinfallen.

Jib meint: „So erkennt man einen Einsiedlerkrebs.“

„— ein hohles Ding, das sich seitwärts bewegt, obwohl es sich eigentlich nicht bewegen kann.“

„— da ist eine Krabbe drin“, sagt Jib.

„Heb ihn auf", sagt Sloan.

„— vielleicht beißt er uns", entgegnet Sybil.

„Schlag ihn mit einem Stock", sagt Sloan und stochert mit einem Stück Treibholz in einer Öffnung herum. Sofort läßt sich eine Schere blicken, greift nach dem Holz —, und der Knochen stiehlt sich davon. *He!* sagt Jib.

„— he, das ist der Schädel von einem Affen."

Ist das wahr?

„— siehst du das? Das hier? Das sind die Augen —"

Dies Loch?

„— die Nase."

Mat kommt mit einem Eimer voll Miesmuscheln zu ihnen herüber und sagt: „Himmel. Wo habt ihr denn *den* gefunden?"

— im Sand.

Mat schabt mit dem Messer die Hirnschale aus, und eine kleine, schwarze Krabbe fällt heraus. „Jetzt hört mal zu, ihr beiden", sagt er.

— dann gib uns unsern Affen wieder!

„— nun geht schon . . ."

— ist *ihr* Affe, sie hat ihn gefunden!

„Jetzt hört mal zu", befiehlt Mat. „Ich bin hier der Kapitän, und ihr macht, was ich sage —"

Er versteckt den Schädel hinter seinem Rücken, bevor die anderen Kinder ihn entdecken können, wölbt seine Hand über die Schädelkuppe und läßt seine Finger über das Miniaturkliff des Schädelprofils gleiten und denkt *Du armer Hund — vor wie langer Zeit und aus welcher Hölle wurdest du an diesen vergessenen Strand gespült?*

Was haben Sie mit ihm gemacht? fragte Fitzgibbon ihn später.

„— Ich meine: sie wollten das verdammte Ding *anmalen*. Das schien mir nicht richtig . . ."

„Natürlich nicht, keineswegs, aber: was haben Sie mit ihm *gemacht?*"

„Ich habe ihn begraben."

„— *wirklich?*"

„Ja, hab ich."

„— und Sie sind sich sicher, daß es ein —?"

„Der Kiefer, wissen Sie. Und der Schädel war ziemlich groß. Außerdem . . ."

„— erzählen Sie weiter."

„. . . seine Zähne waren sehr gleichmäßig."

„— normal."

„. . . genau."

„Warum . . . wieso dann diese Zweifel?"

„Ich habe mich gefragt — als ich ihn mir richtig ansehen konnte — ob er wirklich im Wasser gelegen hat. Es sah nicht danach aus."

„Daß er nicht *lange* im Wasser gelegen hat, meinen Sie."

„— daß er *überhaupt* im Wasser gelegen hat, meine ich. Also dachte ich, er *konnte* kein . . ."

„— nein, natürlich nicht."

„— also bin ich hin und hab ihn wieder ausgegraben."

„— nicht *möglich* . . ."

„Doch, hab ich."

„— und?"

„Er war nicht mehr da."

„Das glaub ich Ihnen nicht."

„Ehrenwort!"

„Das ist unmöglich."

„Ja, ich weiß."

„— *also?*"

„Ich denke, die Mädchen haben ihn wieder ausgegraben."

„— also glauben Sie doch, daß er ein —?“

„Ich bin mir ziemlich sicher. Ich meine, der arme Teufel sah aus, als hätte man ihm den Schädel *geöffnet.*“

„— eingeschlagen?“

„Nein, eher *aufgemeißelt.*“

„Mit einem *Instrument* wollen Sie sagen?“

„Von einem *Künstler* will ich sagen ...“

ZWEITE NACHT

Hungrig, erschöpft und von der Sonne rotverbrannt, waren sie zu den beiden Schiffen zurückgekehrt, auf denen die Diener das Abendessen zubereitet und Lampen angezündet hatten. Morgen um diese Zeit, dachten sie, sind wir wieder in Rangun, zurück an den gewohnten, vertrauten Orten, in den Straßen mit englischen Namen, unter den anderen, englischen Gesichtern. Die Nation, die sie für die Dauer ihrer Reise gewesen waren, würde sich wieder auflösen. Selbst wenn die Jungen so eng zusammenblieben, wie sie es sich nun gegenseitig schworen, so würden sie doch nie noch einmal diese Nacht erleben, nie noch einmal mit Matlock zusammen sein oder auf diesem Deck in der Dunkelheit unter all den tausend Sternen schlafen.

Auf der *Charlotte* sagten die Mädchen, sie wollten unten schlafen. Nicht das leiseste Flüstern einer Brise war aufgekommen, seit die *Cinnabar* am Morgen Segel gesetzt hatte, und die Luft in den Quartieren unter Deck war stickig und pelzig. Die Mädchen, deren Gesichter mit verwegenen Farben und Zeichen bemalt waren, zogen ihre Nachthemden aus, und mit Fächern, die sie aus Charlottes Aquarellpapier gemacht hatten, fächelten sie sich Luft zu. Während sie einander wach hielten und warteten, sahen sie im trüben Licht wie Puppen, wie Dämonen aus.

Was ist, wenn sie doch nicht unten schlafen? fragte eine Stimme aus einem grünen Gesicht mit roten und gelben Streifen (Sybil).

Nicht „unten“: *unter Deck,* wurde ihr gesagt.

(Sie konnte nicht erkennen, was ihr das sagte.)

(Sein Gesicht war verschwunden — schwarz auf schwarz —, seine Nippel sahen wie leere Augenhöhlen aus.)

„Werden sie“, sagte Amanda. „Sie schlafen in Johns Kabine, genau wie letzte Nacht.“

„Woher willst du das wissen?“ fragte Nolly.

„Sie wollen nicht, daß die Diener sie beobachten“, antwortete Amanda.

„Und wenn sie es doch nicht tun?“

„Werden sie aber.“

„Aber was ist, wenn sie nicht . . . wie letzte Nacht, was ist, wenn sie . . .?“

„Sie *werden*“, sagte Amanda.

„Das ist unsere letzte Chance“, sagte Nolly. Ihr Kopf war am schönsten geschmückt, weil sie *Aigrettes* gefunden hatte, als sie mit Fitzgibbon Vögel beobachten war. Sie hatte sich die Federn hinter die Ohren gesteckt; ihr Gesicht war gelb wie das eines Tigers, mit schwarzen Streifen. „Ich hoffe für dich, daß du recht hast“, sagte sie zu Amanda. Dann gab sie ein Geräusch von sich, das wie ein Tierschrei klang, und schlich durch die Kabine zur Luke.

(„Hat Mat dir seinen ‚Mann‘ gezeigt?“ fragt sie.)

Statt zu antworten, sagt er, „— es ist so verdammt still.“

„— kann sie auf der *Ruby Girl* hören . . .“

„Mat läßt sie auf Deck schlafen.“

„— mich schon oft gewundert. Klang. Wie wir im Bett zu Hause nachts die Fischer hören können — ob sie uns auch hören können?“

„Natürlich."

„— wirklich?"

„Warum sollten sie nicht?"

„. . . ich dachte, der Wind würde den Klang nur in eine Richtung tragen —"

„— nicht heute nacht."

„— nicht einmal Vögel —"

„— so still habe ich es erst zweimal erlebt."

„Was bedeutet das?"

„— das letzte Mal war ich in Haiphong, am Tag vor einem *Tai fung,* und das erste Mal lagen wir bei den Roßbreiten südlich von Madagaskar fünfzehn Tage lang regungslos auf offener See. Jetzt mußt du lächeln . . ."

„Manchmal bist du wie die Zwillinge, redest abwechselnd von ‚wir' und ‚ich'."

„— der Unterschied, mein Liebling, ist folgender: ‚Wir' sind mein Dad und ich."

„— ein Seemann?"

„Der zweitbeste."

„— Nach dir?"

„Zum Teufel, nein, ich steh höchstens an ‚zehnter Stelle' . . ."

„Wer stand an erster?"

„Der Vater meines Vaters."

„Hat er so viele Söhne gehabt, daß du erst an zehnter Stelle kommst?"

„— so viele Frauen."

„Ich käme wohl auf gar keinen Platz —"

„Da wär ich mir nicht so sicher —"

„Ich hab dir doch erzählt, wie schlecht mir auf der ersten Fahrt geworden ist —"

„— aber seitdem nicht mehr."

„— hab kein Gespür dafür. Der Wind . . ."

„— dachte, ich hätte heute einen Besucher gesehen."

„— ein Schiff?"

„Maung Ang und U Thet sagen, sie hätten nichts bemerkt."

„— Pandi sagt, sie hätten den ganzen Tag geschlafen."

„Habe ich dir schon erzählt, daß Marco Polo hier vorbeigesegelt ist?"

„Ja — und Battúta?"

„Aber später."

„— wann?"

„1347."

„— hier vorbei?"

„Höchstwahrscheinlich."

„— genau hier? Wo *wir* sind?"

„Ja . . ."

„— aber damals hat es nicht so ausgesehen wie heute", sagt sie sich. „Sahen die Sterne so aus? John? Ich frage mich, ob die Sterne auch anders ausgesehen haben. Meinst du? Ach, zur Hölle mit dir, John Dollar. Warum lachst du über mich —?"

Gott, der alles sieht; Gott, der über allem wacht; sogar wenn die Sterne am Himmel auf Erden hinuntersehen, sieht Gott jede Tat, wacht Er über unsern Schlaf und über unser Mahl; Er weiß von allem, was immer wir auch tun; Er, der unsichtbar ist, der aber jede unserer Bewegungen sehen kann. Die Augen des Herrn sind an allen Orten, sie schauen auf Böse und Gute. Sprüche, 15. 3. Bevor ich konfirmiert wurde, lernte ich den Katechismus auswendig; Vater ließ mich drei Monate lang jeden Abend die Fragen und Antworten aufsagen. Ich habe es auswendig gelernt, indem ich auf die Seite starrte. Am Kopf der Seite stand:

Ein Katechismus

dann

Das heisst
eine Anleitung, die von jedem Menschen,
der getauft wurde und der
das mündige Alter erreicht hat,
gelernt und beherzigt werden soll,
ehe er durch die Handauflegung des Bischofs
gefirmt wird

Frage
Wie heißt du?
Antwort
„Norris Catherine Petherbridge."

„— was bedeutet denn *das?*"

„Unterbrich mich nicht —"

„— *das,* was du gerade gesagt hast —"

„— unterbrochen, Gaby, dann muß ich meine Augen schließen und wieder von vorne anfangen . . ."

„— ‚das mündige Alter'?"

„— halt den *Mund,* sage ich dir!"

„Haltet selber den Mund, *alle beide* — es bedeutet ‚dreizehn'", flüstert Amanda.

„Bedeutet es *nicht!*" beharrt Nolly.

„— nicht so laut, sie können euch *hören!*"

„— wenn es ‚dreizehn' heißt, wieso hat mich der Bischof dann mit zwölf konfirmiert?"

„. . . weil der ‚Bischof' dein Vater ist —"

„Es bedeutet, daß die Schlange sie gebissen hat", sagt Sloan.

„Bedeutet es *nicht!*"

„— *pssst!*"

„— beißt keine Jungen, und Jungen können konfirmiert werden. Glaube ich wenigstens. *Können* sie doch, oder?" fragt Oupi.

„‚Das mündige Alter' bedeutet, alt genug sein, um ‚Die Geheimnisse' zu kennen", sagt Gaby. „Das bedeutet es. Bei uns in der Heiligen Römischen heißt es auch so . . . sind sie schon nach unten gekommen?"

„*Ruhe!* . . . ich glaube, ich höre sie . . ."

Frage

Wer hat dir den Namen gegeben?

Antwort

Der Taufpate und die Taufpatin bei meiner Taufe, die mich zum Mitglied der Kirche Christi machte, zum Kind Gottes und zum Erben des himmlischen Königreiches.

Frage

Was taten dein Taufpate und deine Taufpatin dann für dich?

Antwort

In meinem Namen versprachen und gelobten sie drei Dinge. Erstens, daß ich dem Satan und allen seinen Werken widersage, seinem Gepränge und der Eitelkeit der Welt und aller sündigen Lust des Fleisches . . .

Während sie sich umarmten, hatten John und sie sich langsam ausgezogen, fast als wäre es ein Ritual, und dabei streichelten sie jede Stelle ihrer Körper, sobald sie sie entblößten. Sie begannen wie Tänzer, standen sich gegenüber, während sie von oben nach unten seine Hemdknöpfe öffnete, einen nach dem anderen. Sie hielt ihm den Bund seiner Hose, streifte sie über Hinterbacken und Schenkel und kniete, als er aus der Hose stieg. Sie ließ ihre

Zunge über seinen Spann gleiten, biß mit ihren Zähnen leicht in seine Innenschenkel, bis ihr Mund seine Erektion fand. John wickelte ihr Haar um seine Hand und zog ihren Kopf zurück. Sloan meinte, es sähe aus, als würde es ihnen weh tun, aber dann kam Nolly an die Reihe. Nolly sah, wie Charlotte ihre Finger in Johns Anus steckte, wie John sie an den Haaren zog und sie herumdrehte, und wie er sie mit dem Gesicht nach unten auf die Matratze ihrer Koje preßte. Er kniete hinter ihr, legte eine Hand auf ihre Stelle und schlug ihr auf die Fußsohlen. Er grub seine Fingernägel in ihre Waden, dann schlug er ihr auf beide Schenkel, dann auf ihren Hintern, dann drückte er seinen Mund dagegen. Gaby war dran. Es dauerte länger als eine halbe Stunde, daher sah Amanda den Moment, als Charlotte sich auf ihn setzte. Sie sah, wie Charlotte ihn in sich aufnahm. Oupi sah, wie er Charlottes Brüste aß. Jane sah, wie Charlotte sich ihre Handflächen leckte und ihre Spucke auf seinem Penis verrieb. Sybil sah Johns Kopf zwischen ihren Beinen und sah, wie sie mit den Fäusten auf seine Schultern schlug. Was Monkey sah, kam ihr wie eine Schändung vor, und als John und Charlotte ihre Ekstase erreichten, sahen sich acht nackte, mit Farbe und Federn geschmückte Mädchen durch ihre Masken an. Sie hörten die Schreie des Entzückens, hielten das traurige Echo höchster Wonnen für ein Geräusch von gottloser Agonie und legten einen stillen Schwur ab.

Jib weckte John um drei Glasen der Morgenwache. Quäker
Du stehst besser auf, sagte er. Er machte sich nicht einmal die Mühe, sich bei Charlotte zu entschuldigen.

John konnte den Wind riechen, noch ehe er an

Deck kam: Die Sonne verbarg sich hinter einer grauen Wolkenschicht, so daß die Dämmerung nur einem Seufzer in der Dunkelheit glich. In ein paar Stunden würde ein starker Wind aufkommen, das wußte er — ein richtiger Sturm. Bis dahin war es ruhig, reglos und still.

Die *Ruby Girl* war verschwunden.

Mit gerefften Segeln trieb sie in der Strömung, eine halbe Meile seewärts, in freier Fahrt, als wäre ihr Anker eingeholt worden.

John schoß drei weiße Sternenraketen in die Luft.

Auf der *Ruby Girl* rührte sich nichts, und das Signal blieb ohne Antwort.

„Kannst du irgend jemand sehen?" fragte Charlotte neben ihm. John blickte suchend durch sein Fernglas. „Mistkerl", fluchte er. „Kannst du irgend etwas erkennen?" beharrte sie: „Die Jungen schliefen letzte Nacht an Deck . . ." *Rum,* sagte er. „— es sind doch noch *Jungen,* John . . ." *„Rum",* sagte er noch einmal. „Oder *Gin* oder ein anderes Teufelszeug . . . der segelt wie besoffen, verdammter Kerl", wiederholte er. Er schoß drei weitere Leuchtkugeln ab. Als auch sie unbeantwortet blieben, ließen Jib und er ein Beiboot zu Wasser, ruderten mit der Strömung und hofften, daß sie das Schiff so einholen konnten.

Als sie in Rufweite waren, begannen er und Jib zu schreien. Die Stille auf der *Ruby Girl,* noch verstärkt von der Stille auf dem Wasser, warf ihnen das Echo der Worte zurück.

Hinter ihnen, auf der *Charlotte,* schossen Nolly und Amanda, wie vereinbart, drei weitere Leuchtkugeln ab. *Sie spielen,* sagte Oupi und blinzelte, da ihre Augen nicht so weit auseinanderstanden wie seine, durch eine der Röhren von Johns Fernglas, zu dem nach ihr benannten Schiff hinüber. „Sie spielen Verstecken", sagte sie. Laß uns sehen, verlangte Sloan. „Keiner da", bestätigte Oupi. „Sie stellen sich tot."

Jib und John manövrierten ihr Boot auf die Backbordseite, wo John entdeckte, daß das *Mädchen* den Anker nachschleppte. *Warum antworten sie nicht?* fragte Jib und rief noch einmal Matlocks Namen.

Sie machten längsseits fest, und John sicherte ihr Boot mit einem Dregganker; dann kletterten sie über die Seile an Bord.

An Bord war alles ordentlich und ruhig.

Die Rettungsboote schaukelten an ihren Davits.

Nichts rührte sich.

Außer den Spanten, die sich sacht in ihren Verstrebungen regten, war kein Geräusch zu hören.

Obwohl er es nicht aussprach, dachte Jib: Dies ist das „Geisterschiff", von dem John immer behauptet, es nie gefunden zu haben. John machte ihm ein Zeichen, er solle achtern suchen, während er selbst an der Reling entlang zum Bug ging. Als John dort niemanden fand, öffnete er die vordere Bodenluke und ließ sich hinunter. Durch die Deckenbalken hörte er in der Back ein Pfeifen in der Luft wie von einem Vogelschwarm, als wäre hoch über ihm der Himmel weit aufgerissen, als würden Störche oder Reiher nach Süden ziehen. Das Schiff legte sich auf die Seite, als er in die Kombüse ging, und eine Tasse rutschte über den Tisch und fiel zu Boden. Mittschiffs krängte es, die Balken bebten, *wir sind aufgelaufen,* dachte er irrtümlich und rannte, so gut er konnte, nach achtern. Jib rief ihn an, und dann fing er ihn in seinen Armen auf. Jib übergab sich. Hinter ihm summten die Fliegen im gespenstischen Licht des Laderaums. John ging hinein, schlitterte über den Schleim unter seinen Füßen, Balken und Planken waren mit Blut bespritzt, es roch faulig, Fliegen taumelten wie rasend hin und her, die Kojen waren aufgeschlitzt, die Laken scharlachrot, überall war ihr Blut, als würde das Schiff bluten, als weinte es. Sie fanden nicht eine Spur. Fitz, Mat, Maung Ang, U Thet. Und die Jungen. Es gab keine Leichen. Der Gestank gerann ihm in der Nase. Er hatte es durch die Luke bis auf Deck geschafft, als ein zweites Beben ihn gegen das Ankerspill schleuderte. Beim dritten glaubte er zu sehen, wie Jib auf die Takelage zustürzte und über Bord fiel. Zwei Gedanken, zwei „Charlotten" verschmolzen zu einer, trieben ihn zum Ruderhaus, aber der Wind wirbelte Vögel und Insekten durch die Luft. In der Ferne sah er zwei Sirenen, Charlotte und *Charlotte.* Der Himmel war schwarz. Von weit draußen rollte die Wasserwand heran, die vom Beben ins Leben gerufen worden war. „Tsunami" war ein Teufelswort, es hieß *Vernichtung.* Und John lag zwischen Wasserwand und Insel. Er würde bestimmt vor ihnen sterben, Sekunden früher, in einem Kapitänssarg, während die beiden Charlottes eine in der anderen untergehen würden, eine Frau und um sie herum ein Schiff, das nach ihr benannt war. Gegen den Wind konnte er die Flutwelle hören, die Vögel waren aus dem Himmel gefallen, die Bienen lagen wie betäubt zwischen den Tauen, es regnete Frösche und Eidechsen auf das Deck. *Himmel, ist das ein Witz* war sein letzter Gedanke, *daß ich jemals gesagt habe, ich sei nicht ertrunken,*

ich hätte nie ein Geisterschiff gesehen

und nie

eine Frau

ge

liebt

vor

ihr.

3. AUF DER „INSEL UNSERER VERBOTENEN TRÄUME“

ERWACHEN

Monkey wachte auf und hörte den Ozean. In ihrem Mund schmeckte sie Schleim und Erbrochenes, ihre Lippen waren mit Salz überkrustet. Ihre Kehle brannte. Ihre Augen schmerzten. Sonne und Hitze straften sie. In ihrer Nase war Sand. Es war Tag, und dies war eine Wüste. Der Ozean kam, um sie zu holen. Meilenweit im Umkreis war Erwachen. Nach einem Erdbeben ist die Erde wie neu. Sie hat sich selbst verschlungen. Nach einem Erdbeben wird eine neue Erde geboren.

Die Luft roch wie Diamanten. Sie schnitt in ihre Lungen. Jane lag im Sand, in einer Grube, die die Flut rings um ihre Knochen ausgehöhlt hatte; ihr war kalt. Etwas weiter lag Sloan ohne Sybil. Dort war Nolly. Keine von ihnen rührte sich. Ihr Leben war ein Nicht-Leben, ein Zustand der Nicht-Existenz, ein Koma, aus dem sie erwachten, eine Phase im Leben eines Wurms. Ihre Herzen schlugen, ihre Lungen leerten und füllten sich, doch die Wasserwand, auf der sie an diesen Strand geritten waren, war über ihrer Erinnerung zusammengebrochen, keine von ihnen wußte, zu wem ihr Körper gehörte, wessen Schmerzen sie spürte, nicht einmal, und das war seltsam, ob der Schmerz bewies, daß sie noch lebte. Jede von ihnen weinte, sobald sie dazu in der Lage war. Keine freute sich über die Entdeckung, daß sie lebte. Dies hier war nicht das Leben, wie sie es gekannt hatten. Dies war Folter. Allmählich, langsam regten sie sich. Sie waren nicht weit voneinander entfernt. Gaby konnte von ihrem Platz aus die Umrisse einiger anderer Mädchen erkennen, alle sahen orangefarben aus. Dinge schwammen, die nicht schwimmen konnten: Bäume, der Horizont, eine Biene. Farben schwammen. Orangefarbene Gestalten krochen aus der Erde.

Gaby versuchte sich zu bewegen und erinnerte sich an ihre Knie. Nadeln stachen in ihren Knien, sie waren über Korallen geschürft. Die Knie brannten. *Basta!* wollte Gaby sagen, aber ihre Zunge war mit Sand belegt. Es war unwichtig, wie viele Stunden ihr Aufwachen dauerte. Sie wachten auf. Sie wachten langsam auf. Sie konnten sich nicht bewegen. Schwimmwesten hatten sie gerettet. Ärmellose, orangefarbene Westen unterschieden ihre Spezies von den toten Fischen, die an der Flutgrenze lagen. An diesem Tag ließ die Hitze gegen Mittag den Gestank von toten Fischen und trockenem Seetang aufsteigen. Die Marabus waren zurückgekehrt, mit ihnen die Tölpel und Dschungelkrähen — Aasfresser versammelten sich. Sie staksten um Oupi herum, probierten, ob sie genießbar war, pickten nach ihr, bis sie sich mühselig aufsetzte. Ihr Kopf schmerzte, und die Sonne war zu hell. Oupi war verwirrt. Sie trug nur einen Schuh. Sie rappelte sich auf, und ihr war schwindlig. Dieses orangefarbene Ding war heiß, und es ließ sich nicht ausziehen, auch wenn sie daran zerrte. Wie lange hatte sie geschlafen? Sie fühlte sich zerkratzt und steif. Wie hieß dieses Spiel? Wo war das Frühstück? Sie ging hinunter zum Wasser, hockte sich hin und pinkelte durch ihren Schlüpfer. Irgendwie schien es sich nicht zu gehören, aber sie empfand es trotzdem als richtig. Sie zog ihren Schuh aus und vergaß ihn. Irgend etwas roch fürchterlich. Sie sah die Fische. Sie ging über den Strand, die Vögel liefen vor ihr davon und ließen sie ihre Meinung wissen. Sie fraßen die Fische zu Dutzenden, schnitten sich mit ihren Schnäbeln das graue Fleisch heraus. Oupi war durstig. Amanda hielt sich den Kopf mit beiden Händen, und Oupi setzte sich neben sie in den Sand.

„Ich habe Durst", sagte sie. „Dieses orangefarbene Ding stört mich."

„Dann zieh es doch aus", versuchte Amanda freundlich zu sagen. Beide Schiffe waren verschwunden. Seit Stunden saß sie da, starrte aufs Meer und wartete auf Hilfe.

„Kann nicht", klagte Oupi.

Amanda entwirrte die verschlungenen Schnüre der Schwimmweste und half Oupi, aus ihr herauszuschlüpfen. „Wir sollten versuchen, diese Dinger nicht zu verlieren", warnte sie.

„Ich habe aber meine Schuhe verloren."

„Ich habe meine auch verloren."

„— während wir geschlafen haben."

Amanda stützte den Kopf in ihre Hände. „Wir sind in einer bösen Lage", stellte sie fest.

„Warum? Was haben wir getan?"

„Sie haben uns vergessen."

„Wer?"

Was machen wir nur, wenn es *dunkel* wird? dachte Amanda.

„— auch ein bißchen hungrig", gestand Oupi.

Als erstes werden wir ein *Feuer* anzünden, entschied Amanda. Das Gesicht tat ihr weh. Sie hatte sich ihre Wange an den Korallen aufgerissen und sich auf die Zunge gebissen. Ihre Haut brannte. Und eine Hütte, sagte sie. „Wir müssen aus der Sonne." Ihr Verstand begann wieder zu arbeiten. Einen Tag, höchstens zwei, meinte sie, dann werden sie uns suchen kommen. Eltern kommen zurück. Eltern gehen nicht fort und vergessen, wo sie ihre Kinder gelassen haben. Sie erinnerte sich jetzt — ihr Gedächtnis regte sich: „Bist du verletzt?" fragte sie Oupi. Nein — aber dein Gesicht sieht ziemlich schlimm aus, antwortete Oupi. Fliegen krabbelten darüber.

„Ich glaube, wir sollten es waschen", hörte Oupi sich sagen — bei diesen Worten rührte sich etwas in ihr. Sie erinnerte sich an ihre Amme. Sie sah wieder die Flut auf sich zukommen und dachte an den Moment, als die Welle sie traf, als sie in den Rachen der Welle und in ihren Magen geschleudert wurde. Die Korallen hatten den Ärmel ihrer Bluse aufgeschlitzt, also riß sie ihn ab und tränkte ihn mit Meerwasser. Sie betupfte damit Amandas Wunde. Die Wunde war voller Sand und Korallenstückchen. Sie war tiefrot. Man konnte den Knochen sehen. „Wir sollten sie verbinden", sagte sie zu Amanda. Das war etwas, das ihre Mutter gesagt hätte. Und noch etwas kam ihr in den Sinn: *Ich habe eine Mutter. Dies ist der Strand, auf dem sie Schildkröten getötet haben. Es gibt keine Boote, die uns von hier fortbringen können.* Mit gerunzelter Stirn blickte sie auf den Ozean. Ihr rotes Haar war verfilzt, und ihre Kopfhaut juckte. „Ich brauche einen Hut", klagte sie. Das Wichtigste zuerst, entschied Amanda. Sie riß sich zusammen.

„Suchen wir nach den anderen", sagte sie. Oupi zeigte auf einige Gestalten, die nicht weit entfernt auf dem Strand lagen. Bis dahin hatten sie noch nicht begriffen, daß nicht alle aus der Welle zurückgekehrt waren. Zwischen Schiffstrümmern waren noch fünf von ihnen an den Strand gespült worden, fünf Körper in Schwimmwesten. Nolly hatte sie gezählt. Sie hatte gute Augen, bessere als Amanda, und ihre Reflexe waren schneller, weil sie niemals an sich zweifelte. Sogar jetzt, als Amanda versuchte, sich einen Plan zu überlegen, hatte Nolly bereits seit Stunden über all das nachgedacht, was getan werden mußte. Sie hatte es geträumt. Am Rande ihres Alptraums sammelten sie Holz. Sie suchten sich einen Weg durch ihr Unterbewußtes und fanden Süßwasser. Sie bauten Häuser. Sie nähten Kleider, erfanden das Rad, prägten Münzen. Ihr Verstand war es, der sich an die Antworten aus dem Katechismus so gut wie an die Fragen erinnerte, und sie hatte nie die geringsten Zweifel, daß die eine Kategorie existierte, um der anderen zu geben, was sie brauchte. Obwohl Nolly die jüngere war, dachte sie schneller als Amanda, denn sie besaß die Antworten, während Amanda zuviel Zeit damit verlor, sich die ihren auszudenken. Nolly glaubte, daß es für jedes Problem eine Lösung gab, und das galt auch umgekehrt: eine begrenzte Anzahl. Es gab nur so viele Probleme wie Lösungen — so viele Fragen wie Antworten. Sie glaubte an das Glaubensbekenntnis, an die Gebote, die Sakramente. Sie begeisterte sich für den Allmächtigen, und deshalb vertrauten ihr die anderen Mädchen mehr als Amanda, weil alle wußten, daß sie sicher war, recht zu haben.

Frage

Was ist deine Pflicht wider deinen Nächsten?

Antwort

Meine Pflicht wider meinen Nächsten ist es,

ihn zu lieben wie mich selbst und allen Menschen Gutes zu tun, so wie ich will, daß auch mir Gutes getan werde; meine Eltern zu lieben, zu ehren und ihnen zu gehorchen; den König zu ehren und ihm und allen, die seiner Macht unterstellt sind, zu dienen. Mich meinen Gebietern, Lehrern, geistlichen Führern und Herren zu fügen; mich gegenüber all meinen Vorgesetzten demütig und ehrerbietig zu verhalten; niemanden durch Worte oder Taten zu verletzen; in meinem Handeln wahr und gerecht zu sein; in meinem Herzen keine Bosart und keinen Haß zu tragen; meine Hände vor Nehmen und Stehlen zu hüten und meine Zunge vor übler Rede, Lügen und Verleumdung; enthaltsam, rein und keusch zu leben; nicht zu verlangen und zu begehren meines Nächsten Hab und Gut, sondern wahrhaftig zu lernen und zu arbeiten, um mein Brot zu verdienen und meine Pflicht in diesem Leben zu erfüllen, bis daß der Herr mich zu sich rufen möge

Es gab keinen Zweifel . . . außer Nolly ging es ihnen allen sehr schlecht — besonders Sloan. Sloan wollte nicht sprechen, und sie stand nicht auf. Sie saß am Strand, umschlang ihre Knie und wiegte sich rhythmisch vor und zurück. Sybil fehlte. Charlotte fehlte und John und Jib und Kapitän Matlock und Mr. Fitzgibbon und alle Jungen und die Träger und beide Schiffe, aber Nolly sagte, eigentlich müßte man Sybil finden können. Amanda meinte, bevor die Flut käme, müßten sie die Schiffstrümmer bergen, und dann sollten sie Holz sammeln, nach Eßbarem suchen und nach Süßwasser, aber Nolly sagte:

„Wenn ich verschollen wäre, dann würde ich wissen wollen, daß alle ihr möglichstes tun, um mich zu retten . . ."

„Warum suchen wir nicht gleichzeitig nach mehreren Sachen?" schlug Gaby vor.

„Sybil ist keine ‚Sache'", flüsterte Jane.

„Hat irgend jemand sie gesehen, als wir in . . . als wir noch in . . .?"

Keine von ihnen beendete den Satz; keine konnte die Frage beantworten.

Sie beschlossen, daß die kräftigeren Mädchen — Nolly, Gaby und Monkey — die Vorräte und Schiffstrümmer über die Flutlinie den Strand hinauf schleppen sollten, während die übrigen — Oupi, Amanda und Jane — zum Kliff am Ende der Landzunge liefen, um nach Sybil zu suchen.

Drei sind zu viele, sagte Nolly.

„— wenigstens *zwei*", sagte Amanda. „Das sollte das erste Gebot sein: ‚Niemand darf alleine gehen'."

„— wohin ‚gehen'? Wohin können wir denn gehen?" fragte Jane.

„*Ich* war schon einmal oben auf dem Kliff", meldete sich Gaby. „Es gibt da nichts, wovor man Angst haben müßte. Ich bin gestern mit Capitão João hinaufgeklettert . . ."

Keiner sagte etwas.

Alle spürten, daß Gaby gerade einige unerlaubte Worte ausgesprochen hatte.

„Ich werde allein gehen", sagte sie.

Niemand geht allein, wiederholte Amanda.

„Ich nehme Ruby mit —"

„Oupi ist zu langsam. Nimm Monkey", sagte Nolly.

„— ich brauche Monkey, sie ist kräftig", widersprach Amanda.

„Wenn wir uns eine Hütte bauen wollen, gibt es

hier auf dem Strand eine Menge zu tun, bevor es dunkel wird . . .“

Sloan begann zu schreien. Weiter unten am Strand hob und senkte sich mit den Wellen ein mit einer Schwimmweste bekleideter Körper, verschwand in der Unterströmung, wurde wieder auf den Strand zugespült, hob und senkte sich und verschwand, tauchte wieder auf, lag still und weckte das Interesse der Tölpel. Als es ihr nicht gelang, die Identität des Leichnams zu erkennen, trat Sloan nach ihm, wälzte ihn zurück ins Meer, bis die anderen sie davon abhielten und sie wieder auf dem Sand zusammenbrach. Es war die Leiche des Trägers Pandi; ein Bein fehlte, am anderen war alles Fleisch weggerissen, von Haien oder Korallen. Seine offene Hüfte sah wie ein Schwamm aus, sein Bein wie eine Maultrommel. Sein Gesicht zeigte eine vollkommene Ruhe, nur seine Augen standen offen und waren verdreht. „Wir müssen ihm die letzte, christliche Ehre erweisen“, verkündete Nolly.

„Was ist das?“ fragte Amanda.

„Wir müssen ihn begraben . . .“

„Ich glaube, er war kein Christ“, sagte Gaby.

„— *trotzdem* . . .“

„Es gibt andere Dinge, die wir machen müssen“, sagte Amanda. „Wir sind müde, und wir haben keine Schaufeln . . .“

„Dann wenigstens beten“, sagte Nolly. „Daß heißt, falls du dafür nicht auch zu ‚müde‘ bist.“

Wie ein Pilger stand sie in der Brandung neben der verstümmelten Leiche und sprach die Gebete aus der Erinnerung, während die übrigen sich schweigend in der Sonne auf dem Strand versammelten. Nach einigen Minuten schien die Unterströmung nachzulassen, und die Leiche wurde für die Wellen zu schwer, um sie ins Meer zurückzutragen, also half

Nolly, während sie betete, vorsichtig mit den Füßen nach. Als wären sie bei einer Totenwache, standen die anderen Mädchen und sahen zu, alle, außer Sloan, die sich vor- und zurückwiegte und ihre Knie umarmt hielt. Schließlich gingen sie. Amanda führte Jane und Oupi zu den Schiffsvorräten, die auf den Strand geschwemmt worden waren; und Gaby und Monkey gingen um die Bucht herum zum Kliff. Sloan blieb, wo sie war, ohne sich zu rühren. Sie hatte aufgehört, sich zu bewegen, und saß und stierte Nolly nach, die den zerfetzten Leichnam durch die Brandung zerrte. *Der Mensch lebt wie im Schlaf,* predigte Nolly, *und welket dahin so rasch wie das Gras.*

GESPENSTER

Ist es noch weit? fragt Monkey.

Sieh doch selbst, sagt Gaby und zeigt nach vorn, aber die Worte sind Portugiesisch.

Für Monkey ist es nichts Ungewohntes, Antworten in fremden Sprachen zu bekommen, daher glaubt sie einen Moment lang, sie hätte sie falsch verstanden, doch dann sagt Gaby *perdi a minha,* und deshalb wartet sie. Etwas später fragt sie: Hast du Angst?

Sim.

„Heißt das ‚ja'?"

‚Ja' und ‚vielleicht'.

„— was genau?"

Ja.

„Ich auch."

Sie hatten beide ihre Schuhe verloren, und der Strand war zu heiß, um oberhalb der Gezeitenmarke zu laufen. Sie sahen auf den Schotter und die Steine, die sie überqueren mußten, wenn sie zum Kliff klettern wollten, und es wurde ihnen klar, daß sie es nie schaffen würden . . . *achchha,* murmelt Monkey. *Má* sagt Gaby. Sie setzt sich in den nassen Sand und zieht sich die Bluse aus: „Wir werden uns dies hier um die Füße wickeln." Mit den Zähnen zerreißt sie die Bluse in zwei Hälften. „Wirst du *muito* rot von der Sonne?"

Wir werden grau.

Gaby hält inne „— *du wirst grau?*"

Wie Asche, sagt Monkey.

„Tut das weh?"

Es ist, als würde man seine Hand über eine offene Flamme halten.

„— *ich* werde nie rot."

Warum nicht?

„Großvater sagt, weil ich eine Haut wie eine Olive habe."

„— eine Olive?"

„*Olivá* . . ."

„— was *heißt* das?"

„— Olive."

„— aber was *bedeutet* das?"

„— es bedeutet ‚Olive'."

„Ol-ive?"

„Olive!"

„— was ist ‚Ol-ive'?"

„Du weißt nicht, was eine Olive ist?"

„Nein."

„Du weißt wirklich nicht, was eine ‚Olive' ist?"

„Nein."

„Du hast noch nie eine ‚Olive' gesehen?"

„Ist das eine Art Haut?"

„Es ist eine Frucht. Eine Frucht, ungefähr *so* groß. Sie ist grün. Sehr bitter. Innen drin hat sie einen dicken Kern. *Der* ist auch grün. Wenn man sie auspreßt, gewinnt man Öl . . ."

„Grünes Öl . . .?"

„Sim."

„Ich kenne grünes Öl. Mein Onkel benutzt solch grünes Öl für seine Nähmaschine."

Monkey sieht zu, wie Gaby sich den nassen Baumwollstoff um die Füße wickelt, dann blicken beide eine Zeitlang hinaus aufs Meer.

„Was schätzt du, wie lange es dauern wird, bis sie kommen?" fragt Monkey.

„Sie haben João gesagt, sie würden heute zurückkommen. Wenn ich meinen Drachen hätte —"

Wo ist João, was glaubst du? flüstert Monkey.

Gaby blinzelt einige Male, antwortet aber nicht gleich.

Willst du wissen, wovor ich Angst habe? fragt Monkey.

„Não."

Ich habe Angst, daß „heute" nicht *heute* ist, sagt Monkey.

Und willst du noch etwas wissen? fragt Monkey etwas später.

Ich glaube, wir sind tot.

„— hör auf, Unsinn zu reden!" antwortet Gaby.

Es ist kein Unsinn.

„— ich will nichts davon hören!"

Charlotte hielt meine Hand. Wir vier, Charlotte, ich, Sloan und Sybil, wir sind zusammen ins Wasser gegangen. Charlotte sagte: Habt keine Angst, ich laß euch nicht los. Dann sind wir gesprungen. Verstehst du? *Ich kann gar nicht schwimmen.* Ich weiß nicht, wie man schwimmt, aber hier bin ich. Und wo ist Charlotte?"

„— hör auf, hör auf, hör auf!" schreit Gaby.

Die Klippe wirft das Echo ihrer Stimme zurück, es klingt wie *rauf rauf rauf,* dann wieder „RAUF —!"

Gaby greift nach Monkeys Hand. *Olà!* flüstert sie. *Vögel?*

„Hall-oooo!" ruft sie in die Luft.

„— RAUF!“ kommt die Antwort.

Gaby rennt den Abhang hinauf, bleibt hin und wieder stehen und ruft, während Monkey dem Strandverlauf bis zur Spitze der Landzunge folgt. An einigen Stellen ist der Strand mit Quallen, toten Fischen und sterbenden Anemonen übersät: Manchmal überzieht ihn ein gelblicher, klebriger Schleim. Die Blumen sind alle fortgespült worden.

Als Monkey die andere Seite der Landzunge erreicht, springt der Wind um, und die Wellen sind viel höher. Der Uferstreifen ist hier breiter und mit Strandgut überschwemmt — umgestürzte Palmen, verflochtene Mangroven, tote Marabus, aufgequollene Fische, ein Mast, Glas, Leinwand: *und Sybil.*

Gaby entdeckt sie von der Spitze des Kliffs aus und läuft im gleichen Augenblick wie Monkey auf sie zu; Monkeys Weg ist zwar kürzer, aber tückischer: *Charlotte ist hier,* redet sie sich ein.

Charlotte und John sind beide hier.

Sie schneidet sich ihren Fuß an den Korallen auf, läuft aber weiter. Ihr Blut läßt den Sand erröten. Sybil ruft: *Es ist hier!,* und winkt; *lebendig,* das sieht Monkey, sie lebt ich lebe *wir leben* begreift sie.

*

EINIGE DINGE SIND ANDERS, ANDERE DINGE SIND GLEICH

Zusammen trugen sie Sybil zurück zum äußersten Ende der Landzunge, wo ihnen auf der windgeschützten Seite Sloan schreiend entgegenlief: „Sie hat uns *gehört,* sie hat uns *gehört,* was ist *passiert* —?“

Ihr *Bein,* sagt Sybil. Ein *Baum* ist draufgefallen. Wir *wußten* es, sagt Sloan. Wir konnten nicht *auf*stehen.

„Es ist gebrochen, glauben wir“, sagt Gaby und wundert sich nicht, daß sie wie eine der Zwillinge spricht.

„Amanda hat *Essssen* gefunden", verkündet Sloan. „Unglaubliche Mengen. Marmelade und Chutney. Fischbällchen. Dosenpudding, mein Lieblingsessen ..."

„Unseres auch", stimmt Sybil zu.

„Was haben wir noch gefunden?" fragt Monkey.

„— vielleicht *Schuhe?*" hofft Gaby.

„Wenigstens ... *einen?*" fragt Monkey.

„Ganz viele Sachen", fährt Sloan fort. „Unglaublich viel ..."

„— auch *Wasser?" fragt Gaby.*

„— *Kokosnüsse.* Hunderte von Kokosnüssen liegen auf der Erde. Mit ganz viel Kokosmilch." Sie will ihre Schwester selbst auf den Schultern tragen, eine Lösung, die beide gleichermaßen glücklich macht und den Eindruck noch verstärkt, daß sie beide nur ein einziges Wesen sind.

„Sie ist zu schwer für dich", sorgt sich Gaby, „verlier sie nicht —"

„— *nie wieder!*" verspricht Sybil.

„Es tut ihr leid", sagt Sloan.

„— *ihr* tut es leid", erwidert die andere.

„Sie ließ unsere Hand los —"

„— *sie* ließ los ..."

„Da war soviel Wasser ..."

„— *davon* war viel da."

„Wohin bist du gegangen —?"

„— *unter.*"

„— aber wie bist du hierher gekommen?"

„— kann mich nicht erinnern."

War Charlotte bei dir? fragt Monkey.

„Charlotte hat mit uns geredet", erinnert sich Sybil. „Als sie uns die Schwimmwesten anzog ..."

Und *danach?* drängt Monkey.

„— sprangen sie."

— und *dann?* fragt Monkey.

„— zuviel Wasser. Sie schwammen."

Wer schwamm?

„Charlotte."

Du hast sie gesehen?

„Sie hielt uns fest. Sie hat uns an den Strand getragen . . ."

Monkey bleibt stehen.

„Nicht *stehen*bleiben!" befiehlt Gaby.

Wir sollten zurückgehen, erklärt Monkey.

„Ich will etwas essen", sagt Gaby.

Monkey überlegt, was sie tun soll.

Gaby ist älter als sie, die Drittälteste nach Amanda und Nolly. In der Altersabfolge kommt Monkey nach Jane, dann kommen die Zwillinge, dann Oupi — aber Monkey, so denken die anderen, ist durch ihre Rassenzugehörigkeit von allen Privilegien ausgeschlossen. Monkey denkt das auch. Ihr kommt die Rolle der Untergebenen zu, der Nachgebenden, der um Erlaubnis Bittenden, derjenigen, die sich das *ja* der anderen erst verdient. Sie ist eigentlich kein Gast an ihrem Tisch, sie ist eher wie der Emporkömmling, wie die unerwünschte Verwandte. Selbstverständlich und unantastbar ist die Herrschaft der anderen, und Monkey ist damit einverstanden. Sich anders zu verhalten, zu rebellieren, zu widersprechen, das Wort zu widerrufen wäre ungesetzlich, illegal.

„Dann gehe ich allein", wagt sie zu sagen.

„Das kannst du nicht", sagt Gaby, „es ist gegen das Gebot —"

„— *welches* Gebot?"

„— das erste Gebot, das sagt, daß niemand allein irgendwohin gehen darf. Nun komm schon mit. Ich kann doch nicht ohne dich zurückgehen — willst du, daß *ich* in Schwierigkeiten gerate?"

Nein, gibt Monkey zu. Nach Jane ist Gaby das

Mädchen, das sie am liebsten mag — und nach Charlotte. In ihrer Reihenfolge kommt zuerst die Mutter, dann kommt Jane, danach Charlotte und dann Gaby. Die übrigen Mädchen zählen nicht auf ihrer Liste. Jedes Mädchen hat eine *Liste.* Monkey hört, wenn sie sich untereinander fragen *wen magst du lieber als mich?* Sie wurde noch nie gefragt, und sie hat Jane noch nie gefragt. Sie hat Angst vor der Antwort. Heute ist der erste Tag, an dem sie noch niemanden davon reden gehört hat. Heute ist der erste Tag, an dem sie beinahe vergessen hat, wer sie ist. Es ist zu traurig, sich die alte Welt in Erinnerung zu rufen, wenn in der neuen Welt alles aus der alten verloren ist.

„— Amanda ruft uns", drängt Gaby.

Gaby —? bettelt Monkey.

„— *quê?* Beeil dich!"

Willst du denn Charlotte nicht finden?

„— *e João, oxalá! Número um* auf Großvaters ‚Liste'! Aber was können wir beide schon machen? Angenommen, wir gingen jetzt los und würden sie finden. Angenommen, sie wären verletzt. Wie könnten wir sie tragen? Was könnten wir für sie tun? Haben wir Wasser? Haben wir etwas zu essen? Wir haben nicht einmal Schuhe — *Não.* Es gibt eine richtige Art, und es gibt eine falsche Art. Wir müssen dies auf die richtige Weise tun. *Sim?*"

Sim, sagt Monkey, und für Gaby bedeutet es ‚ja', obwohl es ‚vielleicht' heißen sollte.

„*Bom* . . . also los jetzt. Komm, wir laufen um die Wette!"

Gaby —?

„— Was denn *jetzt* noch?"

„Diese ‚Olive' . . ."

„— Ja?"

„Ist sie *so* groß? Sehr bitter? Mit einem bitteren Kern?"

„Ja doch —"

„— und wächst auf Bäumen?"

„Ja, das tut sie."

„Wir haben diese Frucht immer ‚Kardamom' genannt."

„— sie heißt *nicht* Kardamom."

„— wir haben sie so genannt."

„‚Kardamom' ist etwas anderes!"

„‚Kardamom' ist etwas anderes als ‚Olive'?"

„*Não!* Ist ein *Passarinho* das gleiche wie ein *Rã?*"

„— ein *‚Rã'?*"

„Vogel! Frosch! *Gleich?*"

Wer weiß das schon, denkt Monkey, in *dieser* Sprache? „Ja" und „vielleicht" . . .

„*Olà: vamos.* Lauft! Ich gebe euch den *Adiante* —"

— Vorsprung?

„Los! Ich zähle bis sechs, und dann werde ich euch überholen —"

Monkey denkt: Warum *laufen?* Sie fragt sich: Warum *läufst* du, meine Tochter? Was ist mit deinem Fuß? Was mit diesem Schmerz? *Sieht Jane zu?* Ich kann gewinnen! Gaby rennt wie der Wind, aber ich kann gewinnen! *Darf* ich gewinnen? Es ist keine Schande, nur knapp zu verlieren. *Soll* ich gewinnen? *Lauf!* Wen feuern sie an? *Was?* GAby! GAby! GAby! *Jane sieht zu —!*

„*Warum bist du langsamer geworden?*" will sie wissen.

„Ich hatte keine Kraft mehr", keucht Monkey.

„*Hattest du doch*", beschuldigt sie Jane und sieht sie an, als würde sie gleich vor ihr ausspucken.

„Wen magst du", platzt es aus Monkey heraus, „*lieber als mich?*"

A L L E, buchstabiert Jane ihr Urteil.

SICH AN DIE WELT ERINNERN

Kurz vor Dunkelheit kehrten die Schmetterlinge zurück. Die Mädchen saßen im Sand, in einer Sitzordnung, die sie sich ausgedacht hatten:

Amanda

Nolly

Gaby

[Sybil und Sloan]

Jane

Oupi

Monkey

— und Amanda hatte gerade gesagt: *Wir brauchen irgendein Signal.*

„Ich werde einen Drachen bauen", antwortete Gaby.

„Was haben wir nachts davon?" fragte Amanda, als Oupi aufsprang und schrie: *„Seht doch! Sie sind wieder da! Wie beim letzten Mal —!"*, und einen Moment lang stand den Mädchen das Herz still.

Ihre Augen blickten suchend über die Lagune — *Bitte, lieber Gott, noch nicht,* betet Nolly; in ihrem Innersten ist sie davon überzeugt, daß inbrünstige Gebete sie hierher verschlagen haben, daß sie zu Besonderem ausersehen sind, daß sie die Erwählten sind, vorgesehen für eine Aufgabe, eine baldige Mission, die sich noch offenbaren wird. Als sie heute morgen aufwachte, fiel ihr ein, daß es hier Eingeborene geben könnte, Geschöpfe, zu denen sie gesandt worden waren, zu denen *sie* gesandt worden war, um ihnen ‚Sein Wort' zu bringen. Oder vielleicht war etwas unter ihnen — *jemand* unter ihnen —, der von

Gott auf die Probe gestellt wurde. Wenn ihre Eltern jetzt zurückkämen, dann wäre es das Werk des Nicht-Gottes, des Teufels. Sie glaubte nicht, daß es so etwas wie den Teufel gab — ihr Vater glaubte daran, sie nicht. Nach ihrer Meinung war der Teufel die Leere, die Christus in der Seele eines Ungläubigen hinterließ. *Gibt es einen Himmel für die Ungläubigen? Ja,* glaubt Nolly. Er wird mit Kohle beheizt, ist rußig und heruntergekommen. Seine Straßen sind nicht gepflastert . . . aber es ist ein ‚Himmel', fern von der Welt, so wie diese Insel. Wenn ihre Eltern jetzt zurückkehrten, dann wäre es das Werk des Nicht-Gottes, eine Einmischung in etwas, für das sie Tage oder sogar Wochen brauchen würde, vielleicht sogar noch länger. *Trottel!* schreit sie Oupi an, die mit ihren Händen nach den Motten schlägt. „Setz dich hin! Erschreck uns nicht so!"

„— *‚erschrecken'?*" fragt Jane.

Monkey gefällt es dort, wo sie sitzt, weil sie Jane betrachten kann, so lange sie will, und weil niemand sie selbst sieht. Deshalb hat sie nicht gegen den Sitzplatz protestiert — was sie sonst vielleicht getan haben würde, sagt sie sich, weil man sie aus dem Kreis ausgeschlossen hat, als wäre sie ein Satellit; so aber kann sie Jane ungehindert beobachten, und deswegen stört es sie nicht. Jane sieht vollkommen aus, denkt Monkey. Sie trägt immer noch alle ihre Kleider, sogar die Schwimmweste. Alle anderen haben entweder ihre Schuhe verloren oder sich die Kleider zerrissen oder ausgezogen, aber Jane nicht — ihre Kleider sind sauber, und steif vor Salz sind sie so getrocknet, als wären sie frisch gebügelt. Ihr Haar hat sie hochgebunden; während sie saßen, redeten, sich einen Plan zurechtlegten und aßen, hat Jane ihr Haar achtmal zu einem jedesmal ordentlicheren Zopf geflochten und dabei ab und zu mit den

Fingern das Essen auf dem Teller hin- und hergeschoben, damit es aussah, als würde sie etwas essen. Eine Kette von Schweißperlen war auf ihrer Oberlippe aufgeblüht. „Du bist diejenige, die andere ‚erschreckt'", sagte sie zu Nolly, „wenn du Oupi anschreist."

„Ist schon in Ordnung", sagt Amanda. „Ruby ist aus der Reihe gesprungen . . ."

„Es ist nicht in Ordnung, jemanden anzuschreien", sagt Jane. „Es ist nicht ‚in Ordnung', jemanden zum Weinen zu bringen —"

„Oupi ist eine Heulsuse", sagt Nolly. „Das weiß doch jeder. Das sagt Shauna auch immer."

Als sie den Namen ihrer Schwester hört, wird Oupi still.

„Ich habe sie vorher noch nie weinen gesehen", sagt Jane. „Sie hat den ganzen Tag nicht geweint. Auch nicht in der Nacht, als die Schildkröten umgebracht wurden —"

„Es ist ‚nicht erlaubt', bestimmte Dinge zu sagen", stellt Amanda fest, „und diese Bemerkung gehört dazu . . ."

„Wir sollten es für ‚unerlaubt' erklären, jemandem einen Schrecken einzujagen", beharrt Jane, „den andern zum Weinen zu bringen —"

„Hört! Hört!" sagen Sloan und Sybil. Sie haben es den Colonel oft sagen hören, und es gefällt ihnen, weil sie das gleiche Wort zweimal sagen können.

„Das ist dumm", sagt Amanda. „Wir müssen uns genau überlegen, welche Gesetze wir machen, und wir dürfen keine dummen Gesetze erlassen —"

„Wir sollten ein Gesetz machen, das es verbietet, Schildkröten zu töten", sagt Sybil.

„— das es verbietet, *irgend jemanden* zu töten", sagt Sloan.

„Das ist schon Gesetz", erinnert sie Nolly. „Es

ist *Gottes* Gesetz. Wir machen nur für diese Insel Gesetze . . ."

„Wie viele haben wir schon?" fragt Gaby. Sie hat Kreise in den Sand gemalt und nicht zugehört.

„Sechzehn", antwortet Nolly.

„Basta", beschwert sich Gaby. „Das sind zwei für jeden von uns. Statt Gesetze zu machen, sollten wir lieber eine Karte zeichnen und die Insel erforschen. Wir sollten den verschiedenen Plätzen Namen geben — dem Ort auf der anderen Seite — dem Kliff —, und wir sollten nach Dingen suchen, *á-bê-cê,* vielleicht gibt es hier noch andere Menschen oder *trésor* —"

Oupi springt auf und ruft: „NACKTE!" und alle lachen — sie war schon immer überzeugt, daß man das Wort „Eingeborene", „natives", genauso aussprach wie das Wort für den Zustand des Unbekleidetseins, „naked". *„Borboleta,* was bist *du* denn —?" macht sich Gaby über sie lustig.

„Erzähl ihnen von Charlotte, Sybil", verlangt Monkey plötzlich.

Alle, außer Gaby, sehen zu ihr herüber.

„Möchtest du zu uns sprechen, Bruder Monkey?" fragt Amanda.

„Ich bin kein *Junge"*, murmelt Monkey.

„Ach? Und was *bist* du —?"

„Hör auf damit", sagt Gaby. „Tatsache ist, daß wir alle gemeinsam hier sind. Wir sind hier wie eine Familie . . ."

„— und *er* ist der *Bruder!"* kichert Sybil.

„Hör auf!" sagt Gaby noch einmal.

„— was *ist* denn mit Charlotte?" fragt Jane.

„Sybil hat sie gesehen", sagt Monkey. „Drüben, auf der anderen Seite. Sybil sagt, Charlotte hätte sie an Land getragen."

„Vielleicht hat sie es nur geträumt", sagt Sybil.

„— *davon* gab es viel“, sagt Sloan.

„Wir sollten Kundschafter ausschicken“, sagt Gaby: *„irmãozinho portugês . . .“*

„*Sie* geht nicht dahin zurück!“ sagt Sybil.

„— *sie* auch nicht!“ stimmt Sloan ihr zu.

„— ist es *schön* dort?“ fragt Oupi und springt wieder auf. „Ist es sehr *schön* auf der anderen Seite?“

„— du brauchst nicht aufzustehen, wenn du sprechen willst“, sagt Amanda. „Aber du mußt still bleiben bis zum ‚Wegtreten‘, genau wie in der Klasse.“

„— ist das ein Gesetz?“ fragt Gaby.

„Nummer sieben“, sagt Nolly.

„— ich meine, wir sollten *neue* Gesetze machen. Wir sollten tun, was Gott tat“, fordert Gaby. „Wir sollten allem ‚einen Namen geben‘. Wir sollten diese Karte zeichnen und die Dinge benennen, den Strand zum Beispiel, auf dem wir Sybil gefunden haben – wir sollten ihn ‚Sybilstrand‘ nennen —“

„Hört! Hört!“ wird ihr beigepflichtet.

„Vielleicht sollten wir ihn eher *Charlottes Strand* nennen“, sagt Jane.

Sim, stimmt Gaby ihr zu.

„Nach Charlotte ist schon ein *Schiff* benannt“, widerspricht Oupi. „Wenn er sehr schön ist, dann sollten wir ihn den ‚Strand-der-schön-ist‘ nennen. Das ist meine Meinung.“

„— und wie sollen wir dann *diesen* hier nennen?“ fragt Sybil.

Oupi entscheidet sich für „Strand-auf-dem-es-Essen-gab“.

„— aber was ist mit *Charlotte?*“ beharrt Jane.

„Sollen wir *abstimmen?*“ schlägt Amanda vor.

„— ich meine, was ist mit der *Suche* nach ihr?“ sagt Jane.

Während sie sich streiten, hat Monkey eine Art Traum.

„Ohne Feuer können wir im Dunkeln nichts unternehmen", stellt Amanda erneut fest. „Bis wir herausgefunden haben, wie man ein Feuer macht, können wir in der Nacht gar nichts unternehmen. Wahrscheinlich wird morgen schon Hilfe kommen — und für heute nacht haben wir wenigstens den Mond — aber sonst . . . Ich meine, ich weiß das von den Segelfahrten mit meinem Vater, ihr habt keine Ahnung, wie dunkel es nachts werden kann —"

Monkey verfällt in eine Art Traum, einen Traum von Dunkelheit, von einer Welt, in der Ortsnamen ihre Geschichten erzählen. Vielleicht erinnert sie sich an eine alte Geschichte, die ihr Vater immer erzählt hat, eine Geschichte aus . . . wo war das nur gewesen? Ein Ort, sagte er, der *Wide Open* hieß, nahe bei *Viewly Hill* und *Royal Oak* oder *Pity me. Walbottle, High Spenn, Fallowfield* . . . er las die Ortsnamen aus der Karte von England vor: *Ruffside, Branch End, Hetton le Hole, Eshwinning, Butterknowle* — schon die Namen hatten einen fremden Klang, der Bilder von fernen Ländern heraufbeschwor; manchmal las er ihr Geschichten vom tiefen Forst vor, von undurchdringlichen Wäldern, wo die Baumstämme so dick waren, daß man sie mit den Armen nicht umspannen konnte. Er las ihr vom *Schnee* vor — Federn vom Himmel, die sich in Wassertropfen verwandeln, sobald sie deine Haut berühren, sagte er. Er erzählte ihr, wie der Leopard zu seinen Flecken kam und das Kamel zu seinem Höcker, und wie Prinzessin Dornröschen nach hundertjährigem Schlaf von einem Kuß geweckt wurde. Undeutlich hört Monkey Amanda von *Hüten* reden, davon, daß sie ihre Köpfe gegen die Sonne schützen müßten, weil sie sonst alle total verrückt würden; und Nolly meint, daß sie sich morgen früh alle Schirme aus Palmenblättern flechten sollten, und Jane sagt leise: „Vater nennt sie ‚Sarah Gamps' . . ."

„— *die Schirme?*" fragt Nolly.

„— *guarda-chuvas*", sagt Gaby.

Monkey wird sich bewußt, daß sie näher an den Kreis herangerückt ist und daß die Dämmerung hereinbricht. *„Erzähl uns eine Geschichte"*, fordert sie Amanda auf. Monkey wird rot, aber es ist dunkel, und niemand kann sie sehen, und außerdem beginnen Sybil, Sloan und Oupi zu lärmen: *Geschichte! Geschichte! Geschichte!*, also beginnt Amanda: *„Am Rande eines großen Waldes lebten einst ein armer Holzfäller, seine Frau und seine zwei Kinder* . . . Sie waren sehr, sehr arm und hatten nicht genug zu essen. ‚Morgen', sagte eines Nachts die Frau, als sie den ganzen Tag gehungert hatten, ‚bringen wir die Kinder in den Wald — dahin, wo er am dichtesten und am düstersten ist — und machen ein Feuer, damit sie nicht unglücklich sind; wir geben ihnen Brotkrusten, und dann lassen wir sie dort zurück. Wir sagen ihnen, wir würden nur zum Holzfällen gehen und danach zurückkommen, aber stattdessen lassen wir sie, wo sie sind. Sie werden sich verirren und nie wieder ihren Weg nach Hause finden, und dann sind wir sie los.'". Sie schwieg. Die Vögel hatten es sich im Baldachin des Dschungels für die Nacht bequem gemacht, und jetzt flogen Fledermäuse über ihren Köpfen. Der Mond war aufgegangen, und Monkey merkte, daß Jane zu ihm hochsah. „Erzähl nicht diese Geschichte", sagt Sybil. „Sie macht ihr Angst."

„Erzähl uns ‚Rotkäppchen'", verlangt Sloan, aber Amanda singt: *„Knusper, knusper, knäuschen, wer knabbert an meinem Häuschen?"*

„Nein!" kreischen Sloan und Sybil und rücken dichter an den Kreis heran — wie auch die anderen

Mädchen, sogar Monkey —, bis sie sich fast alle berühren.

„‚Hänsel und Gretel‘ ist zu unheimlich“, sagt Sybil.

„Erzähl uns ‚Rotkäppchen‘“, sagt Sloan noch einmal.

„‚Ei, Großmutter, was hast du für große Ohren!‘“, sagt Amanda, und alle kichern. *„‚— und was hast du für ein entsetzlich großes Maul!‘“*

(*Menka* —? flüstert Jane.

Monkey rückt ein wenig näher.

Es ist Vollmond, sagt Jane.

Monkey nickt zustimmend.

Letzte Nacht war kein Vollmond, sagt Jane. *Er war noch lange nicht voll.*

Er ist gewachsen, stimmt Monkey ihr zu.

Zu schnell, sagt Jane.

Er hat eine Menge Käse gegessen, als er sich vor der Sonne versteckte, behauptet Monkey.

Jane schüttelt den Kopf.

Oder heute ist in Wirklichkeit schon übermorgen, erklärt sie.)

„— aber der Jäger ging eben an dem Haus vorbei“, erzählt Amanda. „‚Finde ich dich endlich hier!‘ sagt er zu dem schlafenden Wolf. ‚Ich habe dich lange gesucht.‘ Gerade will er seine Büchse anlegen, um den Wolf zu erschießen, da denkt er: ‚Seltsam . . . Ich frage mich, was er wohl mit der alten Frau gemacht hat —‘, also nimmt er sein Jagdmesser und schneidet dem bösen Wolf den Bauch auf . . . und? . . . er sieht ein rotes Käppchen leuchten, also schneidet er weiter, und schon springt Rotkäppchen selbst heraus und sagt: ‚O lieber Jägersmann! Wie habe ich mich gefürchtet! Wie dunkel war es in diesem Wolf!‘ Dann kommt die Großmutter heil heraus, obwohl der Wolf sie doch verschlungen hatte, und sie sagt: ‚Vielen Dank, Herr Jägersmann! Du hast uns beiden das Leben gerettet‘, und Rotkäppchen sagt: ‚Ich verspreche dir, Großmutter, ich will mein Lebtag nie, nie, wieder vom Weg abweichen und allein in den Wald hineinlaufen!‘“

„— jetzt erzähl die Geschichte von der Nixe im Teich!“

„Nein, lieber ‚Der Teufel mit den drei goldenen Haaren‘ —“

„— nein, ‚Schneewittchen‘.“

Es war einmal mitten im Winter, und die Schneeflokken fielen wie Federn vom Himmel herab, da saß eine Königin an einem Fenster und nähte, beginnt Amanda.

Nolly hält Wache. Sie denkt: *Was lehrt uns das zweite Gleichnis vom verlorenen Schaf?*

Antwort

„Gottes Freude über den reuigen Sünder.“

Was sagt uns das Gleichnis vom zerstörten Tempel?

Antwort

„Es prophezeit die Auferstehung Christi am dritten Tage.“

Was ist das Besondere an den Gleichnissen Jesu?

Antwort

„Er wollte uns durch sie die Wahrheit lehren.“

„Er sprach in ihnen von Dingen, die uns vertraut sind.“

„Er erzählte sie auf einfache Art.“

„Sie waren frisch, neu und kraftvoll . . .“

*

(*du kannst deinen Kopf auf meine Füße legen,* flüstert Jane.

Darf ich wirklich —? flüstert Monkey zurück. Macht es dir nichts aus?

— *nein, tu's nur.*
Danke schön.
Bitte, bitte, antwortet Jane.)

VERGESSLICHKEIT

An einem anderen Ort liegt ein Mann träumend in einer Welt außerhalb seines Bewußtseins. Der Mond leuchtet in seinen Traum hinein, eine weiße Scheibe, maskiert, ein alter, verkleideter Mann, ein Hund, ein Teufel. *Ein alter Hund weiß nicht, daß er stirbt* — hätte sein Vater gesagt. *Versuch, einem alten Affen ein neues Gesicht beizubringen* — geht nicht. Seltsame Worte strömen zu ihm zurück, bleiben in der Flut. Seltsame Wissensbrocken: die Phönizier besiedelten den Rio Tinto, ein Erdbeben zerstörte Troja im Jahre 1275. Worte: noch mehr Worte: die Namen der Winde: *Shamal,* Habub, der Wilde Sammoun. Es gibt Augenblicke, Phasen gleich den Gesichtern des Mondes, in denen John weiß, daß er wach ist — und andere, in denen er spürt, daß er ein Gefangener seiner Träume ist. In den Perioden des Wachseins fühlt er, daß er irgendwo gewesen ist und die Erinnerung daran verloren hat; er spürt, daß ihm das Gefühl für die Zeit abhanden gekommen ist, doch er vermißt es nicht, empfindet kein Verlangen, schwebt, folgt keinem Gedanken, versinkt mühelos in seine Träume. Er träumt, der Gouverneur von Qusantínan reite ihm entgegen, um ihn zu begrüßen. Er träumt, er ritte mit seinem Vater auf einem Zebra durch ein aus Fischgräten erbautes Dorf, und seine Mutter winke ihnen von oben zu, aus einem Ballon, hoch über ihnen, und riefe zu ihnen herunter: *Gezählt! gezählt! gewogen! geteilt!* Logarithmen. *John,* hört er im Traum seinen Vater sagen, *jeder Matrose träumt, daß ihn der Tod nur in der Wüste ereilen kann.* Woher kommt bloß dieser Sand? Das Feld der Bewußtheit ist nicht so klein, daß es nicht mehrere

Probleme gleichzeitig aufnehmen könnte. *John,* hört er im Traum seinen Vater sagen, *ich habe nachgedacht.* Licht muß eine Geschwindigkeit haben. Das ist ganz klar. Licht reist. Es heißt: ‚Die Sterne bringen Kunde von der Zukunft', aber ich denke nach. Was wir einen Stern nennen, ist vielleicht nur sein Schatten. Wenn wir ihn sehen, John, könnte er im gleichen Augenblick schon *vergangen* sein.

UNTER DEM HORIZONT

Nolly wacht auf. Sie hat geträumt, sie wäre Noah und gäbe den Tieren ihre Namen.

Tiere aller Art zogen vorbei, Mischwesen, Hybride, Halbkatzen, Flügelkröten, Hörnerhunde, und sie gab ihnen ihre Namen. Sie rief sie mit Worten, an die sie sich nicht erinnern konnte, bis zwei Halbjungen an ihr vorübergingen und sie sprach: „Gehet hin und seid *die Nigel* genannt", und sie erwachte.

Die Sonne ist aufgegangen — sie steht nur wenige Grad über dem Horizont.

Nolly geht einem natürlichen Bedürfnis folgend hinunter zur Brandung, gemäß „Gebot Nummer Elf". Amandas Mutter hatte ein zwanghaftes Verhältnis zur Sauberkeit, das wußten alle — seit Amandas Vater sich mit seiner Burmesin eingelassen hatte, fand sie es besonders ekelhaft, „Dinge anzufassen". Amandas Mutter glaubte, einzig strikte *Sauberkeit* im Haushalt könnte sie alle davor bewahren, sich etwas Schreckliches einzufangen, und sie wurde zu einer Eine-Frau-Armee gegen Ansteckungsgefahren. Amanda hatte die Fähigkeiten ihrer Mutter geerbt —

Gebot Nummer Zehn. Pinkeln ist nur im Ozean gestattet.

Gebot Nummer Elf. Stinken oberhalb der Gezeitenmarke ist verboten.

Gebot Nummer Zwölf. Alle müssen dafür Sorge tragen, daß ihre Schlüpfer a) sauber, b) trocken sind.

Oupi konnte Nummer Zwölf einfach nicht einhalten, weil sie Angst hatte, eine Krabbe würde nach ihr schnappen, wenn sie ohne Höschen ins Wasser ginge, und Sloan und Sybil konnten Nummer Zehn und Elf nicht befolgen, weil Sloan Sybil auf ihren Schultern tragen mußte, *und wie sollte sie da wohl —?*

Schon an diesem ersten Tag nach der Verkündung der Gesetze entdeckt Nolly Zeichen des Ungehorsams. Jemand hat auf den Strand *gestunken.* Und wenn es stimmt, was sie sieht, dann ist jemand allein zum Kliff gegangen — Fußspuren führen dorthin und wieder zurück. Als sie Amanda diese Spuren zeigt, sagt Amanda: „Das sind meine."

„*Du* hast das erste Gebot gebrochen?"

„Die Gesetze wurden doch nicht für *mich* gemacht", antwortet ihr Amanda. „Die sind für die anderen. Wir brauchen sie nicht zu befolgen, wenn wir nicht wollen . . ."

„*‚Wir'* —?"

„— wir beide."

Nolly fühlt sich, als hätte sie den Teufel nicht rechtzeitig erkannt.

„Ich *mag* die Gesetze", sagt sie.

Amanda zuckt mit den Schultern. „Sie sind nur ein ‚So-tun-als-ob'. Vater wird heute zurückkommen, und ich mußte mir etwas einfallen lassen, um uns die Zeit zu vertreiben, das habe ich getan. Wenn du sie magst, dann behalte die Gesetze", sagt sie vergnügt. „Das einzige, was wir heute machen müssen, ist warten."

Nolly wirft ihr einen raschen Blick zu.

„Hast du sie tatsächlich *gesehen?*" fragt sie.

„Ich glaube, ich habe kurz vor Sonnenaufgang ein Schiff gesehen."

„— du bist im *Dunkeln* auf das Kliff gestiegen?"

„Es war nicht dunkel. Der Mond schien. Man hätte lesen können, so hell war es. Unter all diesem Zeugs habe ich eine Kiste mit drei Büchern gefunden. Wenn wir wirklich darauf angewiesen wären, könnten wir nur mit dem, was wir zwischen diesem Gerümpel finden, schon zurechtkommen ..."

Während sie noch redet, kommen die anderen und setzen sich um sie herum.

„Was sind die Farben für den heutigen Tag?" fragt Sybil.

„Wir spielen heute nicht ‚Schule'", antwortet Amanda.

„— Wie heißt das *Wort?*"

„R-e-t-t-u-n-g", buchstabiert jemand.

Sie setzen sich in einer langen Reihe auf den Strand und starren zum Horizont.

Monkey fragt sich, ob Jane ihr Geheimnis verraten wird, ob sie Amanda erzählen wird, wie der Mond fett wurde, weil er das Gestern gefressen hat.

„Mir ist langweilig", sagt Oupi nach einigen Minuten. Sie steht auf. Ihr Schlüpfer ist a) naß, b) dreckig. Nolly sagt ihr, daß sie einen Ausschlag bekommt, wenn sie Nummer Zwölf nicht einhält.

„Essen sie denn kein Frühstück?" beschwert sich Sloan.

„— doch, doch", antwortet Amanda zerstreut.

„— *ihr* geht es fürchterlich", stellt Sloan fest.

„— sie hat nicht gut geschlafen", bekundet Sybil ihr Mitleid.

„Wir sollten uns auf ihre Ankunft vorbereiten", sagt Gaby. „Wir sollten ihnen zeigen, wie gut wir zurechtgekommen sind. Ihr solltet mich einen Drachen bauen lassen, um ein Signal zu geben."

„— ja, ja, in Ordnung. Geht mir nicht auf die Nerven, wir müssen Wachen aufstellen ..."

„Ich sorge dafür, daß alle zu essen bekommen, wenn du einverstanden bist", schlägt Nolly vor.

„Ja . . . mach ruhig", sagt Amanda geistesabwesend.

„— und der *Drachen?*"

„*Dummkopf,* woher willst du die Schnur für den Drachen nehmen?" antwortet Nolly.

„— mit Verlaub: *darf ich danach suchen?*"

„Nimm jemanden mit", warnt Amanda.

„*Gebot Nummer Eins*", erinnert Nolly.

Gaby entscheidet sich für Monkey und macht sich daran, zwischen Treibholz und zertrümmerten Kisten nach etwas Schnur zu suchen.

Nolly führt die übrigen dorthin, wo sie die beschädigten Lebensmittel aufbewahren, und Jane bleibt bei Amanda; sie sitzt einige Meter rechts hinter ihr.

Zusammen starren sie in die Sonne.

Mücken und Sandflöhe plagen sie — mit Anbruch des Morgens hat sich der Landwind gelegt, und der Seewind regt sich noch nicht, ist kaum mehr als ein Flüstern. „Vater meint, zum Einlaufen sei dies die schlimmste Zeit des Tages", sagt Amanda. Für Jane klingt es wie eine Entschuldigung. Sie fühlt sich schwer, schwerer als sonst, als hätte sie die Nacht über festlich getafelt. Sie zieht sich die Schürze bis auf ihre Beine hinunter, weil sie nicht mag, wie sie aussehen.

„Hast du den Mond heute nacht gesehen?" fragt sie Amanda.

„Er hat so hell geschienen, daß man lesen konnte", sagt Amanda noch einmal.

„*Es war Vollmond*", betont Jane.

„— das bedeutet Springflut", sagt Amanda. „Dann ist die Flut am höchsten." Sie dreht sich zu Jane und lächelt. Sie ist stolz auf ihre nautischen

Kenntnisse und hört ihren Worten die genaue Imitation ihres Vaters an.

Jane sieht, wie Amandas Blick über ihre Knöchel gleitet, also schlägt sie die Beine übereinander, mal so, dann wieder so, und versucht zuerst das eine, dann das andere Bein zu verstecken.

„Was ich sagen will ...", beginnt sie.

Sie weiß nicht, wie sie erzählen soll, was sie für wahr hält.

„Ich glaube nicht, daß sie noch kommen werden", gesteht sie.

Amanda sieht sie mit zusammengekniffenen Augen an.

„Der Mond", sagt Jane. „Letzte Nacht hätte er *so* sein sollen ..." Sie formt ihre Hände zu einem Oval. „Verstehst du?"

Amanda zuckt kaum merklich zuammen.

Jane ahnt, daß sich Amanda über sie ärgern wird, denn Amanda starrt sie an, wie ihr Vater sie immer angestarrt hat — als ob es ihnen am liebsten wäre, wenn sie sich in Luft auflöste.

„Diese Welle", sprudelt es aus Jane heraus, „muß vor zwei Tagen gewesen sein. Es kann nicht gestern gewesen sein, sonst hätten wir noch keinen Vollmond. Sie war vor *zwei Tagen,* Amanda, und sie sind nicht gekommen."

Amanda dreht sich um und sieht zum Horizont.

„Das ist nicht wahr", sagt sie.

Sie klingt bestimmt.

„Aber wo bleiben sie dann?" fragt Jane.

Amanda macht eine Kopfbewegung zum offenen Meer hin, als wolle sie ihr etwas unter dem Horizont zeigen.

„Sie werden jeden Moment auftauchen", verspricht sie.

Eine halbe Stunde lang sitzt sie da, das Kinn auf

den Knien, und sieht aufs Meer, bis Oupi mit einem Bananenblatt herbeigelaufen kommt und es ihr auf den Kopf legt.

„Hut", sagt sie.

Amanda hat offenbar nichts gehört. Mit schleimigem Seetang bindet Oupi ihr das Blatt auf dem Kopf fest. „Gaby hat ein paar Rollen Schnur gefunden, aber sie will mir nichts davon abgeben", erklärt sie. Sie mag nicht, wie sich der schleimige Seetang auf ihrer Haut anfühlt. „Sybil sagt, unsere Väter haben wahrscheinlich Bären geschossen. Das wär prima. Vielleicht haben sie sogar ein paar Tiger erlegt."

Weil Amanda nicht mir ihr redet, geht Oupi bald wieder. Sie vergißt, daß sie nicht allein fort darf, und läuft am Strand entlang, um nach Schätzen zu suchen und Muscheln zu sammeln. Wenn sie sich vorbeugt, um sie aufzuheben, taucht der Rand ihres Bananenblattes in die Wellen ein. Einzelne Korallenäste, diese stachelige Plage, liegen im Sand, und Oupi beschließt, sich auf die Suche nach ihren Schuhen zu machen. Sie hat keine Vorstellung von der Größe des Ozeans und weiß auch nichts von seinen Strömungen. Sie weiß nur, daß er ihre Schuhe hat. Er hat ihr beide genommen, bei verschiedenen Gelegenheiten, und jetzt wäre es sehr nett, wenn sie sie wiederhaben könnte, alle beide. Statt dessen rückt der Ozean eine Metallkiste raus, halb im Sand vergraben, und sie müht sich, die Kiste mit Hilfe einer flachen Muschel auszugraben. Die Metallkiste hat die Form eines Würfels, und Oupi hofft, daß sie Süßigkeiten und eine Flasche kühles Wasser enthält. Sie mag das Wasser der Kokosnüsse nicht. Sie mag den Geschmack nicht. Ihr gefällt auch nicht, daß es warm ist. Ein Glas mit kaltem, gewöhnlichem Wasser wäre jetzt genau das richtige, denkt sie, oder etwas Papayasaft, verdünnt mit Limettensaft ... aber die Metallkiste will ihren Wünschen nicht gehorchen. Sie will sich nicht öffnen lassen. Es rappelt, wenn sie den Kasten schüttelt, als wäre er voll Ingwerkandis. Zielstrebig trägt sie die Kiste zu Nolly und sagt: „Mach sie auf, ich glaube, da ist Ingwerkandis drin."

„Wo hast du sie gefunden?" fragt Nolly. Sie reißt ein langes Blatt in einzelne Streifen, die zu Sonnenschirmen verflochten werden sollen.

Oupi deutet auf die Stelle, wo sie die Kiste gefunden hat.

„Sie gehört mir", fügt sie hinzu. „Mach sie auf, und ich geb' dir was von dem ab, was drin ist —"

„— sie gehört *nicht* dir, Dummkopf. Hast du das Lesen verlernt? *Die Ruby-Girl* steht da", liest ihr Nolly vor.

Oupi starrt die auf die Kiste gemalten Worte an. Sie begreift, daß es falsch war, die Kiste zu Nolly zu bringen. Aus irgendeinem Grund mag Nolly sie nicht. Nolly wird weggehen und ihre Kiste mitnehmen.

„— he, komm zurück!" ruft sie. „Sie gehört mir! Stehenbleiben, du Dieb!"

Oupi holt sie ein. Ihr gefällt der Ausdruck auf Gabys Gesicht gar nicht, als Nolly die Metallkiste herumzeigt.

„Da ist Ingwerkandis drin", teilt Oupi den anderen ihre Vermutung mit.

„Hör auf, dir was vorzumachen", herrscht Nolly sie an. „Du weißt, was das hier ist. Es stammt vom Schiff deines Vaters. Du hast es oft genug gesehen. Du weißt ganz genau, was da drin ist ..."

Oupi sieht sich die Kiste an und blinzelt einige Male.

Ingwerkandis, will sie sich einreden, aber eine andere Stimme in ihr sagt *ja die stinkenden Salze die Mullmulls für die Snakie-Bisse.*

„Die Wehwehkiste", gibt sie zu.

„— *Erste-Hilfe-Kasten,* meinst du", korrigiert Nolly.

Sie stellt die Kiste ab und geht einen Schritt zur Seite, als hätte sie jetzt ihr Interesse daran verloren. Sofort setzt Oupi sich darauf.

„— *trotzdem* meine", sagt sie. „Ich habe sie gefunden."

Gaby meint: „Vielleicht ist es auf der anderen Seite angespült worden, wo wir es nicht sehen können. Die *Ruby-Girl,* meine ich."

Nolly sagt: „Klingt logisch."

„Die Jungen und Mister Fitzgibbon —"

„— ja, die denken wahrscheinlich —"

„— daß wir —"

„— verschollen sind, oder etwas Ähnliches."

„— ertrunken sind."

„Wir sollten uns auf die Suche machen."

„Wir brauchen Amanda nicht zu fragen."

„— wir gehen einfach."

„— und lassen die Kleinen bei Jane."

„— nein, wir schicken Jane und Monkey in *die* Richtung, und du und ich, wir gehen die andere Seite lang, auf der du gestern Sybil gefunden hast."

„— wir sollten zwei gleich große Schattenstöcke mitnehmen und gehen, bis die Sonne einen *so* langen Schatten wirft, und dann kehren wir alle um, damit uns die Dunkelheit nicht überrascht . . ."

„— ja, und wenn sie kommen, um uns zu retten, dann sind wir alle beieinander —"

„Sie werden nicht kommen", unterbricht sie Jane. „Niemand wird kommen. Hier ist der Beweis, die *Ruby-Girl* ist genauso untergegangen wie die *Charlotte.* Alle sind ertrunken . . ."

„*Wir* aber nicht!" wirft Nolly ein.

„Alle sind ertrunken", wiederholt Jane. „*Die Ruby-Girl. Die Cinnabar.* Alle sind ertrunken, außer uns."

„*Sag so was nicht!*" schreit Nolly auf.

„Glaubst du mir nicht?"

„Niemals!"

„*Sieh her*", sagt Jane.

Sie setzt sich hin.

Etwa dreißig Meter vor ihr sitzt Amanda regungslos unter ihrem Bananenblatt. Um sie herum steigt die Flut. Sloan lehnt sich mit Sybil an einen Baum. Sie öffnen eine Kokosnuß, trinken sie aus und sehen zu.

Gaby sucht zwei Schattenstöcke. Als sie zurückkommt, haben Oupi und Nolly sich zu Jane gesetzt. Etwas abseits sitzt Monkey allein.

„— *was ist los?*" fragt Gaby.

Monkey schüttelt den Kopf.

Gaby pflanzt die Stöcke in die Erde, sieht zur Sonne, dann auf die Schatten und sagt: „*Vamos*, gehen wir . . ."

Monkey schirmt ihre Augen mit der Hand und sieht zu Gaby auf.

„— glaubst du, wir finden etwas?"

„*Sim.*"

Monkey steht auf.

„Kannst du Feuer machen?" fragt sie, während sie sich den Sand abklopft.

„Mit nichts? *Não*. Das kann keiner . . ."

„. . . hast du schon mal einen Toten gesehen?"

„*Pessoa?*"

„— soll das ‚Mensch' heißen —?"

„— ja. Die Antwort ist ‚*não*', nur den von gestern, Pandi, den Ertrunkenen. Hast du schon?„

„— ja."

„. . . und ich habe schon mal einen toten Hai gesehen."

„Das ist nicht dasselbe."

„— aber beinahe. Er war ziemlich groß . . ."

„— in welche Richtung gehen wir?"

„— dahin", sagt Gaby und zeigt zum Kliff. „— geht und sucht nach Charlotte . . ."

Als sie an den anderen vorbeigehen, blickt nur Jane auf, aber auch sie scheint die beiden nicht zu sehen.

„— willst du blind werden?" ruft Gaby. „Hör auf, in die Sonne zu starren — *was soll das?*"

„Sie können dich nicht hören", sagt Monkey.

„— verrückt im Kopf —!"

„. . . auf was warten die denn?" wundert sich Monkey, während sie rückwärts geht und die anderen beobachtet.

Gaby findet ein Stück Treibgut von der *Charlotte* und wirft es zurück ins Meer.

„. . . *Deus*", flucht sie.

ENTDECKUNG

Sie gingen, bis der Schatten des Stabs so lang wie Gabys Unterarm war und die Sonne auf ihren Schultern hockte.

Die Flutrinnsale hatten lauter Furchen in Gabys Füße gekerbt, und Monkeys Füße waren mit Blasen bedeckt. Sie waren einen aufgewühlten Strand entlang gelaufen, hatten sich dicht an die Gezeitenmarke gehalten und gefröstelt, wenn die Gischt der Brandung auf ihre sonnenverbrannten Schultern gefallen war. Sie sahen Krabben und Eidechsen. Sie wurden von Tölpeln verfolgt, die von ihrem Festmahl an Fischresten aufflogen, und von Silberflöhen geplagt.

In der Ferne schimmerte eine marineblaue Halluzination. Sie bewegten sich stetig darauf zu und kamen ihr doch nicht näher.

Von den ihnen bekannten Seiten der Insel, war dies die rauhere Hälfte. Erbarmungslos donnerten die Wellen an den Strand, und wenn sie sich etwas sagen wollten, mußten sie den lärmenden Wirbel von hundert Millionen Tonnen Sand und Wasser überschreien. Das Meer war hier so gierig, das es auch wieder hinausschwemmen würde, was es an diesen Strand gespült hatte.

Monkey dachte, sie sei taub geworden.

Es schien Stunden her, seit sie die Stelle passierten, an der sie Sybil gefunden hatten, und noch immer dehnte sich der Strand vor ihnen aus, öde, geradlinig, ohne Unterbrechung. Es kam ihr überhaupt nicht so vor, als gingen sie in einem großen Bogen. Das Kliff hinter ihnen konnte sie nicht mehr sehen.

Rechter Hand stand der Wald wie eine Mauer, hinter welcher wohltuende Stille zu herrschen schien. Vögel flogen in den Wald und wieder heraus, und sie sah grüne Papageien mit geräuschlosem Flügelschlag vorbeiziehen, denn das unbarmherzige Meer ertränkte alle anderen Geräusche.

Gaby war vom Anblick der Vögel begeistert.

„Wenn du dir wünschen könntest, daß etwas anders wäre“, ruft sie Monkey zu, „was würde das sein —?“

„. . . anders als dies hier —?“

„*Não não,* an dir selbst. An deiner Person.“

„— meiner *pessoa?*“

„— *sim.*“

Monkey zögert nicht: „— Haut!“

„— was ist damit?“

„Ich hätte lieber so eine wie deine, ‚oliv‘.“

„— *eì.* Meine nennen sie ‚dunkel‘. Du solltest

dir so eine Haut wie Nollys wünschen, so weiß wie Weizen. Haut wie die von Sloan und Sybil . . ."

„Jane hat eine schöne Haut, findest du nicht?"

„— ich, ich würde gerne fliegen können."

„— mit Flügeln?"

„*Não,* mit meinen Armen —"

Sie läuft voraus, flattert mit den Armen und springt in die Luft.

„*Engel* können fliegen. Du solltest dir wünschen, ein *Engel* zu werden —"

„*Gott, mach einen Engel aus mir!*" schreit Gaby.

Monkey hält den Schattenstock, als wäre es ein Zauberstab, läßt ihn durch die Luft kreisen und stimmt in Gabys Gesang ein:

Gott, mach einen Engel aus mir . . .
einen Engel. . .
Gott, mach einen Engel aus mir, bitte —

Gaby wirbelt herum, und Monkey will mit ihr tanzen, aber ihr wird schwindelig.

Als sie begreifen, was sie sehen, bleiben sie regungslos stehen und fassen sich bei der Hand.

„*Deus*", haucht Gaby.

Sie rührt sich nicht.

„*— está morto?*"

Monkey zittert.

„*— geh du*", flüstert Gaby und gibt dem jüngeren Mädchen einen Stoß.

Zentimeterweise wagt sich Monkey heran. Sein Hintern ist schwarz vor Fliegen, sie wimmeln vor seinem Anus. Sand und getrocknetes Blut bedecken seine Beine, seinen Rücken, seine Schultern und sein Haar wie eine Maske. Die Arme liegen unter dem Körper. Der Kopf ist zur Seite gedreht, leicht im Sand vergraben — das sichtbare Auge ist zugeschwollen, und unter dem Lid haben sich Würmer eingegraben.

Monkey erkennt ihn nicht.

Sie hat zwar Angst, er könne tot sein, aber größer ist ihre Angst, daß er noch lebt. Sie fürchtet sich, ihn zu berühren.

Aus einiger Entfernung streckt sie vorsichtig den Schattenstock aus und stößt damit nach seinem Fuß.

Fliegen steigen auf wie Blütenpollen im Wind und lassen sich wieder nieder.

„Éh?“ ruft Gaby. *„Está vivo, sim ou não?“*

„Sim.“

„— vivo?“

„Vielleicht.“

Monkey geht näher heran und kniet sich hin. Seine Haut sieht aus wie die Haut einer Eidechse — voller Blasen, rissig und verkrustet. Sogar sein Haar gleicht einer Schale, einer sandigen Kruste. Sie berührt es. Unter dem stumpfen Grau sieht sie die Farbe und wird von einer Woge des Erkennens überwältigt.

„*Quem é* —?“ ruft Gaby. „— Wer *ist* es?“

Monkey legt einen Finger an seinen Hals, dorthin, wo sie ihrer Meinung nach den Puls spüren sollte, aber sie fühlt nichts. Sie legt ihre flache Hand auf seinen Hals, doch sie fühlt immer noch nichts. In aufsteigender Panik faßt sie mit beiden Händen zu, sucht nach seinen Armen, seinen Handgelenken, sucht nach dem Herzschlag in seiner Brust, sucht an seinem ganzen Körper, bis sie voller Verzweiflung ihren Kopf an seinen Rücken legt, den Atem anhält und horcht.

Gaby hat sich von hinten genähert und murmelt: *„São Cristo e Maria —“*

„— sei still!“ flüstert Monkey.

Gaby läßt sich neben ihr in den Sand sinken und

bettelt: *„não, por favor . . . não é possivel . . . não é João . . .“*

„— ruhig! — Hörst du? Kannst du es hören?“

Sie stecken die Köpfe über seinem Rücken zusammen, ihre Stirnen berühren sich, und sie horchen.

Gaby beginnt an ihm zu rütteln. *„João! João!“* schreit sie. „— wach auf!“ Sie versucht, ihn umzudrehen, aber er rührt sich nicht. Sie versucht es zusammen mit Monkey, doch vergeblich. Gaby gräbt sich mit ihren aufgeschrammten Knien in den Sand, stemmt sich mit ihrem ganzen Gewicht gegen ihn, um ihn herumzurollen, und da entfährt ihm der schrecklichste Schmerzenslaut, den sie je gehört haben. Von Ehrfurcht ergriffen, lassen sie sich in den Sand zurückfallen.

„— *was ist los mit ihm?*“ flüstert Monkey.

Gaby nimmt sich selbst in die Arme.

Als er mehrere Minuten lang keinen weiteren Laut von sich gibt, kriecht Monkey auf ihn zu und versucht, seinen Kopf zu heben, aber es gelingt ihr nicht. Gaby beginnt, sein Gesicht aus dem Sand freizugraben, und bald können sie seine Züge erkennen. Beide Augen sind geschlossen. Die Gesichtshälfte, die im Sand vergraben war, hat eine andere Farbe als die Hälfte, die von der Sonne beschienen und von Moskitos zerstochen wurde. Seine Lippen sind krankhaft gelb.

Monkey schiebt ihren Oberschenkel unter seinen Kopf und beginnt ihn zu säubern; sorgfältig entfernt sie jedes Sandkorn, jede Schuppe seiner Schale.

„— was sollen wir machen?“ fragt sie.

Gaby hockt an ihrer Seite und scheucht die Fliegen von den Wunden auf seinem Rücken fort.

„Ich denke nach“, antwortet sie.

Es scheint fast so, als sei Johns Körper vom Himmel gefallen und nicht vom Meer ausgespuckt worden — ringsum ist der Strand leer, keine Spur von den anderen, kein Glas, kein Holz ist zu sehen, keine Überreste von der *Ruby-Girl*.

„Ich verstehe diesen *Oceano* nicht“, sagt Gaby. Sie starrt über den Strand in die Ferne auf die schimmernde, nie-näher-rückende Halluzination.

„Wie ist er hierhergekommen?“ fragt sie.

„— so weit weg von allen anderen“, sagt Monkey.

„— welchen *anderen?*“ fragt Gaby. „Wo *sind* sie?“

„. . . vielleicht, wenn wir weitergingen —“

Gaby pflanzt den Schattenstock in die Erde.

„Können wir nicht“, sagt sie entschieden.

Der Schatten ist so lang wie ihr ganzer Arm.

„— Zeit zurückzugehen“, stellt sie fest.

„Und ihn hier liegen lassen —?“

„— können ihn nicht tragen.“

„Aber was wäre, wenn —?“

„— wir können ihn nicht heben, nicht *allein*.“

Monkey überlegt; zwischen ihren Fingern hält sie ein Sandkorn, das sie aus Johns Wimpern geklaubt hat.

„Eine von uns sollte Hilfe holen“, verkündet Gaby. „Wir müssen etwas bauen, um ihn tragen zu können — eine Art *Palanquim*. Eine Tragbahre.“

„— wer von uns beiden soll gehen?“ fragt Monkey und versucht, sich einzureden, sie wüßte die Antwort noch nicht.

„Ich.“

Monkey preßt das Sandkorn, bis ihr die Finger weh tun.

„Wann kommst du zurück?“ fragt sie.

„Morgen. Wir können nicht im Dunkeln wandern.“

„— *aber der Mond scheint doch*.“

Gaby schüttet Sand von einer Hand in die andere.

„— ich werde eine *Sesta* brauchen."

„— ‚*Sesta*'?"

„— *Sesta, Sesta,* ich werde müde sein —"

„Und ich werde Angst haben."

„— du wirst *brava* sein."

Als Monkey nicht antwortet, sagt Gaby: „Ich laß dir den Stock da."

„— was hilft mir das? Wozu soll der gut sein?"

„— leistet dir Gesellschaft."

„— kann der vielleicht reden? Ich habe ihn noch nicht reden hören. Kann er mir etwas zu essen bringen?"

„— er sagt dir, wie spät es ist."

„Nachts —?"

„— tagsüber."

„Am Tag habe ich keine Angst."

Gaby steht auf.

„Was soll ich denn essen?" will Monkey wissen.

Gaby geht los, um ihr ein paar Früchte zu suchen, und Monkey überlegt, wie sie Gaby davon abbringen kann, sie zurückzulassen.

„Es könnte regnen", sagte sie, als Gaby mit einer Eselsfeige, einigen Bananen, der Liane einer Kletterrotang und einer Handvoll kirschengroßer, roter Früchte zurückkommt.

„Côcos habe ich keine gefunden", erklärt sie.

„— ich sagte: ‚*Es könnte regnen.*'"

„Wird es aber nicht."

„— und was soll ich trinken, wenn es keine Kokosnüsse gibt?"

Gaby greift nach dem Ende der Rotangliane und beißt zu. Eine helle, klare Flüssigkeit spritzt heraus.

„— ist das Wasser?" fragt Monkey.

„— besser . . ."

Gaby zielt mit dem Strahl auf Monkeys Zunge.

Monkey trinkt, dann würgt sie.

„— *schlechte Medizin!*"

„Versuch João etwas davon einzuflößen, sobald du glaubst, daß es geht", rät ihr Gaby.

„Was ist das —?" fragt Monkey und hält die roten Früchte in der Hand.

„— sie scheinen in Ordnung zu sein."

„Hast du sie gegessen?"

„— sie sind in Ordnung."

„Ich glaube nicht, daß ich davon essen werde."

„Was anderes habe ich nicht gefunden —"

„— bring mir etwas Schönes mit, wenn du zurückkommst."

„— einen Kuchen!"

„. . . ein Paar Schuhe."

„. . . *adeus!* Ich muß mich beeilen —"

„— *geh noch nicht!* Wann bist du zurück? Um wieviel Uhr? Wie lang wird der Schatten sein —?"

„— bald!"

Sie geht rückwärts, geht fort.

„— höchstens zwei Stunden nach Tagesanbruch! Versuche bis *cinquenta mil* zu zählen, . . .*um* . . . *dois*. . . *três* . . . *quatro* . . . *cinco* . . . *seis* . . ."

Sie fliegt davon.

Monkey steht auf, schirmt die Augen gegen die Sonne und sieht ihr nach.

Gaby läuft vor ihrem dunklen Schatten her. Hin und wieder flattert sie mit den Armen. Monkey glaubt ein Echo zu hören . . . *doze! treze! vinte!*

Gaby schrumpft aus ihrem Blickfeld und wird zu Licht, der weiße Horizont öffnet sich, und sie versinkt in ihm.

Monkey setzt sich wieder.

Noch eine Minute nachdem Gaby verschwunden ist, glaubt Monkey ihren Schatten zu sehen, einen flügelschlagenden Kormoran, der sich streckt, läuft, abhebt. Und dann, paff! In dem Augenblick, da er verschwunden ist, wird der Strand, die Welt, zu einem einsamen, mutterlosen Ort. Ohne Liebe, ohne Fürsorge, ohne Mitleid — ein äußerst gefährlicher Ort. Monkey besitzt keine Macht, die verhindern könnte, daß das Schlimmste geschieht. Sie hat keinen Gott und keine Eltern, die Fürbitte für sie einlegen würden.

Was könnte geschehen? — das Ende der Welt? fragt sie sich. Das Ende war bereits da, seit gestern, seit zwei Tagen, drei Tagen, wie lange es auch her sein mochte, daß sie ins Wasser geschleudert wurde. Das war doch bestimmt schlimmer als alles, was Tod bedeuten konnte. Sie fragt sich, wo ihre Mutter ist, was Ammi macht, wo Ammi wohl ihre kleine Blume vermutet, und sie wird tieftraurig. Sie vermißt alles; sie vermißt die Welt. Dies hier, dieser Strand, dieses donnernde Wasser, die Ameisen, die Hitze, die Mücken, die Schutzlosigkeit, die Willkür, dieses nicht auszuhaltende Maß an Willkür, das ist *nicht* die Welt. Was ist der Grund für diese Willkür? fragt sich Monkey verwundert, warum beschweren sich die Vögel, laufen hierhin, dorthin und wieder hierhin entlang dem Saum der Brandung. Warum erschöpfen sie sich so? Warum halten sie nicht still, bleiben sitzen und warten —?

Sie wußte, daß die Sonne dort, wo sie saß, in den Ozean fallen würde. Sie konnte das Land in ihrem Rücken spüren, konnte, als das Licht abnahm, zum ersten Mal die Insel als eine Masse spüren.

Bitte, wach auf, betete sie.

Sie wiegte sich vor und zurück, und der erste Stern erschien am Himmel.

Sie rückte dichter an John heran, hob seinen Kopf wieder in ihren Schoß, fuhr ihm mit den Fingern durchs Haar und säuberte es. Hinter ihr ging der Mond auf.

Wach auf, flüsterte sie.

Bitte!

Sie zitterte, als die Sonne unterging und die Dunkelheit sich herabsenkte.

„Ich habe Angst“, gestand sie John.

Sie stellte sich vor, seine Antwort ginge unter im Gebrüll von Löwen, dem Dröhnen von Ungeheuern — dem tosenden Meer. Sie stellte sich vor, er hätte gesagt: Dein Vater hat dich, ehe er fortging, ermahnt, tapfer zu sein. Hat er dir nicht auch gesagt, daß du an seiner Stelle auf Ammi aufpassen sollst? Denk an all die Nächte, in denen sie niemand hatte, der sie behütete, außer dir, Menaka —

„Es ist wahr“, sagt sie laut. „Ich *bin* tapfer.“

Sie stellt sich vor, wie John zu ihr sagt, daß es hier, an diesem Strand, auf diesem Teil der Insel, nichts gebe, wovor sie sich fürchten müsse. Er sei schon mehrere Nächte hier, und nichts habe ihn bedroht — nur das Meer, das ihn verschlingen wolle. Keine Ungeheuer würden aus dem Dschungel hinter ihnen auftauchen, hörte sie ihn beruhigend sagen, keine Dämonen würden vom Himmel auf sie herunterfahren. Und weil sie ihn bei dem Lärm nicht richtig verstehen konnte, klang ihre Unterhaltung wie die Gespräche mit ihrem Vater; deshalb schien es nicht weiter verwunderlich, als sie hörte, wie ihr Vater sie ausschimpfte. Er sei *sehr enttäuscht,* sagt er. Was tat sie hier, an diesem verlassenen Ort, Gottweiß-wieviel-tausend-Meilen von Ammi entfernt? Das einzige, was er je von ihr verlangt habe, sei, daß sie auf ihre Mutter aufpasse, daß sie auf die allerschönste Frau achtgebe. Jetzt hatte sie diese allerschönste Frau allertiefst traurig gemacht — Wie konnte sie nur so etwas tun? Was dachte sie sich denn dabei? Warum war sie so ungeraten, so böse, so schlecht? Geschah ihr da nicht ganz recht, daß niemand ihr vertraute, niemand sie liebte —?

Monkey beginnt zu weinen.

Es ist ein Jammer, der aus innerster Verzweiflung aufsteigt, ein herzzerreißender Jammer. Im Wettstreit mit dem Ozean kann sie den Schrei ihrer eigenen Qual kaum hören, doch ihr Körper verkrampft sich schluchzend, sie bekommt kaum noch Luft. Ein Kummer überfällt sie, der um so schlimmer wird, weil er so jung und ohne Tiefe ist. *Laß mich sterben,* denkt sie, denn über den Tod weiß sie schon alles, was es zu wissen gibt, vom Leben aber kennt sie nur ein erstes Flackern. Sie weint nicht wie ein Kind — ein Kleinkind kann nicht trauern. Sie weint den Kummer einer Neunjährigen, weint die Trauer über ein gebrochenes Versprechen und das Leid, das in uns einzieht, wenn etwas, das wir liebten, von uns gegangen ist.

Irgendwann schläft sie ein.

Allmählich beruhigt sich ihr Wimmern, wird zur Oberstimme ihres Atems, und sie schläft einen traumlosen Schlaf, einen Schlaf der Erschöpfung, ihr Kopf fällt auf die Brust, ihre Arme liegen schlaff um Johns Schultern. Manchmal bewegt sie sich, wird beinahe von den wenigen, letzten Schluchzern geweckt. Einmal wird sie wach und verändert die Lage ihrer Beine, drängt sich dichter an Johns Körper. Obwohl sie nicht träumt, spürt sie, wie die Zeit vergeht. Sie spürt Johns Atem. Als sie wieder aufwacht, muß sie nach ihren Lippen, ihren Augen tasten, um herauszufinden, ob sie weint.

Irgend jemand weint.

Irgend jemand weint, aber sie ist es nicht.

Monkey hat Angst, den Kopf zu heben, sich aufzusetzen, sich nach dem Weinen umzudrehen. Das

Geräusch webt sich in das Crescendo und Decrescendo der Wellen, fädelt sich hinein und wieder heraus. Es ist das Weinen eines Mädchens oder einer Frau, denkt Monkey, und plötzlich überkommt sie der Verdacht, es könne das Weinen ihrer Mutter sein, sie schreckt hoch und erwartet fast, von ihren langen, klagenden Armen begrüßt zu werden. Statt dessen sieht sie einen fahlen Hund, den Geist einer Hyäne, der nach Knochen gräbt und wie verrückt im mondbeschienenen Sand herumscharrt.

Er richtet sich auf.

Monkey schlägt ihre Hand vor den Mund, um jeden Schreckenslaut zu unterdrücken. Wenn dieses Wesen auf sie zukommen sollte, dann weiß sie nicht, was sie machen wird. *Weglaufen,* vermutet sie, John zurücklassen . . . sie sucht nach dem Schattenstock, kann ihn aber nicht finden. Sie will nicht von diesem Wesen entdeckt werden, also bleibt sie ganz ruhig und hofft, daß die Bewegungslosigkeit ihre Körper verbirgt, und weiß sehr wohl, daß es zwecklos ist. Wenn sich dies Wesen umdreht und sie sieht, dann ist es aus mit ihnen, soviel ist gewiß.

Es dreht sich um.

Zu Tode erschrocken beobachtet Monkey, wie es sich um sich selbst dreht und in einem irren Wirbel zappelt wie eine Eintagsfliege im Netz. Es fuchtelt mit den Armen, zerrt an der Luft, als hinge die Nacht darin wie ein Vorhang. Es stößt einen herzzerreißenden Schrei der Qual und der Verzweiflung aus, dann läuft es gebeugt und stolpernd durch das Gebüsch und in den Wald davon.

Ich habe einen Geist gesehen, tröstet Monkey sich.

Der Mond scheint ihr jetzt ins Gesicht, aber sie dreht sich von ihm fort, sitzt mit dem Rücken zum Ozean und beobachtet die schwarze Mauer der Bäume. Von Zeit zu Zeit streicht sie über Johns

Rücken, als wolle sie sich vergewissern, daß er noch da ist. „Es war ein Geist", erzählt sie ihm. „Hast du ihn gesehen?"

Ja, glaubt sie ihn antworten zu hören, *ja* — ich habe ihn gesehen, aber jetzt sind wir sicher, er wird nicht zurückkommen.

„— bist du ganz sicher?"

Ich versprech's.

„— daß er fort ist?"

Für immer.

„— woher willst du das wissen?"

Weil *wir ihn* gesehen haben . . . *er uns* aber nicht sehen konnte.

SPUREN IM SAND

Die Sonne ging auf, und Monkey zählte ohne Unterbrechung bis dreitausend. John hatte sich die ganze Nacht nicht gerührt, aber er hatte uriniert, Monkey konnte es riechen.

Mit dem Tageslicht kehrten die Vögel zurück — Pelikane flogen über sie hinweg, und am Meer rannten Aasvögel auf langen, dünnen Beinen hinter den Wellen her und pickten sich ihr Frühstück aus dem dunklen, nassen Sand.

Monkey war hungrig.

Sie mochte den Geschmack ungekochter Eselsfeige nicht, und die Bananen, die Gaby ihr geholt hatte, waren grün. Zu guter Letzt aß sie zwei von den roten Früchten und bereute es fast sofort. Die Schmerzen waren so stark, daß sie nicht einmal mehr aufstehen konnte, um zum Wasser zu gehen; also kroch sie. Während sie voller Verzweiflung am Rand des Wassers lag, entdeckte sie eine Strandschnecke, klaubte sie sich vom Felsen und aß sie.

Als sie wieder aufstehen konnte, sah sie, daß die

Sonne ein großes Stück über den Himmel gewandert war. Mehrere Stunden mußten vergangen sein. Sie trank von der Liane, und diesmal erfrischte sie der salzige Geschmack. Sie drehte Johns Kopf zu sich und träufelte ihm etwas Flüssigkeit auf die Lippen, aber er rührte sich nicht, und der Saft zog nur noch mehr Fliegen an. Monkey versuchte, sie möglichst von ihm fernzuhalten — so hatte sie wenigstens etwas zu tun. Stunden verstrichen oder Minuten, wahrscheinlich doch eher Stunden, und sie waren immer noch nicht gekommen. Sie wartete, und dann, fast beiläufig, kam der Augenblick, da sie das Warten aufgab. Sie stand auf. Und planlos begann sie zu laufen. Ohne sich weitere Gedanken zu machen, legte sie Johns Kopf in den Sand, flüsterte *warte hier* und begann dorthin zu gehen, wo nach ihrer Erinnerung Gaby verschwunden war.

Die Sonne brannte heiß. Monkey fühlte sie wie eine Peitsche auf ihren Schultern. Heiß und hell — sie wurde von ihr geblendet. Sie verlor den Horizont, den Himmel, den Wald aus den Augen. Der Sand war heißer als die Sonne. Monkey hielt sich auf dem von den Wellen überspülten, auf dem nassen Teil des Strands. Sie konnte an nichts mehr denken, sah nur noch ihre eigenen Fußspuren. Sie begann zu zählen und verzählte sich immer wieder. Wenn sie sich verzählte, vergaß sie es jedesmal, und vergaß, daß sie es vergessen hatte; sie glitt in eine Grenzenlosigkeit hinüber, glaubte sich an einem Ort, wo alles zu grell glänzte, wo alles eine einzige, verschwimmende Helle war, bis auf ihre Fußspuren; ein Ort, wo alles unscharf war und Zählen keinen Sinn ergab. Sie wußte nicht, ob sie schlafwandelte oder langsam einschlief. Sie wußte nicht, wie weit sie gegangen war, oder ob sie überhaupt gegangen war. Ihre Füße bewegten sich, hinterließen Spuren im Sand, doch sie war sich nicht sicher, ob das etwas mit ihr zu tun hatte. Ihre Gedanken waren zusammenhanglos — in dieser schwimmenden Welt war alles im Fluß, ritt alles auf einer hohen, schäumenden und kurzen Welle, doch durch diese Welle hindurch erschien in der Ferne ein Makel, ein Klecks, ein dunkler Fleck auf durchsichtigem Schimmer, eine Spinne auf Glas, eine Tarantel, ein wandernder Rückenpanzer, der ihr auf schwarzen Füßen entgegenkam.

Monkey blieb stehen und beobachtete das schwarze Ding, das sich auf sie zubewegte. Zuerst war es ein Insekt, dann eine Armee, dann ein Trupp zerlumpter Mädchen. Sie marschierten in einem ungeordneten Haufen hinter derjenigen, die ihre Anführerin zu sein schien, ein großes, in dreckige Tücher gehülltes Mädchen, das sich mit breiten Blättern schmückte; zum Schutz gegen die Sonne trug es eine Art Sonnenschirm aus geflochtenen Palmenwedeln, die auf Bambusstäben balancierten, vor sich her. Schweigend kamen sie daher. Als sie mit Monkey auf einer Höhe waren, signalisierte das erste Mädchen den anderen „Halt“ und schritt ihr allein entgegen. Sie hatte sich schwarze, ölige Striche unter die Augen gemalt. Sie bewegte ihren Mund, als wollte sie sprechen, aber Monkey konnte nicht hören, was sie sagte. Es kam ihr so vor, als warte sie darauf, daß die klappernden Scheren einer Krabbe den Klang menschlicher Worte erzeugten.

Dummkopf! Was machst du hier? fragte die Krabbe.

Monkey roch ihren Atem, einen süßen, klebrigen Geruch.

Sie blinzelte.

Die Dinge begannen, an ihren Rändern zu verschwimmen, sie wurden dunkel.

Als sie wieder zu sich kam, saß sie im Sand, im

Schatten von Nollys Sonnenschirm. Gaby hielt sie fest, und Jane sah sie an.

„. . . *Hunger*", sagte Jane. „Trink dies hier", befahl sie. Sie reichte Monkey eine aufgeschlagene, grüne Kokosnuß, und Monkey trank; dann übergab sie sich. Sloan nahm ihre Hand und streichelte sie. „Schmeckt nicht gut", sagte sie. Auf ihren Wangen und ihrer Stirn waren rote Schwielen zu sehen — aufgeschwollene Striemen wie von Peitschenschlägen; sie zogen sich über ihre Schultern, ihren Rükken entlang und über ihre Brust, überall dort, wo sie von Bienen gestochen worden war. Sloan hatte sich ihre Schwielen mit der gleichen schwarzen, öligen Substanz eingeschmiert, die sich Nolly als Salbe unter die Augen gestrichen hatte, nur war sie bei Sloan durch Schweißtropfen streifig verlaufen. Ein stechender Geruch wie von fauligem Fisch entströmte der Paste, und Fliegen umsummten sie. Sloan hatte sich auch die Kopfhaut damit eingerieben, wie ein zottiger Hermelinpelz lugte ihr weißblondes Haar darunter hervor. „Sie sind nicht gekommen", sagte sie. Sie sah ernst und traurig aus. „Die Schiffe", fügte sie hinzu. Monkey versuchte, den Sinn ihrer Worte zu verstehen. „Deshalb wollen wir jetzt Kapitän John holen", sagte Sloan, „damit er uns hilft."

„— *wir kommen allein auch gut zurecht*", behauptete Nolly. Sie beugte sich zu Monkey vor. „Wo ist er überhaupt? Ist er verschwunden?"

Monkey sah sich um.

„— John?" fragte sie.

„O Capitão —"

„Lebt er noch?" wollte Nolly wissen.

„John . . ." wiederholte Monkey.

Sie konzentrierte ihren Blick auf Janes Gesicht.

Jane schien von allen am meisten sie selbst geblieben zu sein. Ihr dunkles, langes Haar war gekämmt und hochgebunden. Sie trug keine Farbe, keinen Blattschmuck. Auf Nase und Wangen hatte sie einen Sonnenbrand, doch hatte sie noch immer ihren Rock, die Bluse und die Schürze an. Ihre Augen wirkten ein wenig teilnahmsloser, und eine Falte der Enttäuschung, einer gewissen Härte, zeigte sich in ihren Mundwinkeln.

„Da war ein Geist", begann Monkey, aber mit einem mitleidlosen Blick brachte Jane sie zum Schweigen.

„Hör auf mit dem Unsinn", befahl sie. „Wenn wir keine Hilfe finden, müssen wir sterben."

„— *müssen wir nicht!*" entgegnete Nolly. Sie stemmte ihre beiden Beine fester in den Sand und schrie: „Wir kämen gut allein zurecht, wenn du nicht wärest mit deinem Gejammer, Fräulein Argwohn, Fräulein Judith Ischariot —"

„*Wie* wollen wir ‚gut' zurechtkommen?" antwortete Jane und stand auf. „— *wie denn?* Haben wir Feuer? Wasser? Eine Hütte? Sieh dir Sloan an — sieh dich selbst an! Fischgedärm im Gesicht —!"

„Halt's Maul!" gellte Gaby. „Du machst den anderen Angst — du sorgst noch dafür, daß die Kleinen den Verstand verlieren —!"

„— die *Kleinen?* Und was ist mit Amanda? Bin *ich* vielleicht der Grund, weshalb sie meschugge geworden ist?"

„— wenn du bloß etwas mehr *Vertrauen* hättest", sagte Nolly.

„— *in was denn?*"

„In *wen*", korrigierte Nolly.

„Ich werde an das glauben, was der Kapitän sagt", erklärte Jane. *„Ihm* vertraue ich. Ich glaube an das, was John sagt. John wird uns retten —"

Jetzt erst sah Monkey das große Stück Leinwand, die Reste eines Segels, das Jane und Sloan hinter sich her zerrten. „Was soll das sein?" fragte sie.

„‚Die Trage'", antwortete Gaby.

„— *ein Lastschlitten*", erklärte Sloan.

„Wie weit ist es noch bis zu ihm?" fragte Nolly.

Monkey schüttelte den Kopf.

„— weiß nicht", gestand sie.

„*Dummkopf!*" rief Nolly.

„— *ihr seid nicht gekommen*", hielt Monkey Gaby vor, „und ich habe gewartet —"

„Wir mußten uns einen *Plan* ausdenken", antwortete Gaby. Mit ihrem Kopf wies sie nickend auf Nolly. „Und es war nicht gerade leicht", erklärte sie.

„— kannst *du* dich nicht daran erinnern, wo er liegt?" drängte Nolly.

Gaby stand auf und blickte hilflos den Strand entlang.

„— kann ihn nicht sehen", gab sie zu. „Es kann eine halbe Meile, vielleicht auch eine ganze Meile von hier sein, schwer zu sagen; man kann sich an nichts orientieren . . ."

„— es ist *weit*", bestätigte Monkey.

„Es war dumm von dir, von ihm wegzugehen", sagte Nolly.

Sie marschierte los.

Nach einigen Metern drehte sie sich um und rief: „— *kommt ihr?*", und Sloan half Monkey beim Aufstehen. „Ist es *sehr* weit?" fragte sie.

„Ich kann mich nicht erinnern."

„Bis hierher war es schon *sehr* weit . . ."

„Stimmt es wirklich, daß sie nicht gekommen sind?"

„Sie kommen heute, sagt Amanda."

Sloan legte ihre Finger um Monkeys Hand.

„Aber das sagt sie *jeden* Tag", fügte sie ernsthaft hinzu.

Schweigend waren sie in einer Reihe hintereinander etwa eine Viertelstunde den Strand entlang gegangen, als Gaby ihn entdeckte; er lag über der Gezeitenmarke im Sand.

„Er hat sich bewegt", flüsterte Monkey.

Sie griff nach Gabys Arm, blinzelte mit den Augen und versuchte, sich ein Bild in Erinnerung zu rufen.

„Wir waren nicht so hoch oben", behauptete sie.

„— *ist doch egal, oder?*" sagte Gaby und rannte los.

Sie erreichten ihn im Abstand von wenigen Sekunden, Sloan und Monkey waren die letzten.

Jane und Nolly, die ihn in diesem Zustand noch nicht gesehen hatten, wandten ihr Gesicht ab, und Sloan begann zu wimmern, doch Gaby ließ sich auf ihre verletzten Knie fallen und kroch voller Angst auf ihn zu.

„— *Ich habe es dir ja gesagt!*" behauptete Monkey, die neben ihr im Sand kniete.

Sie hatten Angst, näher an ihn heranzugehen, fürchteten sich davor, die Spuren im Sand zu berühren, bis Gaby schließlich, als wäre es eine Mutprobe, ihre Hand über eine der Spuren hielt und zaghaft, als könne der Abdruck einer Hand sie verletzen, ihre Finger der Form anzupassen versuchte. *„É sua?"* fragte sie Monkey. „— Sind das deine? Hast du die gemacht?"

Statt einer Antwort setzte Monkey ihren Fuß in einen der Abdrücke.

„— *èy!*" jammerte Gaby.

John war offensichtlich mit einiger Mühe ungefähr fünfzehn Meter weit den Strand gegen den Dschungel zu hinaufgezogen worden. Man hatte ihn auf dem Rücken liegend zurückgelassen, mit ausgestreckten Beinen und über der Brust gekreuzten Armen, als läge er in einem Sarg. Um ihn herum war der Sand zertrampelt und aufgewühlt, als hätte jemand sich in heftigem Kampf um ihn herumgewälzt oder gegen ihn geworfen. Sein Kopf lag auf der Seite, und seine Augen waren geschlossen.

„— *ist er tot?*“ flüsterte Jane.

Gaby zeigte auf die Fußspuren, die von John fort und in den Dschungel führten.

„Não é a sua alma fazendo uma volta . . .“

„— rede Englisch, um Himmels willen!“

Gaby nahm sich Zeit, ehe sie sagte: „Es ist wohl kaum seine *Seele*, die hier von ihm gegangen ist . . .“

„Also lebt er?“ beharrte Nolly. Sie konnte ihre Enttäuschung nicht verbergen.

Gaby sah sie an.

Sie nahm Sloan das Segel ab und begann mit Janes und Monkeys Hilfe eine Schlinge um den Körper zu legen, in der sie ihn tragen wollten.

„Viva o capitaõ“, flüsterte sie fast leidenschaftlich. *„Viva nosso João . . .“*

JOHN

Er erinnerte sich an Charlotte.

Vielleicht träumte er — ja, er *träumte* —, da war sie, als ob sie sich nie getrennt hätten, ihre Stimme, ihr Streicheln, besonders ihr Streicheln. Er habe sein Leben lang gewartet, erzählte er ihr einmal — und sie hatte gelacht. Zufall, willkürliche Umstände, *sie* glaubte nicht daran, daß es für jede Frau nur eine Liebe gab, nur einen Mann, erst recht keinen vorherbestimmten. Sie glaubte nicht, daß ihre Beziehung mit John von ihren beiden Lieben die bessere sei — die Liebe zu ihm sei *anders*, sagte sie. John hatte sie verblüfft. *Jede Liebe ist gleich*, hatte er gesagt. Keine ist anders. Es gibt bessere, und es gibt schlechtere Liebe. Ein Mann kann zwei Frauen zur gleichen Zeit begehren, aber eine ist besser, die andere schlechter. Ein Mann kann zwei Frauen zur gleichen Zeit lieben, aber nur die eine Liebe wird sich der anderen nicht unterwerfen lassen. Es kam ihr immer unsentimental vor, wie er über Liebe sprach. Er hatte über Liebe geredet, als müsse sie für ihn etwas Heldenhaftes sein — als müsse sie Unterschiede, Sterblichkeit, Normalität transzendieren. Er hatte viele Frauen gekannt. *Schnelligkeit,* hatte er gesagt, zeichne eine Frau für ihn aus — ein flinkes Auge, ein rascher Verstand, schnelle Auffassungsgabe. *Streicheln:* er hatte noch nie eine Frau gehabt, die ihn mit solch einer Ruhe streichelte, wie Charlotte es tat — es war fast eine Erlösung, ein Heilen. Sie strahlte Wärme aus, eine Hitze, eine Standhaftigkeit, die er für innere Überzeugung hielt, und nie begriff er, daß ihre Ruhe ein Darbieten aufgeworfener Erde war, eine Beisetzung an der Oberfläche, eine unablässig wachsende, tote Haut der Traurigkeit, beerdigte Leidenschaft. Er erwartete von Frauen, daß sie nervös waren, daß sie ihre Marotten hatten, flatterhaft waren, flirteten — ein Streicheln wie das von Charlotte hatte er nie erlebt, so allumfassend, mitleidsvoll und doch erregend. Sie war wie das Meer, eine stete Brandung, die seine Sinne überschwemmte, manchmal barmherzig, umfassend, niemals berechnend, oftmals heftig, niemals reglos. Ihr Streicheln war das Streicheln seichter Untiefen und flutender Rinnsale, ein Streicheln, wie man es nur in der Tiefe der Natur kannte, wo sich die Oberfläche aller Dinge mit schlüpfriger Leichtigkeit verband und nahtlos zu sein schien. *Je te suis,* sagte sie, als sie ihn umarmte, ich bin du, ich *bin* du, ich bin *du*. Während er mit ihr lachte, sie liebte, wie er noch nie geliebt hatte, kehrte er langsam aus seinen Träumen zurück, um von dem Streicheln begrüßt zu werden, das nur ihr Streicheln sein konnte. Als er suchte, wie ein Träumer sucht, und ihr Bild erwartete, sah er zuerst den Himmel, und sein Traum spielte noch immer über dessen Blau. Sand, mit diamantenen, scharfen Rändern durchsetzt, Sterne nahmen Gestalt an — Sonnen, die Planeten, acht an der Zahl, der winzige, blondglänzende Merkur mit seinem Zwilling, die Morgen- und die Abendvenus ... der rubinrote Mars ... der mächtige Jupiter, dunkle Ringe um die Augen ... der bereifte Saturn, der dunkle Uranus, sie schwammen um ihn herum, tauchten in Nebel ein und wieder auf, ihre Augen, ihre Gesichter, acht an der Zahl, acht Göttinnen, teilnahmslos, starrten nicht ihn, sondern die Schlange an, behielten sie im Auge, während sie ihn umringten, ihn, die Sonne, in ehrerbietiger und wachsamer Haltung, als warteten sie auf ein Wunder. Zuerst streckte die eine den Arm aus und berührte die Schlange mit einem Stock, und dann berührte sie eine andere. John erwachte aus einer fremden Welt und sah, wie die Schlange sich aufrichtete. Seine Arme wurden festgehalten, aber seinen Kopf konnte er bewegen. Da er nicht wußte, daß sein Rückgrat gebrochen war, erwachte er mit unbegrenztem Erstaunen, so wie es ihnen allen ergangen war, mit unbegrenztem Erstaunen und reiner Verwunderung. Und es erfaßte ihn ein Grauen, das mit allem, was sie kannten, nicht vergleichbar war, als er gemeinsam mit ihnen die Schlange beobachtete, omnipotent und wie aus weiter Entfernung, gleichsam ohne das geringste Anzeichen von Gefühl, als er ihren Samen sah, sein Sperma, seinen Höhepunkt, und was die Schlange sprach, war sein eigener, herrlicher, verhaltener Erguß.

4. JOHN DOLLAR

APOTHEOSE

Zeit verging, aber außer dem Lauf der Sonne und den Phasen des Mondes gab es nichts, womit sie zu messen war.

Johns Stoppeln wuchsen.

Nachdem sie ihn vom *Wildistrand* zu dem Ort gebracht hatten, den sie ihr Zuhause nannten, taten sie wohl eine Woche lang tagsüber kaum etwas anderes, als ihn zu beobachten. Die ersten zwei Tage saßen sie im Kreis um ihn herum und sahen zu, wie er schlief. Es war ein seltsamer Schlaf — selbst Sloan und Sybil und sogar Oupi wußten, daß es seltsam war, wenn ein Mann so viel schlief. Er bewegte sich kaum. Seine Wunden waren blutschwarz, aber nicht verkrustet, einige waren mit Pilz und Mottenläusen verschuppt, andere suppten und warfen Blasen auf, als wäre er von Schrotkugeln getroffen worden. Fliegenschwärme umgaben ihn, angelockt von Eiter, Blut und einer ranzigen Fäule. Er stank. Mit Blättern wedelnd, hielten sie ihm abwechselnd, jeweils zu viert, die Fliegen und Ameisen vom Leib, aber ohne

Feuer und bei abnehmendem Mond konnten sie nachts nur wenig für ihn tun, konnten nur versuchen, ihn gegen Moskitos und das fahle, nächtliche Ungeziefer zu schützen.

Am dritten Tag entschieden sie, daß es Zeit sei, ihn zu waschen.

Wissen fiel ihnen zu wie ein Traum, aus dem sie erwachten und den sie nur bruchstückhaft erinnerten. Wie ein Traum schien das dem Vergessen entrissene Wissen quälend fragmentarisch. Manches fiel ihnen wieder ein, das nur in einer anderen Welt einen Sinn zu ergeben schien. Naturgesetze, die Gesetze der Grammatik, Parlamentsgesetze galten nicht in dem, was ihnen wie eine fremde und sinnlose Realität vorkam. Selbst ihre eigenen Gesetze hatten sie vergessen oder abgeschafft, wie eine alte Sprache waren sie ausgestorben, weil niemand sie mehr benutzte. Manchmal wachte eine von ihnen aus der gemeinsamen Trägheit auf, die alle wie ein erstickender Nebel umhüllte, und sagte etwa: *Wenn wir den Polarstern entdecken würden, dann wüßten wir, wo Norden ist.* Diese Trägheit, die sich auf sie herabgesenkt hatte und sie betäubte wie eine verlorene Hoffnung oder wie die Müdigkeit, die den Verhungernden überkommt. Sie aßen sich satt, aber sie sorgten sich nicht um ihre Nahrung. Wenn etwas herabfiel, Bananen, *Côco* oder anderes Obst, dann aßen sie. Wenn sie Durst hatten, dann standen sie wohl auf, um nach *Côcos* oder Lianen zu suchen, aber sie stillten ihren Durst *in situ* und legten sich zu *Hause* niemals einen Vorrat an. Sie hatten Angst vor dem Dschungel in ihrem Rücken, deshalb drängten sie sich nachts eng zusammen und schliefen in der gleichen Ordnung, die sie bereits am ersten Tag für sich gefunden hatten, eine vertraute Nähe, Seite an Seite nebeneinander. Auf Erkundungen gingen sie nur bei Tageslicht.

Auf einem anderen Weg als dem, der sich um das Kliff herumwand, das sie das *Oont* nannten, weil es ein wenig wie ein Kamel aussah, waren sie jedoch noch nicht ins Land vorgedrungen. Sie wußten nicht, was in der entgegengesetzten Richtung liegen mochte, hatten nur den dumpfen Verdacht, daß das Ufer sich in dieser und jener Richtung gleichen würde wie der Volant rings um einen Morgenmantel. Was sie nachts hörten, sagte ihnen Nolly, seien Heere von Affen, die im Innern der Insel Krieg führten — sie pfiffen, lachten, schrien, grunzten — und schlugen Nacht für Nacht ihre Stammesschlachten gegen die Stille. „Vielleicht erzählen sie sich Affengeschichten", sagte Gaby eines Nachts, als sie erschreckt zum Wissen erwachte. Ihre eigenen Geschichten waren länger geworden — vielleicht erzählten sie sie auch langsamer, machten zwischen den Worten größere Pausen, brauchten mehr Zeit, um die Worte zu finden. Amanda hatte begonnen, an ihrem Daumen zu lutschen. Seit jenem ersten langen Tag, an dem sie auf die Rückkehr ihrer Eltern gewartet hatte, sprach sie nicht mehr, hatte zu keinem mehr ein Wort gesagt, als wäre ihre Verbindung mit der Welt da und dann abgebrochen. Selbst wenn die Jüngeren sie anflehten, ihnen eine Geschichte zu erzählen, blieb sie ungerührt und stumm. Amanda war ihre Geschichtenerzählerin gewesen — die beste. Nolly erzählte ihnen Gleichnisse von Jesus, die ihnen nicht so gut gefielen. Es kamen zu wenig Mädchen darin vor, genaugenommen gar keine, und es gab bei weitem nicht genügend Tiere oder unheimliche Stellen, außerdem sprach Jesus in Nollys Version immer mit einem: *Wisset denn!* oder *Wahrlich, ich sage euch!, Siehe da!* und *Also begab es sich!*. Gaby konnte gut erzählen, aber die Enden ihrer Geschichten waren schlecht; und Jane wußte nur

Geschichten, die einen guten Anfang hatten, aber in der Mitte steckenblieben. Ohne Amanda gab es keine neuen Geschichten mehr, und träge wie sie waren, hatten sie die Sagen von früher vergessen, vergaßen Nyx, die Göttin der Nacht, die Geschichten von den acht Töchtern des Gottes Chaos und Prometheus. Monkey kannte genau einhundertundeine Geschichten, aber sie hatte Angst, sie zu erzählen, sie fürchtete den Spott der anderen. Die Geschichten, die sie kannte, hatte Ammi ihr erzählt. Sie unterschieden sich auf vielerlei Weise von den Geschichten, die die anderen erzählten, den Geschichten, die die anderen so gerne hörten, deshalb scheute Monkey sich, sie ihnen zu erzählen. Da gab es einmal die anderen Namen — ihre Geschichten handelten von Doda und Dodi, von König Ram und der Göttin Parvati, die sich immer auf die Seite der Frauen schlug. Ihre Geschichten handelten von schrecklichen Schwiegermüttern, von Kindern, deren Seelen in Mangobäumen gefangengehalten wurden, und von Göttern, die zugleich Mann und Bestie waren. Sie kannte die Geschichten von Ghanim Bin Ayyub, dem Sorgenvollen, ebenso wie die vom Sklaven der Liebe oder wie die „Erzählung von den Schelmenstreichen der Dalilah, der Listigen, und ihrer Tochter Zaynab“. Ihre Geschichten waren den Geschichten der Engländer nicht besonders ähnlich, sie waren eher lange, zu phantastischer Breite ausgemärte Täuschungsmanöver. Wie in Amandas Geschichten gab es auch in ihren Geschichten Habgier und gab Waisenkinder; es gab arme, verlassene Mädchen, deren Gesichter und Gestalten von auserlesener Schönheit waren und die die Zuneigung eines beherzten Prinzen gewannen, doch statt Hexen gab es Djinns, statt Zauberer Götter, und niemand, kein einziger Mensch endete jemals im Magen eines anderen Geschöpfes. Sie hätte ihre Geschichten gern erzählt, und sei es auch nur um des Erzählens willen, damit es ihr half, sie nicht zu vergessen, vielleicht aber auch, damit sie weinen konnte. Seit Tagen hatte keine von ihnen mehr geweint. Die Trägheit, die sie gefangenhielt, machte selbst das unmöglich. Sie weinten nicht, sie erkundeten die Insel nicht und dachten nicht über die große Not ihrer verzweifelten Lage nach. Sie verhielten sich wie eine Gruppe, der etwas offenbart werden soll, eine Botschaft, ein Wissen; sie taten so, als ob man ihnen von anderer Seite einen Ausweg zeigen würde. John würde sprechen. Manchmal raffte sich eine von ihnen dazu auf, einen unklaren Gedanken auszusprechen, etwa: *Wenn wir einen Kompaß finden würden, dann bräuchten wir nicht erst den Polarstern zu entdecken, um zu wissen, wo Norden ist* —, aber solche Gedanken waren nicht die Antworten, auf die sie warteten. Nachdem sie beschlossen hatten, ihn zu baden, standen sie nahezu gelähmt vor dem Problem, wie sie dies ohne frisches Wasser durchführen sollten.

„Ich glaube, Meerwasser ist gar nicht so schlecht", sagte Jane.

„— *sal*", erinnerte Gaby sie: „Salz."

„. . . ist das *nicht gut?*"

„In *Wunden — ey?*"

„Wir könnten ihn ja mit Fruchtsaft abreiben?"

„— *moscas.*"

„— was?"

„*Fliegen!*"

„Aber ich meine, er würde dann wahrscheinlich viel besser riechen . . ."

„— auch der Saft *riecht* . . ."

„Meine Amme hat sich immer mit Zitronen eingerieben . . ."

„— Mutter hat immer in Milch gebadet. Aber

eigentlich habe ich nie gesehen, ob sie es wirklich getan hat . . ."

„Wir müssen es *richtig* machen", beharrte Nolly. „Wir müssen es wie bei einer Taufe machen, wißt ihr — nicht einfach nur waschen . . ."

„. . . er soll gut *riechen*."

„— er soll schööön werden . . ."

„*Naõ*. Wir müssen die Schnittwunden säubern. Wie *um médico* es machen würde. *Contra o infeccaõ* . . ."

Nolly stand auf. „,Ich taufe dich mit Wasser, auf daß die Sünden dir vergeben seien'", sprach sie. Sie redete mit ihrer Jesusstimme und hielt die Arme ausgebreitet, als wäre sie eine *Dhobi* und hielte ein Leinentuch. „. . . ,Es kommt einer nach mir, der ist stärker denn ich', sagte sie, „,dem ich nicht genugsam bin, daß ich die Riemen seiner Schuhe auflöse; der wird euch mit dem heiligen Geist und mit Feuer taufen!'"

„— wir *haben* aber kein Feuer, Nolly, also —?"

„*Ey* — wir haben auch keine *Schuhe!*"

„,Und *siehe da!*, es geschah, daß der Himmel sich öffnete. Und der heilige Geist stieg in leiblicher Gestalt gleich einer Taube auf ihn herab, und eine Stimme rief vom Himmel: Du bist mein geliebter Sohn, an dir habe ich mein Wohlgefallen . . .'"

Sie sahen John an.

„— wir glauben nicht, daß wir ihn wirklich taufen wollen", warf Sybil ein.

„— nur seine Wunden verbinden", sagte Sloan.

„In der ,Wehwehkiste' ist Verbandszeug", sagte Oupi zu jedermanns und ihrem eigenen Erstaunen.

Gleichzeitig drehten sie sich zum Vorratshaufen um, der über den Strand verstreut lag. Einige Male hatten sie ihn bereits auf der Suche nach Keksen, Süßigkeiten oder einem Stückchen Schnur planlos durchwühlt. „Was haben wir nur mit dem roten Erste-Hilfe-Kasten *gemacht?*" fragte Jane verträumt. Die Frage brachte Nolly auf eine Idee, und sie sagte: „,*Frage.* Was war das erste Wunder Christi?'"

Sie zeigte auf ein zerbeultes Faß, das umgekippt zwischen Gezeitenmarke und Dschungel lag. *„,Antwort'",* zitierte sie: *„,Christus verwandelte Wasser in Wein.'"*

Außer Amanda blickten sich alle nach ihr um.

„,Und als sie Wein verlangten'", trug Nolly weiter vor, *„,sprach Jesu' Mutter zu ihm: ,Sie haben keinen Wein'* . . ."

„— was wollen wir denn mit *Wein?*" fragte Oupi.

„— *água!*" sagte Gaby. Sie rappelte sich auf. *„Água de banho — por lavar!"* Sie schlug Nolly auf die Schulter. „— *um milagre* . . . ein Wunder!" rief sie. „*O vinho* in *água* . . . *Bem!* Du bist ein *Génio,* ein Genie!"

Nolly starrte sie an. Noch nie hat jemand den Heiland ein „Genie" genannt, dachte sie, es war kein Wort, das in Fragen der Religion angebracht war.

Vom Zweck ihres Vorhabens wie elektrisiert, begannen sie zu suchen und fanden: einen durchnäßten Kaminvorleger, drei Regenschirmgriffe, neun Regenschirmspeichen, einen Teekessel ohne Deckel, den Erste-Hilfe-Kasten, fünf silberne Gabeln, eine Dose mit schwedischen Fleischbällchen, ein halbes Bett, Schnur, HOLZ, ein Stativ, Flaggenstangen, ein Beil, ein SEIL, ein Messer, drei Bücher, einen KOMPASS, Glassplitter, fünf versiegelte Wäschetruhen, KERZEN, mehrere Dutzend schwarze, rechteckige Gegenstände aus Metall, WEIN, eine Flagge, zwei Truhen mit zerbrochenem „Hyde-Park"-Porzellan und einen Finger.

In den Wäschetruhen fanden sie Laken, in die

sie ihn einwickeln, und Tücher, mit denen sie ihn waschen konnten.

Der Wein war zu Essig geworden, aber sein Aroma ließ sie glauben, daß er sich deshalb besser als Medizin eigne.

In einer separaten Kiste, etwa so groß wie ein Koffer und mit den eingravierten Initialen E.A.S., fanden sie die Toilettenutensilien eines Mannes — ein schmales Lederetui mit Perlen- und Onyx-Manschettenknöpfen und Kragenstäbchen, Stiefelwichse, einen Streichriemen für Rasiermesser, eine Stange Wachs, Rasierseife, Rasierpinsel, Haaröl, einen goldenen Zahnstocher, Zahnpulver, Zahnbürste, Talkumpuder, Liniment, Makassaröl, Eau de toilette, ein Korsett, einen Goldsovereign, eine Postkarte von einer nackten Frau (Vorderansicht) und eine von einem nackten Jüngling (Rückansicht), einen Schnurrbartkamm, eine silberne Schere und — das Verblüffendste und Schönste von allem — ein aufklappbares Rasiermesser mit einem Griff aus Elfenbein.

„— *ohmeingott*", sagte Oupi.

„— *sind die nicht schön?*" flüsterten Sloan und Sybil und trauten sich nicht, mit ihren schmutzigen Fingern das geschliffene Glas, das Silber oder die weichen Pinsel zu berühren.

„Das gehörte Mister Sutcliffe", sagte Jane und las: „E.A.S. . . ."

„— *hé!* Amanda, das ist von deinem Dad —"

„— *psst! Sag ihr nichts . . .*"

„Die Sachen sind von deinem Vater, Amanda — schau her!"

Amanda nahm ihren Daumen aus dem Mund und setzte sich in den Sand. Minutenlang starrte sie auf den Inhalt der Kiste, dann ging eine Veränderung in ihr vor. Es sah aus, als wollte sie sprechen, aber sie tat es nicht. Sie nahm das Rasiermesser in die Hand und hielt es sich aufgeklappt an die rechte Wange, steckte den Daumen wieder in den Mund und schloß die Augen.

Der Erste-Hilfe-Kasten war abgeschlossen — gesichert mit einem Schloß so groß wie Oupis Faust, doch der Schweißnaht des Schließbügels war von den Naturelementen so mitgespielt worden, daß sie das Schloß ohne großen Kraftaufwand aufstemmen konnten. Innen lagen, zuoberst und eingewickelt in hellem Reispapier, zwei Opiumkügelchen, an denen sie schnupperten, in der Hoffnung, es sei vielleicht Schokolade; aber als der Geruch sie enttäuschte, warfen sie die Bällchen zur Seite. Darunter lag ein Buch mit dem Titel: *Handbuch des Matrosen für die Erste-Hilfe,* das Jane in die Hand nahm und durchblätterte. Eine Motte flog von den Seiten auf.

„Lies die Stelle vor, die von seiner Zuviel-Schlafen-Krankheit handelt“, sagte Oupi.

„Lies vor, wie man eine Wunde behandelt“, riet ihr Nolly, während sie die restlichen Sachen aus der Kiste nahm. Sie fand mehrere Rollen Watte und Mullbinden, alle feucht; Nähsachen, Schere, Pinzette, Heftpflaster und Klebeband. Sie fand auch noch ein kleineres Kästchen mit Glasphiolen, auf deren Etiketten „Jod“, „Alkohol“, „Chloroform“, „Kampferöl“, *H. Virginiana,* „Enziantinktur“ und „Steriles Wasser“ zu lesen war.

Nolly öffnete jede Phiole, schnupperte daran und gab sie Gaby, die es genauso machte und sie dann an Sloan und Sybil weiterreichte. Als sie zu dem kleinen Fläschchen mit der Aufschrift „Steriles Wasser“ kam, hielt Nolly es hoch, damit alle es sehen konnten, und legte es dann zurück ins Kästchen. Auf einer Schachtel stand „Aspirin“, eine andere enthielt nicht identifizierbare Pastillen, die bitter schmeckten, eine weitere Salztabletten; eine war mit der Aufschrift „Laxativ" bezeichnet, weitere mit „Abführmittel", „Emetikum", „Brechwurz", „Natriumbikarbonat"; ferner gab es ein unbeschriftetes Glas mit klebrigem Gallert, eine Spritze, diverse Riechsalze, eine Blechtasse, einen Löffel und eine terrakottafarbene Wärmflasche.

„— *meine!*" behauptete Oupi und brachte sie mit einem raschen Griff in ihren Besitz. Sie hielt sie beim Hals und untersuchte sie, dann legte sie sich die Wärmflasche wie ein Baby an ihre Schulter.

Zuletzt fand Nolly eine Schachtel mit einfachen, weißen Tabletten.

„— *oh-ach*", murmelte Sloan, als Nolly das Päckchen hochhielt.

„— wie viele sind es?" fragte Gaby.

Nolly überschlug die Zahl der Tabletten.

„Vierzig, vielleicht fünfzig."

Gaby runzelte die Stirn.

„Wir sind acht. Und dann *er* noch . . ." sagte sie.

Nolly nickte.

„Reicht nicht", brummte sie.

„— was *ist* das?" fragte Monkey.

„— *Dummkopf,* kennst du die nicht?"

„— es gibt viele Menschen, die sie nie einnehmen und denen es trotzdem gut geht", warf Gaby ein. „Großvater —"

„— dein *Großvater* war *verrückt* . . .

„Aber er starb nicht an *Moskitos, èy?*"

„. . . Und Vater hat es auch nie genommen", sagte Jane. „Er hat immer gesagt, der Mensch müsse sich den gegebenen Bedingungen anpassen. Die Eingeborenen nehmen es nie . . ." Unwillkürlich sah sie Monkey an. „Haben deine Eltern dir jemals Chinin gegeben?" fragte sie.

Monkey sagte, das wisse sie nicht.

„Du hättest es gewußt", sagte Sybil. „Jeden Tag zum Frühstück Chinin und Lebertran . . ."

„— zwei Gran am Tag."

„— und jetzt haben wir überhaupt *nichts.*"

„— wir haben ein *bißchen.*"

„Ich meine, wir sollten sie alle für João behalten — er ist schließlich der Kranke . . ."

Gaby hielt eine Chinintablette hoch und sagte: „— für João!", und Jane begann aus dem Erste-Hilfe-Handbuch vorzulesen. „‚Allgemeine Hygiene-Regeln'", las sie:

„. . . ‚wenn die Situation es erlaubt, wasche man seine Hände gründlich mit Seife und Wasser, ehe man Wunden behandelt. Man bedecke alle offenen Wunden oder Schnitte der eigenen Haut mit einem wasserdichten Verband . . . ist eine Wunde nicht zu groß und die Blutung gestillt, säubere man sie und die umliegende Haut, bevor man den Verband anlegt'. . ."

Sloan und Sybil rissen die Leinentücher in Streifen, Nolly wusch John mit dem Wein, und Gaby trocknete ihn ab.

„. . . ‚vermeiden Sie jede Berührung mit der Wunde oder den Verbandsflächen, die auf die Wunde aufgelegt werden sollen' . . ."

„— sollen wir ihn zudecken?"

„Ja, ich glaube, das sollten wir . . ."

„— *èy,* diese Stelle sieht fürchterlich aus . . ."

„. . . *‚Reden oder husten Sie niemals über einer offenen Wunde oder einer sterilen Binde.'"*

„— *husten?"*

„— steht da auch etwas von *flüstern?"*

„Lies vor, wie wir ihn aufwecken können", verlangte Oupi. Sie setzte sich neben Jane und sah ihr beim Lesen zu, während außer Amanda alle anderen halfen, ihn zu waschen. Sie schnitten ihm die blutverkrusteten Reste seiner Kleider von der Brust, Sloan und Sybil schrubbten seine Hände und wuschen sie auch zwischen den Fingern. Monkey schnitt ihm die verfilzten Haarsträhnen ab.

„Hier steht etwas von . . . es gibt etwas, das nennt man ‚Bewußtlosigkeit'", las Jane vor. „. . . ‚Wenn der Patient auf Fragen nicht reagiert'", las sie, und Gaby warf ihr einen wütenden Blick zu, „‚überprüfe man seine Reaktionen auf andere Reize, zum Beispiel Berührung oder Schmerz, um festzustellen, ob er bei ‚Bewußtsein' oder ‚bewußtlos' ist. . ."

„— was heißt ‚bewußtlos'?" fragte Gaby. „— ist das was Schlimmes? Steht da, was man dagegen tun kann?"

„‚AUGEN', las Jane. „‚Öffnen sie sich, wenn man dem Patienten in den Handrücken kneift?'"

Sie kniffen ihm in die Hand.

Seine Augenlider flatterten.

„‚SPRECHEN' . . ." las Jane.

„— was heißt hier ‚sprechen'?" fragte Gaby.

„‚BEWEGUNG'", fuhr Jane fort. „‚Reagiert der Patient auf schmerzhafte Reize mit Bewegungen?'"

Sie sahen sich an.

„— *beiß* ihn", sagte Nolly.

Statt dessen zog Gaby ihn an den Schamhaaren, aber nichts geschah.

„Beiß ihn", wiederholte Nolly.

Gaby zog an seinen Bartstoppeln. Erleichtert stellten sie fest, daß John zusammenzuckte.

Sie deckten ihn mit sauberen Tüchern zu und errichteten aus Blättern eine Art Sonnendach über seinem Kopf. Oupi sammelte die abgeschnittenen Haare ein und steckte sie in ihre Wärmflasche. „Wir sollten ihn rasieren", schlug sie vor und dachte, daß sie auch gerne seine Bartstoppeln haben würde.

Sie benutzten die Blechtasse als Rasierschale, tunkten den Rasierpinsel in Seife und Meerwasser und seiften John ein. Mit kurzen, raschen Bewegungen klecksten Sloan und Sybil ihm den Schaum ins Gesicht, und Jane bemalte ihn mit Wirbeln, die die Schauminseln untereinander verbanden. Keine von ihnen hatte je ein Rasiermesser benutzt, aber sie hatten ihren Vätern viele Male beim Rasieren zugesehen. Als Amanda ihr das Rasiermesser gab, schnitt sich Nolly in den Daumen; sie war überrascht, wie scharf die Schneide war.

„Wir müssen die Haut *so* hochziehen — und das Messer *flach* anlegen", sagte sie, und schnitt den ersten Streifen durch den Schaum.

„*. . . schön*", hauchte Oupi.

Monkey wischte den Rasierer ab, und Nolly zog eine zweite Bahn.

„— er sieht hübsch aus", sagte Sloan. „— können wie ihn nicht mit etwas Rasierwasser einreiben?"

„Wenn wir fertig sind", sagte Nolly. Sie rasierte hoch bis an die Ohren, unter seinem Kinn, zwischen Lippen und Nase. Als sie fertig war, wischte Gaby ihm das Gesicht ab, und Sloan und Sybil betupften ihn zweimal mit Mr. Sutcliffes Eau de toilette.

Sein Atem klang ruhiger.

„Er sieht richtig gut aus", sagte Sybil.

„— *garboso* . . ."

„Hübsch."

Ein Tropfen Blut erschien auf seiner Wange und lief ihm bis zum Kinn hinab.

Wie gebannt blickten sie auf das Blut.

Als es von seinem Kinn abzutropfen drohte, nahm Amanda ihren Daumen aus dem Mund und wischte sein Blut damit auf.

Einen Moment lang glänzte ihr Daumen, dann

leckte sie ihn ab. Dann lächelte sie und schloß wieder ihren Mund. Es gab ein Wort, mit dem ihre Mutter den Geschmack der Dinge zu benennen pflegte, die aus England kamen, als stammten sie aus höchsten Höhen, wären aus einem Warenhaus des Himmels importiert. *Gött-lich,* sagte sie immer. Probier dies hier, mein Liebling. Ist es nicht *gött-lich?* Kommt es nicht direkt vom *Himmel* —?

KOPF UND SCHWANZ

Als John diesmal erwachte, wußte er, daß er nicht länger träumte. Er wußte, dies konnte kein Traum sein. In Träumen vergeht die Zeit nicht langsam, Sonne und Sterne nehmen nicht ihre exakte Position am Himmel ein, und fürchtet man sich zu sehr, dann wacht man von selbst auf. Dies war, das wußte er, kein Alptraum. Dies konnte nur, da es kein Traum war, der Tod sein, dachte er. Doch keine Teufel, sondern englischsprechende Gestalten, die ihre Gesichter hinter Masken verbargen, fütterten und verwöhnten ihn. Es waren acht an der Zahl. Die Augen jener einen, die er über dem Tuch vor ihrem Mund erkennen konnte, diese Augen waren ihm auf quälende Weise vertraut. „Es steht nicht so schlecht", sagte sie. „Du wirst schon sehen. Ich baue einen *Drachen* —". Sie hielt ihm ein Kreuz hin. Später kehrte sie zurück und zeigte ihm einen großen Fetzen eines blutfarbenen Segels. „Siehst du?" sagte sie. „— nicht so schlecht. Dies ist das Beste. Einen Drachen aus *dem* Stoff können sie bei jedem Wetter sehen, *não?* Genau wie die *Charlotte.* Ihre Segel waren auch von überall her zu erkennen, hast du gesagt . . ." Als er dieses Wort hörte, war John überzeugt, daß er nicht träumte. Er erinnerte sich, wo er war. Er konnte sich nicht erinnern, wo die anderen waren. Er erinnerte sich, daß es andere gab. Er wußte nicht mehr, wer sie waren. Wenn er sprach, sahen sie ihn an, als ob sie ihn nicht verstehen konnten. Wenn er wiederholte, was er gesagt hatte, konnte er seine eigene Stimme nicht hören. *Spreche ich?* fragte er. „Was ist los mit ihm? Wann wird er endlich anfangen zu *sprechen?*" sagte die eine. Sie sagten ihm Dinge, die er im gleichen Moment wieder vergaß. *Feuer?* fragten sie ihn immerzu. *Wasser?* Hatte es ein Feuer gegeben? Er erinnerte sich an eine große Hitze. Seine Haut hatte gebrannt. Er erinnerte sich, wie er bei Lampenlicht mit Charlotte geschlafen hatte, dicht neben einer tanzenden Kerze. Ihm fiel wieder ein, wie man Messing temperte, wie man es durch Hitze und Ablöschen stählte; es gehörte zum Handwerk eines Bootsmannes, sein Vater hatte es ihm beigebracht. Er erinnerte sich an Wasser, meilenweit, und daran, daß er wie der Wind etwas um ein Vorgebirge jagte: einen *Drachen* — was hatte ihm diese Erscheinung mit den Brüsten eines Mädchens erzählt? Ein *Drache,* ein *Falke* —? Ein Falke ist ein Vogel. Er erinnerte sich, daß ein Falke eine Art Vogel war. Er erinnerte sich an einen ganzen Abschnitt aus Leonardos „Notizbüchern", und laut und in fremder Sprache trug er ihnen vor:

„. . . über den Falken zu schreiben, scheint mein *‚mon destin'*
Schicksal zu sein, denn zu meinen ersten Kindheits-
erinnerungen gehört, daß ich in der Wiege liege und *‚mon berceau'*
ein Falke zu mir geflogen kommt; er öffnet mir den
Mund mit seinem Schwanz und schlägt mich mehr- *‚ma bouche'*
mals von Innen her mit dem Schwanz auf meine
Lippen . . ." *‚mes lèvres'*

Sie fütterten ihn, ständig fütterten sie ihn, zwangen ihm Essen und Wasser zwischen die Lippen, als wäre er ein Neugeborenes in der Wiege — dies war *seine* erste Erinnerung; *dies* war, dieser Moment, das, was jetzt, in diesem Augenblick geschah — dies war kein Traum, es war ein *Erinnern der Welt.* Wenn sie ihn badeten, konnte er das Prickeln des Salzwassers spüren, das auf seiner Haut, auf seinen Armen, auf seiner Brust trocknete, aber wenn sie ihm seine Beine wuschen, spürte er nichts, obwohl er das Gefühl kannte, sich daran *erinnerte.* Eine seiner Wärterinnen, die mit den langen Haaren, die zu Dünne mit den verwaschenen Augen — sie merkte es als erste. „Spürst du dies, John?" fragte sie. *Woher weiß sie meinen Namen?* dachte er. „Wenn du dies fühlen kannst, John, blinzle zweimal mit den Augen", sagte sie. *Was* sollte er fühlen? *Was macht sie da?* Er sah ihren langen Fingern zu, die ihm in den Schenkel kniffen, und er entsann sich eines Gefühls. Er sah zu, wie sie ihm in den anderen Schenkel kniff und spürte die gleiche Erinnerung an ein Gefühl. Er sah zu, wie das blonde Mädchen, die große mit den eckigen Fingerkuppen, eine Nadel aus einem ledernen Nähetui nahm und sagte: „Laß es mich *damit* versuchen." Er sah zu, wie sie ihm in den Schenkel stach. Es war ein seltsames Gefühl, als würde man ihm das Bein abnehmen, bildete er sich ein, als sähe er einer Amputation zu. Etwas Vergessenes rührte sich in ihm, etwas, an das er sich erinnern mußte, aber es fiel ihm nicht ein. „Ich glaube nicht, daß er es spürt", sagte sein Folterknecht. „Nicht mal, wenn ich sie hin- und her*drehe.*" Sie zog die Nadel wieder aus seinem Bein, und er sah zu, wie sie an seinen Hoden vorbei in seine Leiste stach. „Keine Reaktion", stellte sie fest. „Als ob er hier unten tot wäre . . ." John versuchte, sich zu bewegen. Er hob die Schultern vom Boden und stützte sich auf seine Ellbogen, um sie zu beobachten, doch ihm wurde schwindlig, und sein Blick verschwamm. Er würde sie zwingen aufzuhören, und wenn er sie schlagen mußte, beschloß er. Er versuchte, sein Bein zu heben, um sie abzuwehren, sie zu treten, wenn es denn nicht anders ging, aber er konnte es nicht. Er versuchte, das andere Bein zu bewegen, versuchte, sein Knie zu beugen, aber es schien ihm nicht zu gehören, gehorchte ihm nicht, reagierte nicht auf ihn. Über seinem Kopf hing ein seltsamer, blutfarbener Gegenstand am Himmel, dessen Anblick ihn erschreckte und Panik in ihm auslöste, so daß sein Herz heftig klopfte. Das große, blonde Mädchen zog die Nadel wieder heraus. Mit ihrer freien Hand griff sie nach seinem Penis. *Stop!* rief John. Sie ließ ihn los. *Holt das runter! Sie soll aufhören!* Er zeigte auf den Gegenstand am Himmel. Als er aufblickte, rann Blut über die Wolken, ein Meer von Blut, ein zähflüssiger Ozean, der Geruch von Blut, die Erinnerung daran, was er vor dem Erdbeben und vor der Flutwelle gesehen hatte, das Gemetzel, eine blutige Erinnerung:

Wir müssen gehen! Wir müssen von hier verschwinden —!

Aufgeregt versammelten sie sich um ihn.

Hebt mich hoch, herrschte er sie an.

— sollten wir nicht lieber ein Boot bauen? fragte eine von ihnen.

— würde es lange dauern, ein Boot zu bauen? wollte ihr Zwilling wissen.

„— *hebt mich hoch,* verdammt noch mal!" rief er. „Baut das Lager ab — versteckt alles — wir müssen hier weg — holt diesen Drachen vom Himmel — wollt ihr, daß wir *umgebracht* werden?"

Sie starrten ihn an.

Es war wunderbar, daß er sprach, daß er endlich

aufgewacht war und ihnen sagen konnte, was sie tun sollten, aber sie hatten vergessen, wie ein erwachsener Mann schimpft, vergessen, wie es war, Zielscheibe seiner Wut zu sein. Sie hatten ihn gepflegt, und jetzt ließ sein Ärger sie glauben, sie hätten alles falsch gemacht. Statt sanft wie ein Gott zu erwachen, der mit seiner Schöpfung zufrieden ist, entfesselte er einen Sturm der Wut — sie seien stumpfsinnige, eselsdämliche, schafsköpfige, tölpelhafte, einfältige, ängstliche, törichte, beschränkte, hasenfüßige *Schreihälse,* sagte er, „*Du* beson-ders!" schrie er Nolly an, „— und *du* auch! (Amanda) — Was für ein Tag war heute? fragte er. Wie lange waren sie schon hier? Hatten sie nicht einmal daran gedacht, die *Tage* zu zählen? Waren sie nicht landeinwärts gegangen, um *Wasser* zu finden? Hatten sie keine *Hütte* gebaut, keine *Lebensmittelvorräte* angelegt? Schimpansen — *Baby*-Affen! *Schwachköpfe!* — hätten es besser gemacht! Hatten sie eine Liste der Vorräte zusammengestellt? Hatten sie einen Suchtrupp über die Insel geschickt, die Strände erforscht? Hatten sie *irgend etwas* für ihr Überleben getan? Und warum trugen sie alle diese lächerlichen Masken, die sie wie Banditen aussehen ließen —?

Er fuhr fort mit dem, was Janes Vater eine richtig gründliche Standpauke genannt hätte, bis Gaby sich neben ihn setzte, ihre Maske abnahm und sagte: „João, vergib mir — du redest so *louco.*"

Ohne die Maske erkannte er in ihr ein Kind, das er gern mochte, die Enkelin eines alten Mannes, den er wirklich gern hatte. Der Anblick ihres Gesichtes, ihrer Augen ließ andere Erinnerungen in ihm aufbrechen und zu Bewußtsein kommen. Sie sah so *alt* aus — abgesehen vom Glanz in den Augen, dem Lächeln, hatte ihr Gesicht die Schatten und Züge einer alten Frau angenommen. Als ihm wieder einfiel, wie sie vorher ausgesehen hatte, begriff er, daß sogar die Art, wie sie sich hielt — die Art, wie sich jedes dieser Mädchen bereits hielt — von Kampfbereitschaft, Enttäuschung und Angst bestimmt zu sein schien, oder was sonst die Grundhaltung sein mochte, unter der ihr Knochengerüst sich schließlich versteifte. Er dachte daran, wie Gaby und er Drachen steigen ließen, wie ihr Körper gleich einem Korken auf dem Wasser tanzte, sich kaum von der Schwerkraft bändigen ließ, wie sie so sorglos war.

Eine nach der anderen setzten sie sich zu ihm und nahmen ihre Masken ab, nur das älteste Mädchen nicht, „Amanda", fiel ihm ihr Name wieder ein, Sutcliffes Tochter — ihre Wange war aufgerissen, die übrige Haut schwarz, ihre Augen blickten verschwommen, und sie nuckelte an ihrem Daumen. Neben ihr saßen die beiden Töchter von Ogilvy, Zwillinge, an deren Namen er sich nicht erinnerte — und daneben saß Frasers kleines Mädchen, nach dem ihr Vater seinen Kutter genannt hatte. Sie war rothaarig, wie ihr Vater, und sah sehr jung aus, höchstens sechs oder sieben Jahre alt. Sie war hochrot im Gesicht, sehr schmutzig und hielt eine Wärmflasche in den Armen. Neben ihr saß Napiers Mädchen, die Dünne, deren Name Jane war, wie er sich jetzt erinnerte. Neben ihr saß der Mischling, Lawrences Sprößling, eines dieser halbgaren Bälger, die er zurückließ, als er seinen Samen wieder in sein Heimatland England brachte. Und schließlich war da noch Nolly, Tochter von Hochwürden Petherbridge. Er hatte sie immer für häßlich gehalten, aber hier sah sie nicht mehr so unansehnlich aus. *Dein Bruder,* begann er. Sie rührte sich nicht, beugte sich nicht vor oder erleichterte ihm sonst irgendwie die Schmerzen beim Sprechen. Sie hatte sich die Nadel ins Stirnband gesteckt, über ihrem rechten Auge, neben die

Feder, wo sie jeder sehen konnte. Dein Bruder, wiederholte er.

„— Nigel“, half ihm Gaby.

Nigel ist tot.

Die Worte schienen für sie keine Bedeutung zu haben.

Es tut mir leid, fuhr er fort. Alle auf der *Ruby Girl*. Sie starben noch vor der Flutwelle. Sie wurden noch vor dem Erdbeben getötet —

„— ‚getötet‘?“

„. . . Matlock. Fitz. Dein Bruder. Alle.“

Schweigend starrten sie ihn an. Die Worte „tot“, „gestorben“, „getötet“ schienen für sie ohne Bedeutung zu sein.

„*È l-o-u-c-o*“, buchstabierte Gaby schließlich.

„Nicht ‚*louco*‘“, sagte er. Er stützte sich auf einen Arm und merkte plötzlich, daß ihn seine nutzlosen Beine wie Anker an den Boden hefteten. „Hinter mir ist ein Steilufer, ich kann es nicht sehen, ich kann mich nicht umdrehen — da ist doch ein Steilufer, oder nicht? Ein Kliff? Wir sind auf dieses Kliff gestiegen, du und ich und der kleine George, am zweiten Tag, um unseren Drachen fliegen zu lassen, nicht wahr, Gaby —?“ drängte er. Gaby errötet, als er sie beim Namen nennt. „Ich kann mich wieder erinnern. Ich ging mit Jib an Bord der *Ruby-Girl*, weißt du noch? *Hör zu* . . . und was ich da gesehen habe —“ Er blickte ringsum in ihre Gesichter. „*Wir können hier nicht bleiben,*“ wiederholt er. „Wir müssen auf dieses Kliff, uns verstecken. Ihr müßt mich tragen. Ihr müßt es *jetzt sofort* tun. Wir müssen alle Spuren verwischen — alle Abfallhaufen, Scheißlöcher, Fruchtschoten, Schalen, Fußspuren, alles, jede Spur, als wären wir nie hier gewesen . . .“

„— aber unsere Dads kommen zurück“, versuchte Sloan ihm zu erklären.

„— und dies ist unser *Zuhause*", sagte ihre Schwester.

„Mir gefällt es *hier*", erklärte Oupi. „— ich *will* nicht schon wieder irgendwoanders hin gehen . . ."

John blickte Nolly an. Er sah auf Gaby und hoffte, sie würde ein Wort für ihn einlegen, aber es war Jane, die zuerst sprach. Sie fragte: „*Kommen* unsere Eltern, John?"

„Ja", antwortete er.

„— *wann*?"

Die Vorstellung, wie Zeit zu messen sei, verwirrte ihn, und er sah ein, daß die Regeln der Zeit, ihre Gesetze, sich seinem Verständnis entzogen. Die Mädchen beobachteten ihn — besonders die älteren — als argwöhnten sie, daß er seine Zweifel habe. Sie glaubten an das Vollkommene, und hier lag er, ein halber Mann, ein Krüppel, in ihrer Mitte, zu dem sie aufsahen, an den sie sich wandten und von dem sie Führung erwarteten. Fragte er noch einmal: *Wie viele Tage sind wir* —?, dann würde er seine eigene Unsicherheit zeigen. Antworten, Wunder und Vollkommenes waren, was sie mit ihrem Wachen von ihm erbettelten — er *glaubte* ja daran, daß ihre Rettung unmittelbar bevorstand, glaubte aber auch, daß sie in schrecklicher Gefahr schwebten, davon war er überzeugt, doch war er sich nicht sicher, wie er die richtigen Worte finden sollte, um es ihnen zu erklären.

„Das Schiff kommt, sobald — *der Wind*", log er. „— Erinnert ihr euch, wie der Wind sich legte, als wir ankamen? Der Wind hier ist bekannt dafür — das Warten auf den Wind. Wenn erst Wind aufkommt, werden wir sie sehen . . ."

„— aber es ist *schön* und windig!" demonstrierten Sloan und Sybil, standen auf und ließen ihr langes, blondes Haar im Wind wehen.

„— *muito*. Viel Wind", bestätigte Gaby, „— er

hat mich beinahe mit dem Drachen in die Luft gerissen! Also kommen sie vielleicht, *sim*? Bei einem so mächtigen Wind —?" Sie sah John erwartungsvoll an.

„Bei so einem Wind", sagte er und sah, wie sie alle um ihn herum mit dem Kopf nickten. „Aber ein Schiff ist sehr groß. Viel größer als ein Drachen — länger als euer Haar. Es braucht viel Wind, um so ein Schiff wie ihres in Bewegung zu setzen. Vom Kliff aus könnten wir sie besser sehen. Wir sollten *da* hinauf gehen . . . wir sollten losgehen und ein Lager bauen und nach ihnen Ausschau halten . . ."

Gaby sah Jane an und nickte, aber als sie aufstehen wollten, hielt Nolly sie zurück.

„— *warum?*" fragte sie. „Warum sollen wir da hinaufgehen und keine Spuren hinterlassen, als wären wir nie hiergewesen? Hier stört uns nichts. Dies ist unser *Zuhause.* Uns gefällt es hier. Die andere Seite ist gräßlich. *Hier* sind wir gelandet. *Hierher* werden sie kommen. *Hier* werden sie uns vermuten . . ."

„Etwas anderes könnte vor ihnen kommen", warnte John.

„‚Etwas anderes'? — Was für ein ‚anderes'?"

„— vielleicht die Schildkröten", sagte Oupi. „Ich mochte die Schildkröten . . ."

„Meinst du, es könnte eine neue *Flutwelle* geben?" fragte Jane.

„Wir wären sicherer auf dem Kliff", wiederholte John.

„Warum sollten wir unsere Fußspuren vor einer *Flutwelle* verbergen?" wollte Nolly wissen. „Warum —? Du sagtst, mein Bruder sei tot. Warum sollte ich dir glauben? Dieselbe Welle, die die *Ruby-Girl* untergehen ließ, hat auch uns erfaßt, und *wir* sind nicht tot. Wenn er ‚tot' ist, wo ist der Beweis? Wo ist seine Leiche? Wo sind die anderen Leichen? Vorräte von der *Ruby-Girl* wurden an Land geschwemmt — warum nicht die Leichen? Du hast gesagt, etwas hätte sie getötet. Warum hat es uns nicht getötet? Warum sollen wir dir glauben, wenn du uns nicht die Wahrheit erzählst? *Ich* weiß, was die Wahrheit ist. Du glaubst, du kannst sie verbergen, aber ich kenne sie. *Ich* weiß, wovor du Angst hast. Du brauchst nicht zu lügen. Es ist der Teufel. Er wird kommen. Es war der Teufel, der all dies getan hat, oder etwa nicht?" Sie hatte es sich zurechtgelegt, hatte für sich ihre Schlüsse gezogen, seit Amanda aufgehört hatte zu sprechen und sie begriffen hatte, daß sie, Nolly, die Verantwortung für die anderen trug. Sie mußte anfangen, einen Sinn in allem zu entdecken — mußte erkennen, daß es immer *zwei* Seiten gab, eine sichtbare und eine unsichtbare, eine verborgene und eine offensichtliche. Gott zeigte sich, ja — Gott sprach auf vielerlei Weise mit ihr, offenbarte sich, aber vorher hatte sie nicht *geglaubt*. Sie hatte nicht geglaubt, daß es einen *Teufel* gibt, die verborgene Seite, den Dämon, den ihr Vater Anti-Christ nannte, Gottes ebenbürtigen Gegner. Es ergab einen Sinn — alle Beweise deuteten darauf hin, die Schriften, die Legenden, Christus in der Wüste, Beelzebub, der Leibhaftige, Belial, Geschichten, die Vater ihr vom Bösen im Land erzählt hatte, das sich in Gestalt von Gegensätzen ausbreitete — Müttern und Huren, Geldverleihern und Philanthropen, Schauspielern und Evangelisten. Vorher hatte sie geglaubt, das Böse definiere sich durch Abwesenheit, es existiere in der Nichtexistenz seines Gegensatzes und nicht in seiner *Ko*-existenz — sie hatte immer geglaubt, es hause draußen, jenseits, *woanders*. Ihr Vater versuchte, ihr beizubringen, daß der Mensch von Natur aus böse sei und man sein ganzes Leben danach trachten müsse, den Stand der Gnade zu erlangen, aber sie hatte dem widersprochen. Jetzt ergab es einen Sinn. Was hätte das Ganze hier sonst für einen Sinn gehabt? *Etwas Böses* versuchte seine Herrschaft zu errichten und die alte Ordnung umzustürzen, tötete, verursachte Erdbeben, brachte sie, Nolly, ohne die Hilfe der Liebe aus einer Welt, die sie gekannt hatte, in diese fremde Welt. Sie verstand, daß der Teufel genau wie Christus seine Jünger brauchte, und der Teufel wollte sie. Er würde sie holen kommen, das würde er. Je länger sie sich weigerte, um so überzeugter war sie, daß er kommen würde. Sie rechnete jeden Morgen damit, aufzuwachen, ihn dort stehen zu sehen und zu hören, wie er sie rief. Sie war bereit.

„Sag mir. Hast du ihn tat-säch-lich *gesehen?*"

Wahnsinn heißt das Gesicht, das sich trotz Maske zeigt.

Ich bin ein Mann, der nicht gehen kann, überlegt sich John, *in den Händen von Verrückten.*

„Ja", sagt er.

Sie scheint zufrieden, wie verwandelt.

„— hat er versucht, dich zu seinem Jünger zu machen?"

„Ja, natürlich."

„— was hat er *getan?*"

„Er steckte mir seinen Schwanz zwischen die Lippen."

„— und *du?*"

„Ich habe zugebissen."

„— *gebissen?*"

Ihre Augen leuchten.

„— und *dann?*"

„Habe ich den Schwanz verschluckt."

„— und *dann?*"

„Hat er mich ins Bein gebissen."

Nolly nickt, folgt der Geschichte, ihrem Sinn,

nimmt die anerkannte Wahrheit auf, schluckt sie ganz, mit *Alpha* und *Omega,* ihr Schwarzundweiß, ihr Gutundböse, die Haßliebe, Kopf und Schwanz, den Mythos und die Wahrheit:

„— und *dann?*"

„Hat er mich ausgespuckt."

Nolly faltet ihre Hände, legt sie in den Schoß und wartet.

Die Geschichte, begreift sie, hat einen Punkt erreicht, an dem man ihre Moral schlußfolgern muß:

„— *und?*"

„Er sagte, er käme zurück."

Sie wartet.

„Um mich zu verschlingen."

Nolly lächelt.

DIE WEISSAGUNG DER BANANEN

Einst ging ich zum Markt der Tiere
(„der Tiere")
Das Vieh und alle Vögel waren da
(„waren da")
Und beim Licht der Sonne kämmte sich der freche Schimpanse das Haar und den gelben Bart.
(„den Bart".)
Und das Äffchen fiel vom Rand der Schüssel
(„der Schüssel")
Dem Elefanten auf den Rüssel
(„den Rüssel")
Der Elefant nieste wie nie und ging in die Knie
Doch was wurde aus dem Äffchen, Äffchen, Äffchen,
Äffchen,
(„aus dem Äffchen, dem Äffchen, dem Aff —?")

„Es ist *unser* Dienerchen!“ zetert Sybil, als Nolly Monkey den Auftrag gibt, *Côcos* zu pflücken.

„— und es bringt uns *Bananen* . . .“

„Wir *haben* Bananen. *Alle* haben Bananen. Wir *brauchen* keine Bananen. Wir brauchen *Kokosnüsse*.“

„Aber *wir* brauchen sie —“

„Sie verfaulen nur . . .“

„Wir *essen* sie ja nicht.“

„— wir *befragen* sie.“

„Ihr macht — was?“

„Wir *befragen* sie.“

„— wir fragen sie, ob es stimmt.“

„— mit dem Teufel.“

„— ob er wirklich kommt.“

Hinter ihnen sieht Nolly überall Bananen liegen. Die Spitzen sind abgeschnitten wie bei Zigarren; und Fruchtfliegen und Honigameisen umschwärmen das Obst.

„*Trottel!* Die sind zum *Essen!* Wir müssen sie mitnehmen! Jetzt sind sie verdorben!“

„— *ein paar* haben wir gegessen . . .“

„— sie haben uns *Blähungen* gemacht . . .“

„— darum haben wir aufgehört.“

Nolly tritt gegen den Haufen nutzloser Früchte, und ein Miasma von Fliegen und Mücken steigt auf. Dort, wo Sloan und Sybil die Enden gekappt haben, hat die Sonne die Bananen schwarz gefärbt.

Ein dicker Punkt ● in der Mitte der Frucht bedeutet NEIN, erklärt Sybil.

Ein großes braunes **J** bedeutet JA, sagt Sloan.

„Warum habt ihr so *viele* genommen —?“

„— jedesmal eine andere Antwort —“

„— wußten nicht, wann wir aufhören sollten.“

„JETZT! Trottel! — Trottel! — Trottel!“

Eilt weiter.

So viel zu tun.

So viele Pläne zu verwirklichen.

● – *42.*

J – *45.*

Ungültige Bananen – *47.*

FEUER VOM ALTAR

Als sie auf das *Oont* umzogen, hörten sie auf, den anderen Platz *Zuhause* zu nennen. Sie begannen, das *OOnt* ihr *Zuhause* zu nennen, und den anderen Platz nannten sie *da.* Manchmal nannten sie den anderen Platz auch *dahinten.* Noch häufiger nannten sie ihn *da unten.*

Seit John wieder redete, hatte sich der Ablauf ihrer Tage geändert. Täglich gingen sie nach *da unten* und holten einzelne Teile des angeschwemmten Strandguts. Der Transport fiel ihnen schwer, der Weg am Rand des Dschungels entlang war mühselig und voller Gestrüpp, und keine von ihnen war sehr kräftig. Sloan und Sybil waren nutzlos — zumindest Sybil war nicht zu gebrauchen. Das gleiche galt für Oupi. Da sie nicht laufen konnte, übernahm Sybil den Ausguck auf dem *Oont,* während die anderen — Nolly, Amanda, Jane, Sloan, Gaby und Monkey — den Hügel hinunterzogen, durch das Pflanzengeflecht bis zu dem Platz zwischen den Bäumen, wo sie ihre Vorräte versteckt hatten. Sie machten täglich nur einen Gang, am Morgen, noch ehe die Hitze sie müde werden ließ. Eine von ihnen — Jane — schien nachts, jede Nacht, weniger zu werden, und John mußte sie zum Essen überreden. John versuchte, sie zu beeinflussen, die Auswahl der Dinge, die sie zurückbrachten, zu bestimmen, aber jeden Tag kamen sie wieder und trugen etwas, das für sie so nutzlos war wie der Sand, auf dem sie schliefen.

Am ersten Nachmittag hatten sie den Erste-Hilfe-Kasten mitgebracht — Oupi hatte ihn getragen. Bis spät in die Nacht hatten die vier Ältesten gebraucht, um John in seiner Schlinge nach oben zu schleppen. Er wurde immer wieder ohnmächtig und fiel schließlich, als sie auf halber Höhe des Kliffs waren, in eine anhaltende Bewußtlosigkeit. Ihre erste Nacht auf der Landzunge war dunkel, ungewohnt, ungeschützt und voller fremder Geräusche. Sogar Nolly sagte in dieser Nacht kein Wort; in ihrer Kehle ballte sich die Angst zu einer Faust. Es leuchtete kein Mond, und die Sterne kamen ihnen wie Augen vor. Es gab Schlangen und Mäuse auf der Landzunge. Und Geier.

Seit sie von *da unten* fortgezogen waren, mußten sie jeden Tag laufen, um sich etwas zu essen zu holen. Wurzeln waren auszugraben, gräßliche Wurzeln, die wie verfault schmeckten, schlimmer als Lebertran, und die John sie zu essen zwang, damit sie kräftig würden und gesund blieben. Die Wurzeln waren wie Schnüre. Gaby nannte sie *Katgut,* und die ersten Tage mußte sie sich davon übergeben, aber dann gewöhnte sie sich an den Geschmack. Ungewaschen schmeckten die Wurzeln besser, stellten sie fest. Das hieß, sie mußten jeden Tag einmal weniger zum Meer gehen, um sie zu waschen. Das gefiel ihnen. Es hieß auch, daß sie gelernt hatten, Dreck zu essen.

Er versuchte, ihnen beizubringen, wie sie mit den Händen am *Wildistrand* fischen konnten, aber er konnte nicht mit ihnen gehen, um ihnen zu zeigen, wie man sich anschleicht und jagt, also kamen sie mit leeren Händen zurück, bis John einen Speer und einen Dreizack für Gaby und Nolly schnitzte und ihnen erklärte, wie sie paarweise, zusammen mit Jane und Monkey, vorgehen mußten, um die Fische in Schlagnetze aus Segel und Leintuch zu treiben. Danach gab es Fisch — Engelhai, Barsch, Kretzer, aus denen John Filets machte, die er ihnen roh und auf ein Messer gespießt zum Essen anbot, aber nur Oupi probierte davon. Die anderen ließen sich nicht überreden, das graue Fleisch zu versuchen, sie aßen auch keine von den rohen Austern, die sie auf seine Anweisungen hin ausgegraben hatten. Oupi dagegen fand Geschmack daran und brachte ihm eines Nachmittags sogar eine schimmernde Qualle, weil sie so *leckerlecker* aussähe. Außer den Wurzeln, die John ihnen zu essen befahl, lebten sie ausschließlich von Obst, und ihre ewige Klage galt dem Feuer. Mit Feuer, träumten sie, könnten sie braten — sie würden, träumten sie, sich trinkbares Wasser abkochen können. Der Hunger bewog sie, den Tee, den sie *da unten* in einer Kiste gefunden hatten, und an dessen Geruch sich ihre Sinne entzündeten, mit nach *Hause* zu bringen. Sie reichten ihn herum, zerkrümelten seine Blätter zwischen den Fingern, legten sich Teestaub auf die Zungenspitzen und sogen ihn in ihre Nasenlöcher. Sie trugen Kessel nach Hause. Sie brachten Reis, zwei Beutel, obwohl der eine voller Würmer und der andere grün geworden war. John schimpfte sie aus. *Taue,* predigte er. *Stangen.* Sie brachten Topfscherben. Ein *Buch,* flehte er. Ach — davon haben wir ein paar gefunden, wurde ihm gesagt. Sie gefielen uns nicht — eins war über Arbeit und hatte keine Bilder, ein anderes war in einer fremden Sprache geschrieben und hatte eine Menge Kinderzeichnungen von Händen und Beinen und Füßen. *Leonardo,* jammerte John. Das ist der Leonardo, *bringt ihn mit!,* doch statt dessen brachten sie belangloses Zeug. Sie arbeiteten nicht gerne — sie spielten lieber. Sie faulenzten gerne herum und liebten es, sich gegenseitig zu pflegen. Jedes Mädchen hatte eine andere Vorliebe. Jede spielte auf ihre Art allein, außerhalb der Gruppe. Oupi gefiel es, Dinge zu sammeln, Jane wusch die Sachen gern mit Sand. Gaby tobte herum; John konnte sehen, wie sie *da unten* über den Strand lief, wie sie in die Luft sprang und beinahe flog, wenn sie sich allein glaubte. Sie spielten zusammen — Gruppenspiele und Wurfspiele. Sie machten sich Halsketten aus den Fischgräten, die John fortwarf, und sie sammelten Federn für ihre Stirnbänder. John wollte, daß sie Dinge bauten — Schlafgestelle; eine Trage, auf der sie ihn transportieren konnten —, aber sie wollten nicht. Sie fingen an und ließen sich dann ablenken.

Er selbst sehnte sich nach Ablenkung, verbrachte Stunden mit grüblerischem Nachdenken über eine Hütte, das Wasser und die Mondphasen. Er lag sich durch und bekam Geschwüre auf dem Hintern; also dachte er sich einen Plan für sie aus, mehr Arbeit, eine Vorschrift, nach der sie ihn sechsmal am Tag umdrehen mußten. Ihnen gefiel, was ihnen Spaß machte — ihm gefiel es, vorbereitet zu sein. Sie rieben sich gegenseitig den Rücken mit Sand ab und kratzten sich Arme und Beine. Manchmal kitzelten sie John erbarmungslos an den Fußsohlen und der Innenseite seiner Schenkel, nur so zum Spaß, und kugelten sich vor kindischem Vergnügen, wenn sie sahen, daß er nichts spürte. Von John wünschten sie sich, daß er ihnen Geschichten erzählte und ihre Kindheit wieder aufleben ließ. Er dagegen wünschte sich die Flucht.

Dann, eines Morgens, sahen sie Rauch.

Der weiße Schweif tauchte am Horizont auf, als die Mädchen *da unten* Vorräte sammelten und John, Sybil und Oupi allein *zu Hause* waren. Sybil war eingenickt, dann aufgewacht, hatte träge Sand über Ameisen geschüttet und ihnen zugesehen, wie sie unter der Lawine hervorkrabbelten und sich zu ihrer halbgegessenen Banane vorarbeiteten. Sie langweilte sich und begann, vor sich hin zu summen. Sie hatte Sloan aus den Augen verloren — sie mußte irgendwo *da unten* sein. Sie hatte alle aus den Augen verloren — wenn John es merkte, würde er sie anschreien —, aber sie wußte, daß er es nicht merken würde. Konnte er nicht. Sie sah zu ihm hinüber. Er mühte sich vergeblich, sitzend das Gleichgewicht zu halten, ohne seine Arme zu gebrauchen. Und wie gewöhnlich suchte Oupi nicht weit von ihm den Boden ab, hielt ihre Wärmflasche im Arm und sammelte verrückte Sachen. Sybil warf ihr eine Bananenschale zu, die Aufforderung zum Spielen. Oupi kickte Sand zurück, begann, hin- und herzustolzieren und mit ihrem Po zu wackeln. Sie drehte sich zum Meer, um ihm mit dem Hintern eine obszöne Geste zu machen, aber mitten in der Bewegung hielt sie inne.

He! sagte sie und zeigte aufs Meer. Sybil wandte sich um und sah es auch. John hatte es gesehen. Wie ein wahrgewordener Traum, wie eine sterbende, doch neu entflammte Liebe, so löste der Anblick dieser Rauchfetzen Gefühle in ihnen aus, von denen sie nicht mehr geglaubt hatten, sie noch einmal zu empfinden. *Herr im Himmel,* sagte John. Sybil und Oupi konnten ihn nicht aufheben, also zog er sich selbst bis zum Rand des Kliffs, um besser sehen zu können. Es war ein Dampfschiff, kein Zweifel, er konnte ein Dampfschiff erkennen, wenn er dessen Handschrift sah — es war eine britische Marinekorvette, das wußte er:

Gib den anderen Mädchen ein Zeichen, sagte er zu Sybil, daß sie *nach Hause* kommen sollen.

Sie fuchtelte mit beiden Armen, aber von *da unten* kam keine Antwort.

„Wann haben sie zum letzten Mal ein Signal gegeben?“ fragte John.

„— weiß nicht.“

„— vor *einer* Minute, vor zwei? *fünf?*“

„. . . ich habe geschlafen.“

GottverflucheihreAugen, dachte er. Er hatte sie um ein Fernglas gebeten, er wußte, daß es *da unten* ein Fernglas gab, aber statt dessen hatten sie ihm *Löffel* mitgebracht.

Sie beobachteten die Rauchfahne auf dem offenen Meer, während Sybil versuchte, denen *da unten* ein Zeichen zu geben.

„— warum sollten sie *nach Hause* kommen?“ fragte Oupi schließlich. „Sollten wir nicht lieber nach *unten* gehen?“

„Ich *kann* nicht.“

„— aber *ich* kann“, sagte Oupi.

„Sollten wir nicht nach unten gehen und dort auf sie warten?“

„Noch nicht.“

„Aber es *ist* doch ein Schiff, oder?“ fragte Sybil.

„Ja, es ist eins.“

„— und *kommt* es näher?“

„Ja.“

„— um uns zu retten?“

„Ich glaube schon.“

„Willst du, daß wir nach unten gehen und sie holen?“

„Nein . . . sie werden uns ein Signal geben. So war es ausgemacht. Nolly gibt —“

Aber Nolly gab nicht.

Niemand gab ein Signal.

Nur einmal innerhalb der nächsten Stunde glaubten sie, *da unten* im Dschungel hätte sich etwas bewegt — ein Aufblitzen von etwas Rotem und Weißem, vielleicht die Federn von einem Kopfputz

— aber die Mädchen konnten sie nicht entdecken. Wie eine Fata Morgana hing die Rauchfahne vom Rettungsschiff über dem anderen Ufer der Insel, aber immer noch war das Schiff selbst nicht in Sicht. Dann verflog der weiße Streifen, zerfaserte und wurde durchsichtig, verschwand, und John befürchtete, das Schiff hätte den Kurs geändert.

Oupi hatte neben John auf dem Bauch gelegen, aber jetzt stand sie auf, stemmte beide Hände in die Hüfte und schrie: *He! Kommt zurück!* Sie und Sybil winkten mit den Armen. Und während sie noch winkten, stieg dort, wo sie den weißen Rauch gesehen hatten, eine große, schwarze, mit feuerroten Flecken durchschossene Säule auf. Sie ragte steil in die Luft, dann breitete sie sich aus und verdunkelte den Himmel.

„Etwas brennt", sagte Oupi. „— *brennt* da nicht was?" fragte sie John.

Sie sah, daß er sein böses Gesicht zog.

„Wahrscheinlich brennt das Meer", sagte sie zu Sybil.

„— sei nicht *doof*", sagte Sybil und versuchte, so überlegen wie Nolly zu klingen. „Das Meer kann nicht brennen . . ."

„— dann eben der Wald . . ."

„Das *Schiff*", sagte John. „Sie haben das *Schiff* angezündet."

Plötzlich schnappte er nach Oupis Beinen und riß sie zu Boden. *He!* schrie sie und trat nach ihm, aber er preßte seine Hand über ihren Mund und zog auch Sybil zu sich. *Bleibt liegen!* befahl er. Oupi biß, kämpfte sich frei und lief fort. „Oupi", schrie er. *„Oupi!"*

Sie rannte den Steilabhang hinunter zum Strand.

„— sie können dich sehen!" schrie er. „Um Himmels willen —! Oupi! *Komm zurück!*"

Sie blieb stehen, drehte sich zu ihm um und sah seinen ausgestreckten Arm. Er zeigte auf das Meer, und als sie dorthin blickte, sah sie einen Drachen, der mit schwarzen Beinen auf das Wasser schlug. Daneben war noch einer, ein größerer Drache mit weißen Zähnen und einem großen Auge, der mit seinen Flügeln ebenfalls auf das Wasser schlug. *Teufel,* erkannte sie, zwei große Schlangendrachen, die Feuer spien und kamen, um sie zu verbrennen. In Windeseile kletterte sie zurück und warf sich neben John auf die Erde. Er drückte ihren Kopf und den von Sybil nach untern, und sagte, nicht hinsehen, um Himmels willen, schließt eure Augen, seht nicht hin, seht nicht hin, ihr zwei, seht nicht hin.

Geschickt kamen die Auslegerboote heran und liefen mit Leichtigkeit *da unten* auf den Strand auf. John hielt Sybil und Oupi fest. Er suchte den Dschungel nach einem Lebenszeichen der anderen ab und betete, daß sie ausnahmsweise einmal ihren Kopf benutzten, keinen Laut von sich gaben und sich versteckt hielten. *Bitte,* flüsterte Oupi, und er merkte, daß er die beiden Mädchen so fest hielt, daß sie kaum atmen konnten; also lockerte er seinen Griff, ließ aber den rechten Arm leicht um ihre Schultern liegen und flüsterte, seht nicht hin, *macht eure Augen zu.* Es war unmöglich. Welches Mädchen konnte schon bei einem Drachen die Augen schließen? Und da waren sie, gleich *zwei* von ihnen, mit Flügeln, Flügeln, die abfielen, als die Drachen landeten, als winzige, nackte Menschen, noch mehr Kinder, herauskletterten und verkleidete Riesen vor sich her trieben, Riesen, die Tropenhelme trugen, wie sie ihre Väter zur Jagd aufsetzten, verängstigte, unbeholfene Riesen, die ihre Hände hoch über die Köpfe hielten. Die Riesen sahen wie Männer aus — sie waren alle wie Männer angezogen — aber unter dem winzigen Volk sahen sie größer aus als gewöhnliche Männer, und die Kinder stießen nach ihnen mit den abgefallenen Drachenflügeln. Das waren die Ruder, begriff Sybil, und die Drachen waren nur Boote. Die Riesen in ihren Hüten und Schuhen und knielangen Socken, den Shorts und zugeknöpften Hemden waren *Väter,* ganz genau, und andere waren Matrosen. Sie wollte aufstehen und ihnen zurufen, aber ihre Füße trugen sie nicht, und außerdem drückte John sie auf die Erde. *Es ist Dad* —! keuchte sie. Sybil, sieh nicht hin, sagte John. *Sie muß ihre Sloan holen!* protestierte Sybil. Sie meinte, ihre Schwester weinen zu hören. Oupis Dad war auch *da unten.* Amandas Dad war da, ebenso der von Jane und von Nolly. Außerdem waren noch fünf andere Männer da, und die winzigen Nackten — die sie für Kinder hielten — stießen sie mit den schwarzen Rudern auf den Strand. Die Kinder schlugen sie mit den Rudern und gaben den Männern durch Zeichen zu verstehen, daß sie sich ausziehen sollten; anschließend mußten sie sich Rücken an Rücken in den Sand setzen. Oupis Dad saß da und blickte ihr über die Entfernung ins Gesicht; sie konnte ihn an seinen roten Haaren und an seiner faßbreiten Brust erkennen. Sie hatte ihn noch nie ohne Kleider gesehen. Obwohl er so weit weg war, kam ihr sein Körper ziemlich rosig und schwabbelig vor, nicht so wie Johns, dessen nackter Körper ihr vertraut war. Auch Sybil konnte ihren Vater sehen — wachsbleich und stockdünn saß er da, die Knie ans Kinn hochgezogen, und starrte in den Dschungel, von ihr fort, aber in Sloans Richtung, dachte sie. Sybil fühlte sich verlassen, halbiert. Die Sonne stand hoch, direkt über ihren Köpfen, und Oupi konnte nicht verstehen, warum die Kinder *da unten* in dieser Hitze ein Feuer machten. Die Kinder holten Holz aus den Drachenbooten — kurze Scheite, Zweige und Stämme. Sie legten die Stämme, etwa ein Dutzend, in den Sand neben die Gruppe der nackten Männer. Eines der Kinder schien auf einem Stein Holzstäbe aneinander zu reiben. Andere umringten es und bliesen auf die Stäbchen, bis sich ein blauer Rauchfaden in den Himmel wand, eine Rauchschlange. Daraus entfachten die Kinder dort unten bald eine richtige Flamme, die hell genug war, um auch auf diese Entfernung sichtbar zu sein. Andere Kinder dort unten hatten eine Art Grube ausgehoben und mit Zweigen und Holzscheiten ausgelegt, und da hinein setzten die Kinder ihre Flamme. Plötzlich stieg eine große Rauchwolke auf, und Sybil und Oupi beobachteten, wie die Kinder dem Feuer Luft zufächelten. Sie sahen zu, wie die Kinder die Riesen, die Männer, ihre Väter an die Stämme fesselten. Sie sahen zu, wie die Kinder die gefesselten Männer mit den Stämmen zum Feuer trugen und die Stämme in Astgabeln über das Feuer hängten. Sie sahen zu, wie ihre Väter sich krümmten und platzten, und während sie zusahen, trug der Wind einen Geruch zu ihnen auf den Hügel. Ihre Augen tränten, doch sie sahen zu, denn sie konnten die Augen nicht abwenden; sie wollten nicht mehr zusehen, aber da sie einmal damit angefangen hatten, konnten sie nicht mehr aufhören. Sie konnten nicht begreifen, daß es Wirklichkeit war, was vor ihren Augen geschah, und deshalb sahen sie weiter zu, warteten auf den Beweis, auf den letzten Akt, auf das Ende des Schreckens, auf etwas, irgendwas, auf einen Augenblick, der ihnen sagte, daß alle, auch die letzte Hoffnung vergebens war.

Statt dessen kam Gaby zurück, hinter ihr folgte Sloan.

Sie waren ungesehen durch den Dschungel gelaufen, über die Rückseite des Kliffs, und als John sie kommen hörte, drängte er Oupi und Sybil hinter sich und griff nach dem nächstbesten Gegenstand, einem Stein, ihrer einzigen Waffe. Als er den Blick in Gabys Augen sah, warf er den Stein fort und ließ sich von ihr umarmen. Der Geruch von gebratenem Fleisch war überall — John konnte den Rauch in Gabys Haaren riechen. Er hielt sie fest und ließ sie weinen, und einige Augenblicke später kam Monkey, hinter ihr Jane, dann folgte Nolly. Erst als die Männer dort unten keinen Laut mehr von sich gaben, als der Schrecken vorbei war, ihre Haare verbrannt und sie schwarz und stumm waren, erst dann, viel später, flüsterte John: *Wo ist Amanda?*

Keine wußte etwas, oder keine antwortete — erstarrt und wortlos lagen sie da und beobachteten, was die Kinder *da unten* als nächstes taten.

Seit Tagen hatten sie nichts als Obst und Wurzeln gegessen, mit Ausnahme von Oupi, die rohen Fisch aß. Sie war daher auch die erste, die sich den Mund mit Sand füllte, als sie sah, was dort unten geschah. Als Jane begriff, drückte auch sie ihr Gesicht gegen die Erde und aß sie. Monkey kroch zur Seite, und man konnte sie hinter einem Felsen hören. Gaby preßte ihre Hände vor die Augen, und Sloan und Sybil verbargen ihre Gesichter.

Nolly sah zu, und sah immer noch zu, als sie dort unten die Körper auseinanderrissen und teilten. Sie bewegte die Lippen, sagte Gebete oder Gedichte auf und zuckte keinmal mit der Wimper: *Nehmet hin und esset, denn das ist mein Leib,* sagte sie einmal, und später sagte sie: *Wehe den Bewohnern der Erden und der Meere! Denn der Teufel ist unter sie gefahren, und er weiß, daß ihm nur kurze Zeit verbleibt.*

Als sie gegessen hatten, hockten sich die Kinder dort unten auf den Strand. Einige von ihnen näherten sich dem Rand des Dschungels, spähten hinein und schüttelten drohend ihre Fäuste, dann kehrten sie zu ihren Gefährten zurück. Die Sonne ging unter. Sie wickelten die Kleider der Männer um einige Holzscheite, tauchten sie in etwas, das sie aus den Drachenbooten holten, und zündeten sie am Feuer aus der Grube an. Sie stellten die Fackeln auf den Booten auf und legten die Ruder wieder ein; dann schoben ein paar von ihnen die Boote ins Meer, während die übrigen ruderten. Als die Dunkelheit hereinbrach, glühte die Grube auf, und die Fackeln sahen wie die Laternen aus, die die Mädchen von den Fischerbooten daheim in Rangun kannten. Sie blickten den Fackeln nach, die in die Nacht hinauszogen. Erst als sie im Dunkel verschwanden, war ihnen nach Reden zumute, dann aber sprach das Feuer in der Grube *da unten*. Es fiel in sich zusammen, brodelte auf, glühte stärker und warf Funken, dann hob sich eine Feuerzunge und flog ihnen entgegen, flog das Kliff hinauf, direkt auf sie zu. *Gaby, hol das Messer!* flüsterte John, und sie kroch über den immer noch warmen Sand, tastete in der Dunkelheit zwischen dem lästigen Schutt der Muscheln und der nutzlosen Dinge, die sie um ihr Lager angesammelt hatten, bis sie neben dem Erste-Hilfe-Kasten das Messer fand. Sie griff auch nach dem Rasiermesser. Sie wußte nicht, wozu sie es gebrauchen würde, aber als sie es in der Hand hielt, fühlte es sich irgendwie gut an. Als sie wieder bei John war, flog das Feuer das Kliff hinauf, war schon fast bei ihnen, und als sie John das Messer gab, konnte sie spüren, daß er es stoßbereit hielt, also klappte sie auch das Rasiermesser auf. Die anderen drängten sich dichter heran, nur Nolly nicht, die irgendwo in der Dunkelheit wieder damit begonnen hatte, Gebete aufzusagen.

Das Feuer schwebte jetzt über dem Kliff, über der Kuppe, dann hielt es inne, dann kam es näher, dann stieg es herab und zeigte sich; es brannte an einem Stock, den Amanda in der Hand hielt.

Sie lächelte.

Sie trug einen Messingtopf.

Sie stellte den Topf auf die Erde und steckte den brennenden Stock in den Sand daneben.

John schleppte sich zur Fackel, stieß sie um und begrub sie im Sand, fluchte Gott *verdammt,* das kann man meilenweit sehen, willst du, daß sie *zurückkommen* und uns holen? Aber Amanda kniete vor dem Topf und ließ sie hineinsehen, zeigte ihnen die atmende Glut, die wie ein Versprechen leuchtete. „Seht doch", drängte sie. „Seht doch, was sie dagelassen haben." Sie blies in den Topf und ließ ihn aufleuchten. *„Sie haben uns Feuer gebracht",* sagte sie, und es klang dankbar.

FLIEGEN

Am Morgen, im Licht vor der Dämmerung, ließen sie John zurück und gingen nach *da unten.*

Gaby lief neben Oupi, und Sybil ritt auf Sloan. Sie gingen wortlos, Nolly den anderen voraus, und hinter ihr trug Amanda das Feuer. Monkey ging neben Jane, die aussah, als würde sie schlafwandeln. Als sie hinabstiegen, war das Meer sehr ruhig; Störche und Pelikane flogen dicht über der Wasseroberfläche, glitten darüber hinweg, und ihre nach unten gekrümmten Flügel warfen Furchen in das ruhige, dunkle Wasser. Die letzten Sterne verblaßten, und als das Licht sich ausbreitete, regten sich in der Ferne die Vögel des Dschungels, die ihre Nester in seinen Baldachin gebaut hatten. Blauer Rauch lag wie ein dichter Nebel über dem Sand der Feuergrube, gleichbleibend, unbeweglich, als wäre dies seine Bestimmung. Als sie näher kamen, stellten sie sich vor, daß sie sich auflösen würden, falls sie in ihn eintauchten, und es wäre ihnen recht gewesen. Sie hatten nicht geschlafen. Nur John hatte die nötige Ruhe gefunden — sie hatten um den Feuertopf gesessen, hypnotisiert von den Bildern seiner Glut, und hin und wieder, wenn die Bilder verblaßten und das Feuer schwächer wurde, hatten sie es mit Stoffresten, trockenen Blättern, Federn und mit ihrem Atem gefüttert, ihm gegeben, wonach es verlangte: sein Leben. Kurz vor der Dämmerung, sobald es hell genug war, um sehen zu können, waren sie aufgestanden, wie vom gleichen Gedanken besessen, und hatten wortlos gewußt, was getan werden mußte.

Als sie durch den Rauchvorhang gehen, teilt er sich wie Wasser. Die Welt, statt unsichtbarer zu werden, zeigt sich in tieferem Blau. Der Sand, auch die Asche und die Knochen sehen blau aus. Die Knochen schimmern wie blaue Sterne auf einem dunklen Teppich. Sie sind alle sauber, unauffällig, neutral wie ein Stern, vom Feuer geschliffen, kalt. Einige liegen auf einem Haufen, andere sind geborsten, zersplittert. Manche sehen aus wie Kinderspielzeug, wie Flöten, wie Kindertrompeten. Manche gehören Oupi, manche Amanda, manche Sloan und Sybil, manche Jane. Irgendwo liegen auch Nollys. Manche sind unter der Asche vergraben, manche auf den Sand geworfen. Einige sind lang, glatt und rund an einem Ende, andere sind gebogen und krumm. Manche sind Armreifen, manche Kronen. Manche haben Sehnenstränge, die an ihnen trocknen. Andere sind alt. Alle sind heilig, alle werden mit religiöser Sorgfalt gesammelt. Die Schädel fehlen. Als sie die Knochen zusammentragen, begreifen sie, daß es unmöglich ist, sie wieder zusammenzusetzen, keine Tochter kann einen Mann rekonstruieren, dafür gibt es kein Mittel, aus Asche läßt sich keine Ersatzgestalt anhäufen, aus diesen Resten kann keine Form entstehen, keine Tochter kann einen Knochen wiederbeleben, es wird keine Wiederauferstehung geben, das Geschehene ist endgültig, sie sind allein. Sie sammeln, was sie finden können, und warten, daß sich etwas daraus erhebe. Als nichts geschieht, ist ihr Kummer so groß, daß er das Physische übersteigt, er wird sublim. Wenn einem so, wie man die Welt versteht, nichts mehr zu tun bleibt, dann tut man, was nicht mehr zu verstehen ist. Auf dem Sand, überall, auf allen Seiten, dort, wo sie sich hingehockt hatten, als ihr Festmahl vorüber war, hatten die anderen Kinder ihre Ausscheidungen zurückgelassen; sie lagen da, in kleinen Häufchen, wie Opfergaben. Amanda versteht als erste ihre Bedeutung. Mit einem Schrei fällt sie auf die Knie, schmiert sich ihr Gesicht, ihren Nacken, die Brust damit ein und verschlingt es. Im selben Augenblick macht Nolly anderswo das gleiche. Wie Aasvögel laufen sie über den Strand, laufen von Haufen zu Haufen und schmieren sich damit ein, reiben es sich in die Haare, über ihre Brüste, bemalen sich die Beine und Gesichter damit, rennen, stürzen, fühlen sich wie neugeboren, wälzen sich im Sand. Von den Knochen suchen sie sich aus, was sie als Schmuck gebrauchen können. Aus dem Rest schichten sie einen Haufen auf, eine Art Totem, um das sie einen Kreis in den Sand ziehen. Ohne ein Wort zu reden, weichen sie davor zurück, verstehen, daß sie nie darüber sprechen, es nie berühren, daß die Knochen nie gebrochen werden dürfen — diese Umgrenzungslinie, seine schwerste Beleidigung; Obszönität, seine Unverletzlichkeit. Sie sind jetzt anders. Sogar die, deren Väter nicht massakriert wurden, sind anders. Sie sind schweigsam, verändert, angesteckt und jenseits aller Trauer ekstatisch. Der Tag bricht an. John erwartet sie. Mit Scheiße geschwärzt und mit Sand geweißt, nehmen sie mit, was ihn, so hoffen sie, erfreuen wird, — hübsche Muscheln, einen Stein, eine Garnele, etwas Schlacke. Fliegen sammeln sich. Fliegen folgen ihnen. Fliegen leben in ihrer Haut.

OUPIS SCHÄTZE

Schönheit ist beständig. Die Erinnerung daran ist von Dauer. In dem ihr eigenen Augenblick hält Schönheit die Zeit an, setzt die Vernunft aus, hält das Denken an. Das Schöne verwandelt, verbessert das Herz, kehrt alles um. Seine Macht ist despotisch, aber die Herrschaft in seinem Königreich nicht absolut. Oupi weiß, daß bestimmte Dinge schön sind — und daß manche Dinge es nicht sind. Es gibt Tage, da kann ein grauer Stein das Licht auf solche Art einfangen, daß er zu etwas Schönem wird und er es wert ist, ihn zu besitzen, ihn zu haben, sein eigen zu nennen, zu bewahren, vor Zerstörung zu schützen — dann, an einem anderen Tag, kann die Welt und alles, was sie enthält, leb-los aussehen, gänzlich eintönig und unschön. An solchen Tagen zieht sich Oupi an den besonderen Platz zurück, den sie gefunden hat, in die Höhle in den Mangroven, eine halbe Meile von *Zuhause,* in der sie alle ihre Schätze versteckt hält. Manchmal schenkt sie dort Tee aus, imaginären Tee in unsichtbaren Tassen, die in makelloser Ordnung auf Untertassen aus feinstem, hauchdünnem, entsetzlich durchsichtigem Porzellan stehen. Manchmal geht sie dort auf den Markt einkaufen, spaziert mit erträumten Kindern an phantasierten Marktbuden vorbei, wählt Seide und Baumwolltücher, Teppiche, Öle und Duftstoffe aus. Manchmal stellt sie die Möbel um, kommandiert ihre Dienerschaft hin und her, bekommt Wutanfälle, die Erstaunen erregen und die ewige Inkompetenz bestrafen sollen. Manchmal hält sie Vorträge über die Themen: „Wie es DORT DRAUSSEN In-der-Wildnis war — Wie man mit Schlangenfleisch und rohem Fisch überlebt, wie man einen Panther jagt, wie man sich ein Messer macht." Manchmal läßt sie Schiffchen aus Samenschoten und Bananenblättern auf dem Teich schwimmen, einem stehenden Gewässer, nicht weit von ihrem Versteck. Die Schiffe segeln von der einen Küste des Meeres aus Larven und grünem Schlamm bis zur anderen Küste, um Kinder zu retten, die in ihrer Vorstellung dort leben. Libellen liefern ihrer Flotte eine Schlacht, und Legionen von Moskitos greifen ihre Fregatten an, doch trotzdem rettet sie die Kinder jedesmal, immer nimmt es ein glückliches Ende, und ihre Schiffe sinken nie. Manchmal ist sie Oupi, die auf dem Rücken in ihrer Höhle in den Mangroven liegt, hinauf in das grüne Licht des Blätterdachs starrt und mit ihrer Schwester über Dinge redet, die man hassen, und solche, die man nicht hassen muß und warum das so ist. Manchmal ist sie *Memsahib Ruby,* die Herrin des Hauses, Frau und Heldin und Mutter. Manchmal ist die Wärmeflasche ihrer Schwester Shauna oder ihre Amme, ihr Hausdiener oder ihr Mann „Jack". Sie kennen die Schätze, die sie in der Flasche aufbewahrt, teilen mit ihr deren Schönheit und sind selbst Teil dieser Schätze — Schätze, die sie sammelt. Es sind geheime Schätze, Gegenstände von seltener und überwältigender Schönheit, die ihres Schutzes bedürfen. Ist ein Schatz zu groß, um ihn in die Flasche zu tun, dann versteckt sie ihn zwischen den Mangroven bei den größeren Dingen, ihrem Bett, ihrem Marktplatz, ihrer Stadt Rangun, ihrer Zukunft. Wenn sie es versteckt, kann nichts von dem, was schön ist und ihr gehört, jemals sterben, glaubt Oupi. Mehr als alles andere — mehr sogar noch als Hoffnung — wird ständige, beharrliche Aufmerksamkeit von ihr verlangt. Manchmal spürt sie, daß Sloan und Sybil ihr und ihrem Schatz nachspionieren. Sie sind gut im Finden, diese beiden, und sie geht gern mit ihnen, auch wenn sie langsam sind, weil Sloan Sybil tragen muß. Sie geht gern mit ihnen auf Jagd. Doch sie jagen nach Dingen, die sie essen können. Sie jagen nach Eßbarem. Wenn sie mit Oupi gehen, sind sie immer hungrig. Oupi sucht Muscheln, sie suchen Beute, Fische, die sie fangen und kochen und essen können. Oupi läßt sich Zeit, sie handeln hastig, als hätten sie es eilig — sie handeln, als wären sie ständig hungrig. Sloan und Sybil glauben, sie verstecke etwas — und sie wissen, daß Oupi etwas versteckt hält — sie glauben, Oupi verstecke leckeres Essen — nicht „lecker", nicht richtig „lecker", sondern etwas, das „genug" ist, Essen, das man *genug* nennen könnte, wenn man es gegessen hat. Sie sind immer hungrig. Oupi ist immer hungrig. Jane ist die einzige, die nie etwas ißt. Jane ist diejenige unter ihnen, die am wenigsten krank zu sein scheint. Nie geht sie mit ihnen. Seit dem Feuer, seit dem Tag, als sie aus dem Rauch zurückkehrten, sind sie nicht mehr zusammen *da unten* gewesen. Ihre Gemeinschaft ist zerbrochen — ein Zusammenbruch, wie er eintritt, wenn Trauer alltäglich und unwiderruflich wird: Janes Haare fallen aus. Geteiltes Leid gibt es nicht, und es führt zu nichts; kein Tier ist so geschaffen, daß es Leid teilen kann. Janes Haar, das früher voll und schön war, ist spröde geworden und fällt aus — Oupi weiß es, weil sie es findet, jedesmal eine lange Strähne, und sie sammelt es. Seit dem Feuer ist Jane bei John auf dem *Oont* geblieben. Oupi ist nach *unten* gegangen — genau wie Sloan und Sybil — weil sie hungrig war. Monkey ist nach *unten* gegangen, um Eßbares für Jane zu sammeln. Gaby ist gegangen. Nolly und Amanda sind zusammen gegangen. Seit der Ankunft des Feuers verhalten sich die beiden seltsam, nicht wie die anderen, eher wie Besitzer, denkt Oupi, *mach dies, tu das,* wie Feldwebel oder Vorgesetzte oder Könige. Sie kommandieren herum, und benutzen das Feuer oder John als Druckmittel. Amanda hütet das Feuer, Nolly ist für John verantwortlich. Täglich wird er umgedreht, wird er geschmückt, wird ihm die Tonsur geschnitten, finden die Wasch- und Chinin-Rituale und seine eucharistischen Speisungen statt. Nolly ist für diese Zeremonien und deren Liturgie verantwortlich, und Exkommunikation von den Ritualen ist die Strafe, wenn jemand sich ihr widersetzt. Einmal hat Oupi sich ihr widersetzt, als sie sich weigerte, *da unten* nach etwas zu suchen, das sie laut Nollys Befehl *nach Hause* tragen sollte, darum hat Nolly sie für mehrere Tage von Johns Pflege ausgeschlossen. Oupi machte das nichts aus — denn damals fand sie ihren geheimen Platz in den Mangroven. Kurz darauf, an einem Nachmittag, spürte sie, daß Sloan und Sybil ihr und ihren Schätzen nachspionierten, sie war sicher, daß sie es waren, sie sah ihr blondes Haar zwischen den Bäumen; sie war sicher, Sybils blasses Gesicht hoch über dem Erdboden gesehen zu haben, so hoch oben wie das Gesicht einer erwachsenen Frau, da sie auf Sloans Schultern ritt. Oupi warf ihnen einen Stock nach, der durch die verschlungenen Wurzeln und Äste der Mangrovenbäume krachte und ihnen einen Regen dunkler Blätter und zerfetzter Spinnweben hinterherschickte. Sie schüttelte die Fäuste, schrie wie ein Schimpanse, und unter heftigem Geraschel zogen sie sich tiefer in den Dschungel zurück. Sie verirrten sich immer, die beiden, da sie einen Orientierungssinn zuviel hatten. Oft kamen sie Stunden später als alle anderen *nach Hause,* hungrig und gleichermaßen erschöpft, obwohl Sloan die ganze Last zu tragen hatte. An dem Tag, als Oupi die beiden beim Ausspionieren der Schätze ihres Verstecks gesehen hatte, funkelte sie sie bei ihrer Rückkehr zum *Oont* ganz besonders böse an, aber Sloan und Sybil taten ganz unschuldig. Wo ist *sie* gewesen? fragten sie, und Oupi ließ das Böse in ihrem Blick leuchten und sagte: *„Es gehört mir."*

„*Was* denn — *Essen?* — was hat sie?"

Sie schnappten nach ihrer Wärmflasche, die in diesem Augenblick gerade ihr Phantasiegatte „Jack" war, den sie ihnen nun mit beiden Händen entgegenhielt und schüttelte, während er seine Revolver schwang und brüllte! „Laßt ihr euch noch einmal auf meinem Grund und Boden blicken, ihr Gesindel, dann werden *diese* hier euch den Arsch aufreißen —!" Jack, stellte Oupi fest, schrie oft mit der Stimme ihres Vaters, weil in ihm einige Knochen von Mr. Fraser waren und etwas von seiner Asche und seinem Haar. Damals jedenfalls taten Sloan und Sybil so, als wären sie ihr nicht gefolgt, als hätten sie ihr nicht nachspioniert, aber sie wußte es besser, sie wußte, *irgend jemand* hatte ihr nachspioniert, also lief sie seit damals Umwege, lief auf ihrem Weg Kreise und Bögen wie eine benommene Mücke, lief Umwege, damit sie ihr nicht zu folgen vermochten, lief schnell, damit Sloan nicht mithalten konnte. Keines der Mädchen ging weit fort — es gab nichts, wohin sie gehen wollten. John hatte sie einst ermahnt, sie sollten *gehen* und *kundschaften,* aber seit dem Feuer zog Angst die eine Grenze ihrer Welt — Erschöpfung zog die andere. Seit dem Feuer sprach niemand mehr von Rettung. Das Ende ihrer Hoffnungen wurde nicht zelebriert — keiner wollte zugeben, daß sie verloschen waren. Drei Worte hatte John an dem Tag gesagt, an dem die Mädchen aus dem Rauch zurückkehrten, ihre Haut verschmutzt von einem letzten, gemeinsamen Akt — John hatte gesagt: *Wir werden sterben.* Seither hatte er nur noch dreimal gesprochen. Das erste Mal sprach er, als Gaby das Metallstück von *da unten* mitbrachte und vor ihm absetzte. Es war schwarz, flach und rechteckig und hatte die Form eines großen Buches. „Was das?" fragte sie. „*Que é isto?* Kann es uns helfen?"

„Fitz' Platte", sagte John.

„— *como?*"

„— Platte. Bild . . ."

„— *o prato?*"

„— Eltern. Da drinnen. Bilder von ihnen."

Danach schickte Nolly sie alle nach *da unten,* um möglichst viele Platten zu finden. *Bilder von unseren Eltern,* wunderten sie sich, als sie mit den nichtssagenden, schwarzen Metallstücken zurückkehrten. *Unsere Eltern sind hier drin,* sagten sie und übergaben Nolly die Platten. Nur Oupi hatte sich geweigert, nach *da unten* zu gehen und zu suchen und war deshalb vom Ritual ausgeschlossen. Nur Oupi hatte „*Wo?*" gefragt, als Nolly die Platten auf dem Sand um Johns Kopf aufstellte wie Ikonen um einen Altar und behauptete, sie seien in Ehren zu halten, da sie die Bilder, die Seelen ihrer Mütter und Väter enthielten.

Das zweite Mal sprach John, als Gaby ihm das Buch brachte.

Er machte große Augen, und sie dachte, er lächle fast.

„— *éy, João, um libro, não?* Jetzt mußt du uns etwas vorlesen?"

„— war da nur das *eine?*"

„*Sim.* Nur eins . . ."

„Es waren *drei.*“

„Hier ist eins. Liest du uns vor? Es gibt gute Geschichten, *é verdado?*“

Das Buch enthielt Bilder von vielen Dingen, die sie kannte — von Vögeln und Augen und Wellen und Händen und Füßen und Bögen und Vierecken und Kreisen — aber es gab auch viele Bilder von Dingen, deren Bedeutung und Zweck ihr verborgen blieben.

„Que é isto?“ fragte sie. „Was ist das?“ und zeigte ihm einige Zeichnungen.

John sah sie ausdruckslos an. Die Überdosis Chinin, mit der sie ihn täglich fütterten, hatte seine Haut gelb verfärbt. Nolly sagte, es sei Gott, der sich auf diese Weise in ihm zeige — sie sagte, es sei sein Heiligenschein; aber die Wirkung des Giftes verwirrte ihn und machte ihn benommen. Er spürte einen stumpfen, ständigen Schmerz — und das Reden fiel ihm schwer. Die Zeichnungen, die sie ihm entgegenhielt, verschwammen vor seinen Augen. Die Striche blähten sich auf, krümmten sich, Buchstaben, die die Punkte eines Diagramms benannten, ähnelten Fliegen, er hatte kein Verständnis mehr für die Eleganz und den Ausdruck von Zeichnung und Schrift, er hatte sich an eine Welt ohne Symbole gewöhnt, er brauchte einige Minuten, um sich daran zu erinnern, wie man las. *Proportion,* erinnerte er sich, war das Thema dieser Zeichnungen — Leonardos Karten von der Wahrnehmung, seine Versuche, die Bedeutung und das Verhältnis des Menschen zur Natur zu verstehen, sein Glaube, daß jedem Einzelfall ein Stellenwert in Proportion zum Ganzen zukommt, daß zum Beispiel die Entfernung von den Brustwarzen bis zum Scheitel des Kopfes einem Viertel der Gesamtlänge des Menschen entspricht, daß solche bizarre Wahrheiten die Grundlagen für unsere Rationalität abgaben. John sah auf das Papier mit den Zeichnungen des menschlichen, in gleiche Abschnitte aufgeteilten Arms, fünf Abschnitte von der Spitze des längsten Fingers bis zur Schulter und konnte sich nicht erinnern, was es aussagen, welchen Grundsatz es stützen sollte, daß die Länge der Hand viermal genommen die Länge von der Fingerspitze zum Schultergelenk ergibt — er konnte sich nicht erinnern, warum jemand ein menschliches Gesicht über einen menschlichen Fuß zeichnete und was solch ein Bild illustrieren sollte. Was er vor sich auf dem Papier sah, waren für ihn nur Wiedergaben von menschlichen Gliedern, ein Fuß, ein Arm, ein Bein, ein Gesicht, die von Strichen durchzogen waren, als wollte man aufzeigen, wie ein Mensch zu verstümmeln oder abzuschlachten sei. Warum hatte er nach so einem Buch verlangt, warum hatte er es all die Jahre bei sich gehabt, was hatte es ihm einst bedeutet, das heute für ihn bedeutungslos geworden war? Er hatte keine bewußte Erinnerung an die Rolle, die dieses Buch in seinem Leben gespielt hatte, nur das vage Gefühl, daß er es zu irgendeiner Zeit in der Vergangenheit einmal schön gefunden hatte und daß er stolz darauf gewesen war, es zu besitzen.

„— schieben . . .“ sagte er endlich.

„Como?“

„— Feuer. Verbrenn es. Mach schon.“

„— *ein Buch?*“

Das letzte, was er sagt, sagt er an dem Morgen, als Oupi mit brennendem Gesicht erwacht und schreit, ihr Blut sei zu heiß. Ihr Gesicht und ihre Brust sind feuerrot, und sie schwitzt. Monkey fächelt ihr Luft zu, aber zu bald ruft Oupi, daß es ihr kalt sei, und sie beginnt zu zittern und zu beben.

„Was ist los mit ihr?“ fragt Monkey John.

Er hat seit vielen Tagen kein Wort mehr gesagt,

und sie und Gaby sind die einzigen, die noch mit ihm reden.

„Ist sie krank?"

John sieht zum Himmel. Das Ende kann nicht früh genug kommen, denkt er. Die Regenzeit wird bald einsetzen und uns den Rest geben.

„— *aria*", flüstert er.

Monkey legt ihr Ohr an seine Lippen.

Malaria, versteht sie, und Oupi versteht es auch, versteht den Schatten, die Andeutung in ihren Knochen.

Malaria, das Fieber, seine Stimme, der Schüttelfrost, die Halluzinationen, *Tod,* pack besser deine Sachen und fahr nach Hause, ehe das Fieber dich umbringt, Mädchen, das solltest du tun, das wäre das Vernünftige, das Richtige, sagt die Stimme in ihr, also geht sie nach *unten,* und Monkey jagt ihr nach, ruft *Du bist krank! Du bist krank! Komm zurück! Wo willst du hin? Oupi?*

Schönheit ist beständig, die Erinnerung an sie von Dauer, die Erinnerung an Schönes besteht fort, die Gesetze der Natur neigen zur Endlosigkeit, die Gesetze der Natur, der Perspektive, der Proportion neigen dazu, unter den Extremen der Erfahrung eine Symmetrie walten zu lassen, neigen zur Harmonie zwischen Andenken und Relikten. Stell sie auf, sagt sie zu sich — nimm sie heraus und stell sie auf, damit alle zusammen nach Hause zurückkehren können. Sie holt ihre Schätze aus den Verstecken und beginnt, sie um sich her aufzustellen. *Wie schön,* denkt sie. Ihre Knochen glühen wie heißes Metall, und es schmerzt. Wie schön, *ein Stein,* denkt sie. *Eine winzige Muschel.* Sie beginnt zu zittern, und sie haßt diese Kälte, die auf das Fieber folgt. Als sie sich unter der Mangrovenwurzel zusammenrollt, sehnt sie sich nach einer Decke. Neben ihrem Kopf liegen ihre Kiesel, die Haarsträhnen. Da liegt ein Knochen. Dort einige Muscheln, vertrocknete Insekten. Haare, ein Stein, zerbrochenes Porzellan, ein Knopf, Schlackestückchen. Als das Fieber brennt, umklammert sie mit ihrer Faust einen runden Brocken Schlacke, und als sie aufwacht, zwischen dem Wachen und ihrem letzten Schlaf, sieht sie ihn sich an. Sie sieht, daß er schöner ist als alles andere, schöner als alle ihre Schätze, daß es schön ist, wie er aufflammt, wie er glüht. Er ist ihr von allem das Liebste. Mit ihrer Faust hält sie ihn umklammert. Als sie geht, hält sie in ihrer Faust einen Rubinenstein.

‚ROTI,
MAKHAN,
CHINI.
CHOTI BIBI
NINNI.'

Irgend etwas stimmte nicht mit John.

Monkey beobachtete ihn sorgfältig, so sorgfältig wie in jener Nacht, als sie allein mit ihm am Strand war. Sie kannte sein Gesicht, sie kannte seine Haut, die Haltung, in der er sich ausruhte, seinen Zustand; sie wußte, wie er aussah, wenn er bewußtlos und wie, wenn er bei Bewußtsein war oder wenn er nachdachte — sie wußte: *John ist krank*. „Bist du krank?" fragte sie ihn.

Statt zu antworten, schloß er die Augen. Nolly hatte ihm die Augenlider bemalt, das eine blau mit Enzian, das andere grün mit Blütenstaub, und jeweils in der Mitte hatte sie mit etwas Asche ein schwarzes Mal aufgetragen, ein Mal wie eine Pupille. Seine Haut sah gelb aus, besonders sein Hals und seine Hände. Wie immer summten Fliegen um seinen Kopf, aber niemand fächelte sie mehr fort. Monkey hätte es getan, aber Nolly ließ sie nicht in seine Nähe, und Monkey konnte höchstens dann mit ihm reden, wenn sie nicht von Nolly beobachtet wurde. Er antwortete nicht mehr. Seit dem Feuer schliefen nur noch Nolly und Amanda bei ihm — die anderen Mädchen schliefen dort, wo Entfernung und Dunkelheit sie von ihm trennten, während Nolly und Amanda sich das Feuer teilten. Die Häufigkeit ihrer Gespräche hatte sich drastisch verringert. Tagsüber warteten sie auf Befehle von Nolly und Amanda, *tu dies, tu das,* sie hörten, zumindest mit halbem Ohr, auf die von Nolly intonierten Beschwörungen, auf ihre Gebete für John und gaben die entsprechenden Antworten, Geräusche nur, dachte Monkey, aber sie redeten nicht mehr miteinander. Während des Tages war Gaby immer noch sehr geschwätzig, wenn Nolly und Amanda nicht in ihrer Nähe waren — Gaby war die, die mit jedem und allem, besonders mit sich selbst, in zweimal soviel Sprachen redete, wie Nolly und Amanda sie überhaupt beherrschten. Monkey hörte sie reden, während sie nach Eßbarem suchte. Monkey sah sie springen. Gaby sprang. Aber wenn Monkey mit ihr reden, bei ihr bleiben oder mit ihr springen wollte, mit ihr vom *Oont* nach *unten* ging, um Essen zu suchen, sie wie früher begleiten wollte, dann hielt Gaby Abstand, zuckte mit den Schultern, bewahrte ihr Schweigen. Außer Nolly und Amanda verloren sie alle mehr und mehr ihr Interesse an Dingen, die sie nicht direkt betrafen, an Dingen außerhalb ihres Schweigens und ihres Hungers. Nachts hörten Sloan und Sybil, Gaby, Jane und Monkey die Geräusche und sahen die Schatten, die das Feuer warf, das Amanda neben John entfachte und von dem sie ausgeschlossen waren — was Nolly und Amanda mit John machten, wußten sie nicht, aber sie wußten, daß es etwas Verbotenes war, etwas, für das sie keine Worte kannten. Aber sie konnten sehen, daß John krank wurde. Etwas stimmte nicht mit ihm, und sie waren hilflos. Nacht für Nacht verfielen sie einem schweigenden Wachen, versuchten, sich an tröstliche Worte zu erinnern, hörten von Nolly und Amanda unverständliche Geräusche, die sie schon einmal gehört hatten, von Tieren, von Eltern, Geräusche, die sie nicht gerne hörten. Nur Sloan und Sybil schliefen zusammen und umarmten sich. Alle anderen hatten gelernt, sich ihr Nest allein auf dem Sand zu bauen. Sie mußten vor Erschöpfung jede Nacht geschlafen haben, doch jeden Morgen erwachten sie ohne Erinnerung an den Schlaf. Jane war längst zu schwach, um nach Eßbarem suchen zu können, sie war kräftig genug, um nach *unten* zu gehen, aber zu kraftlos, um das Kliff wieder hinaufzuklettern, also hatte Nolly ihr andere Aufgaben zugeteilt: den Sand rund um Johns Sonnendach zu fegen, Federn mit Nadel und Faden auf Schnüre aufzuziehen.

Jane redete nicht mehr. Ihre Lippen waren gesprungen, blaß und mit Blasen übersät, aber Monkey wußte, daß dies nicht der Grund war, weshalb Jane nicht mehr sprach, weshalb sie nicht mehr aß. Ihr Verhungern hatte schon lange vor den Blasen eingesetzt, lange ehe ihr Haar spröde wurde, lange ehe ihre Fingernägel zu bluten begannen. Sie war jetzt leichter als eine Feder, leichter als die Federn, die sie für Nollys Kopfputz auf einen Faden reihte — ihre Schultern waren eckig, genau wie ihre Hüften, ihre Knie; ihr Rücken war hart und sehnig, und worauf sie sich auch setzte, es hinterließ auf ihrem Hintern blaue Flecke. *Iß,* drängte Monkey sie immer. *Hier — sieh, was ich für dich gefunden habe.* In ihrer Verzweiflung, etwas zu entdecken, das Jane vielleicht probierte, ging Monkey jeden Tag weiter hinaus. Sie brachte Beeren — schwarze Beeren ohne Kerne, so süß wie der Zuckerguß auf einem Kuchen, Beeren, die noch niemand vor ihr gefunden hatte. Jane wandte ihr Gesicht ab. Monkey brachte rote Bananen, für die sie in das Blätterdach hatte klettern müssen, und Jane wollte sie nicht. Geduldig, mit unendlicher Geduld hielt Monkey Jane das Essen hin, hielt ihr noch den kleinsten Happen auf ihrem Finger hin und drängte: Iß. Jane belohnte sie jedesmal. Die Kapitulation kam nach vielen Versuchen, aber immer öffnete Jane den Mund, nahm einen Bissen, eine Winzigkeit, ein Körnchen, eine Geringfügigkeit, um das Theater zu beenden, und Monkey begann von vorn. Zusätzlich zu den Aufgaben, die sie für Nolly und Amanda zu erledigen hatte, suchte Monkey zweimal am Tag nach Eßbarem für Jane. Jedesmal drang sie tiefer in den Dschungel vor, doch sie ging ohne böse Befürchtungen. Ihre Suche machte sie wachsam und unerschrocken — wenn sie hoch oben eine Frucht erblickte, dann sah sie nicht die Entfernung, sondern nur die Möglichkeit, Jane zu überreden, vielleicht ihren Widerstand zu brechen. Es mußte etwas geben, hoffte sie, das Janes Gesundheit wiederherstellen würde, irgendeinen magischen Gewürzkuchen der Natur, und da fand sie eines Nachmittags durch Zufall den Baum, der Freude weinte. *Honig,* Perlen von Honig, Troddeln, Quasten, Rosenkränze tropften aus den Rissen der dunklen Borke, glitzerten, reif zum Kosten; das bloße Gewicht des Honigs in ihrer Hand machte sie leicht benommen, und sein Geschmack warf sie wie berauscht zu Boden. Aus einem Bananenblatt formte sie ein Horn, füllte es mit Honig und lief *nach Hause,* aber diesmal weigerte Jane sich, zu probieren. *„Roti“,* lockte Monkey. Sie tauchte ihren Finger in den Honig und hielt ihn Jane hin. *„Roti, makhan“,* schmeichelte Monkey, wiederholte Worte aus ihrer Kindheit und vergaß, daß Jane sie nicht verstehen konnte: *Roti, makhan, chini: choti bibi ninni* — „Brot, Butter, Zucker: Schlaf, Kindchen, schlaf . . .“

Jane aß auch die kleinen Happen nicht mehr.

Tagsüber saß sie meist träge und unbeweglich im Sand, die Beine gespreizt, den Palmbesen in der Hand. Nachts rollte sie sich zu einer formlosen Gestalt zusammen und rührte sich nicht, schien kaum mehr zu atmen. Sie stumpfte ab, wurde matt wie ein Spiegel und verlor ihr inneres Licht, je leichter sie wurde. Jane reagierte immer weniger auf ihre Umgebung, nahm auch nicht wahr, daß Monkey begonnen hatte, sie nachts zu berühren, daß sie ihr die Hand auf den Knöchel legte, wenn sie ihr zu Füßen schlief — sie konnte den Puls in Janes Adern kaum spüren. Tag für Tag suchte Monkey weiter und hoffte, etwas zu finden, das Janes Leben retten, ihr Dahinwelken aufhalten würde. Ohne sich dessen bewußt zu sein, drang sie immer tiefer ins Innere vor, bis zur Mitte der Insel, und eines Tages schritt sie durch einen Vorhang schillernder Blätter und fand sich am Rande eines schlammigen Ufers vor einem glitzernden Strom sonnenbeschienenen Wassers. Sie stand da wie angewurzelt, verstand nicht, glaubte nicht, was sie sah, *Wasser*. Vorsichtig machte sie noch einen Schritt. Vögel — Papageien — andere Vögel als die, die sie am Strand sah, flogen durch das Sonnenlicht, zwischen den Bäumen, über dem Wasser. Der Strom floß zur linken Seite unter Mangrovenbögen hindurch und schien von irgendwoher aus der dunstverhangenen Lichtung zu ihrer Rechten zu kommen. Eine Art Gischt und Dutzende von kleinen Regenbögen breiteten sich über diese Lichtung aus, von wo die Melodie fließenden Wassers an ihr Ohr drang. Wenn ich Jane hierher bringen könnte, wußte sie, wenn ich dies alles nur zu Jane bringen könnte . . . Sie kniete neben dem Fluß und ließ das Wasser um ihre Finger spielen, fühlte erschauernd, wie rasch es strömte, wie klar und kalt es war. Es schmeckte wie ein Hauch vom Himmel, wie die Geschichte und der Sinn ihres Lebens — wie Glück. Sie bespritzte sich das Gesicht. Sie würde Janes Haar waschen können, dachte sie, durch das Wasser würde Jane aufleben und genesen — dann hielt sie abrupt inne, da ihr einfiel, daß sie gar keine Tasse bei sich hatte, oder einen Eimer oder irgendein Gefäß, in dem sie Wasser transportieren konnte. Sie hätte sich mit allem zufriedengegeben — mit einer Flasche oder einem Glas, einer Kelle, einem Kessel, mit allem, selbst einem hohlen Ast, doch sie hatte nur den groben Sack aus Palmenblättern dabei, den sie sich zum Obstsammeln geflochten hatte und auf ihrem Rücken trug. Sie suchte den Boden ab, nach einer Muschel, einem Kürbis, irgend etwas, aus dem das Wasser nicht auslaufen würde, aber sie fand nichts. Sie fand Vertiefungen im Schlamm, seichte Abdrücke, in die Wasser sickerte, Abdrücke überall am Abhang. Sie führten zum Ufer, wurden deutlicher, flacher, erkennbarer, erst der eine, dann der andere, gehend, größer als ihre eigenen, große Schritte, Fußabdrücke eines Menschen.

Monkey besah sich die Fußspuren, die sich am Ufer entlangzogen und im Dschungel verloren. *„Hu!“* rief sie. *„Huhu!“* Ihre Rufe schreckten grüne und rosafarbene Papageien auf, die wie schimmernde Bänder durch die Bäume schossen, doch niemand antwortete. Monkey stand da und lauschte eine Weile, dann wölbte sie ihre Hand über die Augenbrauen, sah nach dem Stand der Sonne und rechnete — wenn sie schnell lief, dachte sie, und wenn sie sich den Weg markierte, konnte sie es, noch ehe die Sonne ihren Höhepunkt am Morgenhimmel überschritten hatte, bis zum Versteck am Strand *da unten* schaffen. Sie konnte mit der leeren Keksdose, die dort unten, das wußte sie, zwischen den Überresten vom Wrack und all den alten Dingen, den Fässern und Spanten lag, noch rechtzeitig hierher zurückkehren. Ohne daran zu denken, wie sie die volle Dose zum *Oont* tragen sollte, machte sie sich auf den Weg, von ihrer Vision, ihrer Liebe angetrieben. Denn es war Liebe, die sie trieb, nichts anderes — und nicht einen Moment lang dachte sie daran, was das Wasser bedeutete, was seine Entdeckung für jede von ihnen bedeutete, für sie alle, dachte bloß an Jane und nicht daran, daß sie diese Entdeckung benutzen konnte, wie Nolly und Amanda ihre Macht über John, über das Feuer benutzten. Sie dachte an nichts, nur an das Wasser für Jane, und daß sie Jane zuliebe das Wasser vor Nolly und Amanda verbergen mußte. Sie lief leicht, ihren Füßen war eine zweite Haut gewachsen, eine dicke, harte Sohle gleich einem Paar Schuhe — und sie markierte den Weg, wie sie es von Gaby gelernt hatte. Jede von ihnen hatte gelernt, Dinge zu tun, die sie nie zuvor getan hatten, Dinge, die sie zu Kreaturen machten, zu Geschöpfen der Wildnis. Auch Monkeys Hände waren rauh geworden — jedesmal, wenn sie Jane berührte, spürte sie, wie rauh sie geworden waren. Sogar ihr Gesicht, ihr Haar, ihre Haut und ihr Körper mußten sich verändert haben, mußten rauher geworden sein, wie von einer zweiten Haut überwachsen, wie in etwas anderes verwandelt, obwohl sie sich kein Bild davon machen, es selbst nicht sehen konnte, nur wußte, wie die anderen aussahen, und begriff, daß sie sich ebenso stark verändert haben mußte — nur wenn sie sich durch jemand anders wahrgenommen sah, verstand sie, wie furchterregend ihr Anblick geworden war.

Die Dose zu tragen, war beschwerlicher, als sie es sich vorgestellt hatte. Sie mußte eine Pause einlegen, um eine Schlinge zu machen, doch dann schlug die Dose gegen ihre Beine; also mußte sie stehen bleiben und sie mit einigen Steinen beschweren, dann wieder war ihr Gewicht so groß, daß sie dadurch langsamer wurde. Es war nachmittags, als sie die letzte Markierung erreichte, kurz vor dem Vorhang, hinter dem sie den Fluß hören konnte. Sie blieb stehen. Was sie hörte, war nicht der Fluß. Was sie hörte, war etwas, das sang. Was sie hörte, war genaugenommen kein Gesang, eher eine Musik, wie sie ein Meeressäugetier macht, eine melancholische Tonskala, ein Klang, der von Unterwassergestaden zurückgeworfen werden soll, ein Klang, der der Sehnsucht nach Orientierung entspringt.

Am anderen Ufer des Flusses stand eine Frau.

Monkey sah sie durch den Blättervorhang.

Monkey setzte ihre Dose ab.

Beobachtete sie.

Die Zeit blieb stehen.

Tausend Veränderungen geschahen mit ihrer Haut, tausend Aufweichungen, eine Schicht wurde abgestoßen, ein Begrüßen erneuerte sich selbst, sie stürzte durch die Blätter in den Schlamm und verkündete *Nmm!,* breitete die Arme aus und rief *Mmb!* Die Frau erstarrte. Monkey sprang aufgeregt in die Luft, *Rhhg!,* sie lief hin und her, fuchtelte mit den Armen, lief auf das Wasser, auf die Frau zu, *Nnm!* Sie konnte es kaum erwarten, zu ihr zu kommen, sie zu berühren, sie zu umarmen; dann merkte sie, daß sie durch Wasser lief, es spritzte, und der Boden senkte sich, das Wasser schoß ihr bis an den Mund, und ihr fiel ein, daß sie nicht schwimmen konnte, sie kehrte um, fiel hin, schluckte Wasser, keuchte, stand auf, wischte sich die Augen und spuckte und sah, daß sie fort war, die Frau, sah, daß Charlotte, wie ein Geist, verschwunden war.

Monkey ging am Ufer entlang, um eine Furt zu

finden, an der sie den Fluß überqueren konnte, aber jedesmal, wenn sie ihn durchwaten wollte, stieg ihr das Wasser bis ans Kinn, und sie verlor den Mut. Nach einer Weile setzte sie sich auf die weithin sichtbare Schlammbank und starrte über den Fluß in den Wald am anderen Ufer.

Sie beobachtet mich, hoffte sie. *Beobachte mich,* bettelte sie. Sie überlegte sich, wie sie die Frau wissen lassen konnte, daß sie Monkey war, auch wenn sie nicht mehr so aussah wie früher, auch wenn sie sich nicht mehr so anhörte, nicht mehr so sprach wie früher, also stand sie auf, hielt ihre Arme über den Kopf und drehte sich rund und rund und rund. *Siehst du?* gestikulierte sie. Einladend breitete sie ihre Arme aus, aber keine ihrer Gesten wurde beantwortet. So setzte sie sich wieder hin und begrub ihre Beine im Schlamm. Monkey wußte, daß es bald dunkel werden würde und daß sie zurück *nach Hause* mußte. Sie spülte die Dose einige Male aus, stand im Fluß und sah immer noch zum anderen Ufer, dann füllte sie die Dose. Sie stellte sie neben sich, bevor sie sich das Wasser auf den Rücken schwang, dann winkte sie.

Nichts geschah, kein Geräusch war zu hören, nichts rührte sich in den Bäumen, nicht der Schatten einer Bewegung in den Blättern, nichts, das ahnen ließ, etwas oder jemand wäre dort drüben. Es war dunkel, als sie sich dem *Oont* bis auf Sichtweite genähert hatte, und nur das Glimmen des Feuers, das Amanda jede Nacht entfachte, unterschied das Land von der umgebenden Nacht. Damit niemand sie sah, kletterte Monkey mühevoll über den steileren Abhang, einen Weg, den sie den *Hintereingang* nannten. Gaby hörte sie trotzdem und stand schon am Rand des Kliffs mit einem Stein in der hocherhobenen Hand, als Monkey oben anlangte, um ihr notfalls den Schädel einzuschlagen. „— *èy,* willst du sterben?" fragte sie, ehe sie ihr half und sie hochzog.

Das meiste Wasser war verschüttet, und in dem, was noch verblieben war, schwammen Blätter, getrocknete Samenkörner und Moskitos, doch das bloße Vorhandensein von Wasser war deshalb nicht weniger wunderbar für sie und seine Ankunft ein Werk der Magie, eine Illusion, ein Phantasma, ein Trugbild. Als Monkey es sich vom Rücken geschnallt hatte, versammelten sie sich auf den Knien um das Wasser — Sloan, Gaby und Sybil. Im Dunkeln konnten sie es riechen — ihr Durst ließ sie es durch ihre Nasen schmecken. Eine nach der anderen tauchten sie ihre Finger ein, wisperten kurze Laute des Vergnügens und wölbten dann ihre Hände und tranken. Obwohl sie ihre Gesichter nicht sehen konnte, spürte Monkey ihre Freude.

„— wir müssen dies *secreto* halten, *clandestino, não falar a* Nolly —"

„— wo hat sie es *gefunden?*"

„— nicht weit von hier", flüsterte Monkey. „Da ist ein Fluß. Vorsichtig — laßt auch noch etwas übrig für —"

„ein *Fluß* — es gibt noch *mehr?*"

"— für *Jane*", fuhr Monkey fort, und alle wurden still.

„Jane ‚schläft'", sagten Sloan und Sybil schließlich. Die Art, wie sie es sagten, machte ihr Angst. Sie nahm die Dose. „Wo ist sie?"

„Sie schläft", wiederholten sie. „Kannst du uns nicht sagen, wo der Fluß *liegt?*"

„— zeigst du ihn uns?"

„— sagst du uns, wie wir dahin kommen?"

Monkey ging von ihnen fort und suchte Jane, doch konnte sie sie in der Dunkelheit nicht finden.

Vom Feuer her hörte sie die Geräusche, die sie

nicht mochte. Sie wollte gerade in seinen Lichtkreis treten, als Gaby zu ihr kam und sagte: „Komm. Wir haben sie versteckt. Wenn sie sie gefunden hätten. Wir hatten Angst."

Gaby führte sie zum größten Felsen und begann, im Sand zu graben.

Monkey setzte die Dose ab.

Das Grab war so flach, daß ein Windstoß sie aufgedeckt hätte.

„Desculpe", sagte Gaby, als sie beide den Körper vom Sand befreiten. „Es tut mit leid . . ."

Monkey stöhnte.

„— heute morgen war sie tot. Als du weggingst. Du bist lange fortgeblieben, meine Kleine. Ich dachte, du wüßtest es."

„Sie *lebte* —"

„*Não, os abutres* — die Geier. Sie kamen. *Sie* wußten es . . ."

Der Sand war noch warm, noch warm von der Sonne, und Janes Körper war noch warm, aber er war steif.

„— *mach schnell*", warnte Gaby. Sie stand auf und flüsterte: „Diese Vögel, ich sage es dir", und dann zog sie sich zurück.

Die Vögel kamen nicht wieder.

Als der Morgen dämmerte, goß Monkey das Wasser über Janes Haar und kämmte es mit ihren Fingern. *Choto bibi,* sagte Monkey. Sie wusch Janes Gesicht. Kleines Kindchen *ninni,* flüsterte sie. Sei lieb. Ich bin da. Ich werde gut auf dich aufpassen. Ich werde bei dir sein, wenn du aufwachst. *Schlaf,* sagte sie. Überlaß die Welt nur mir, sagte sie, und dann, als die Sonne aufging, wehrte sich Jane nicht und ließ sich von dem traurigen braunen Mädchen füttern, langsam, einen nach dem anderen, mit ihren Küssen.

AMEISEN

Geht nach da unten, hatte Monkey gesagt.

Es ist nicht weit, berichtete sie ihnen.

Geht bis zum Versteck der alten Fässer.

Hinter dem größten Faß, dem mit den roten Streifen, seht ihr eine Bananenstaude.

Geht so in den Dschungel, daß ihr die Banane immer direkt in eurem Rücken behaltet.

Geht und zählt bis hundert, dann seht ihr meine erste Markierung unten am Stamm eines hohen Baums.

Ihr erkennt sofort, welcher Baum es ist, denn in dem Baum sitzt ein Papagei.

Dann nach links.

Geradeaus weitergehen und hügelaufwärts halten.

Wenn der Boden abfällt, wenden und immer ganz oben bleiben.

Etwas später findet ihr die zweite Markierung.

Geht geradeaus, aber achtet darauf, daß die Sonne immer links von euch steht.

Dann findet ihr den Baum, der Freude weint.

Daneben ist ein Ameisenhügel.

Hinter dem Ameisenhügel liegt ein Baumstamm quer über einer sumpfigen Stelle.

Auf der anderen Seite nach rechts.

Geht wieder geradeaus, bis ihr an den großen, roten Felsbrocken in der Mitte eines freien Platzes kommt.

Geht nach links.

Danach wird der Dschungel fast undurchdringlich, und ihr braucht nur noch so lange weiterzugehen, bis sich der Dschungelvorhang öffnet.

Dann seht ihr den Fluß.

Aber sie konnten die Sonne nicht immer sehen und wußten nicht, ob sie immer zu ihrer Linken stand, und sie konnten nicht zählen, kannten nur das

Einmalzwei. Sie fanden den Baum nicht, der Freude weint. Aber sie fanden einen Ameisenhügel, und alle Ameisen fanden Sloan. „— sie beißen sie!" schrie Sloan in panischer Angst, beugte sich vor, um sich zu kratzen, so daß Sybil fast kopfüber runterfiel.

„— sie sollte laufen!" schlug Sybil vor, also lief Sloan, und da geschah etwas mit der Erde: Sie gingen zu Boden, zuerst Sloan, dann Sybil, sie versanken im Schlamm, Sybil klammerte sich an eine Mangrovenwurzel, aber etwas zog so heftig an ihren Beinen, daß sie glaubte, sie würden ihr ausgerissen. Sie hielt sich krampfhaft fest und rief nach Sloan, sie solle kommen, sie retten, dann ließ das Ding los, das so heftig gezogen hatte, und eine große Blase stieg neben ihr im Schlamm auf, und Sybil zog sich hoch und raus, weil sie dachte, es wäre ein Krokodil.

Sloan? rief sie.

Nichts rührte sich, aber sie hörte ein Marschieren.

Sie lag mit dem Gesicht zur Erde und beobachtete, wie die Haut des Schlamms sich um eine Libelle zusammenzog, sie heruntersaugte und fraß.

SLOAN! rief sie noch einmal.

Die Blätter zitterten, und der dichte, grüne Dschungel warf das Echo zurück SYBIL! SLOAN UND SYBIL! SLOAN!

— es mußten Millionen sein, es war entsetzlich, wie sie über ihre Hand marschierten. Es war ein Schmerz wie von tausend Nadeln, die man in ihren Knochen herumdrehte. Sie konnte nicht davonlaufen. Sie konnte nicht laufen so wie Sloan, ihre beiden Beine waren gebrochen, sie war gefangen, und die Ameisen waren ein Berg, sie waren auf ihren Augen, ihrem Rücken, in ihren Ohren, ihrer Nase, und als sie Luft holte, atmete sie Ameisen ein und spürte, wie sie ihre Zunge aßen, ihre Kehle, die

Worte, die sie sagen wollte: Sloan-wo-sind-wir-Sloan-sie-glaubt-wir-haben-uns-verirrt-

Sich umzudrehen war ganz leicht. Ein letzter Atemzug, eine halbe Drehung, eine halbe Sache, etwas Unvollständiges, die Hälfte eines Ganzen, und es war vorbei, beide waren verschwunden.

DIE GRUNDREGELN DES FLIEGENS (II)

Tagsüber täuschten sie die anderen beiden, weil sie zweimal so hart arbeiteten, aber sie konnten sie nicht jeden Abend täuschen, nicht, wenn sie die Chiningebete sprachen.

Die Chiningebete wurden bei Sonnenuntergang abgehalten. Wenn der Abendstern aufging, rief Nolly die Zelebranten zum Gebet, indem sie mit einer zerbrochenen Suppenkelle gegen einen eisernen Topf schlug. In der Zeit vor dem Feuer hatten sie sich zur Vorbereitung auf die Nacht jeden Abend bei Sonnenuntergang um John versammelt, als wäre dies so etwas wie ein Trost, ein Zusammenschluß gegen die Angst. Vor dem Feuer hatten sie neben ihm geschlafen, hatten auf den Augenblick gewartet, da er aufwachen würde, hatten sich um jede seiner Bewegungen gekümmert, als hätte sein Atmen einen verborgenen Sinn, als sei das Schlagen seines Herzens etwas anderem zu verdanken als seiner Physiologie. Sie waren in ihn vernarrt. Was er nach ihrer Meinung für sie tun konnte, für ihre Verwandlung und ihre Rettung, lohnte die Mühen der Anbetung. Man läuft vor der Angst davon, aber von der Erleichterung, ihrem Versprechen auf Sorglosigkeit, wird man angezogen — die Macht der Anziehung, die der Liebe und der Anbetung innewohnt, beruht auf gegenseitiger Hilfe. Lieben heißt nicht anbeten — aber anbeten bedeutet, einen Zustand der Unterwerfung zu erreichen, der durch Bedingungen charakterisiert wird, die auch die Bedingungen der Liebe sind. Sie hatten ihn nie geliebt. Sie verlangten von ihm Allwissenheit, eine überlegene Weisheit — sie glaubten an seine Fähigkeit, das geschehene Unrecht wiedergutzumachen, sie glaubten an seine Fähigkeit, ihrer natürlichen Neigung zu Trotz und Aufbegehren zu widerstehen und sie zu führen. Der Zustand der Unterwerfung führt zwangsläufig zur Rebellion, wenn es dem Gegenstand der Verehrung nicht gelingt, den Glauben an seine Allmacht zu wecken. Es gab nichts, was ihnen John als gewöhnlicher Mann bieten konnte. Ihr Glaube an ihn, ihr Nachspüren hatte sie nicht auf einen gewöhnlichen Mann vorbereitet. Vor dem Feuer hatten sie von ihm Führung erwartet, ehrliche Aufklärung über den geheimen Zusammenhalt aller Dinge — aber seit dem Feuer hatte er gezeigt, was er nicht wußte; er hatte abgedankt, ihre Hingabe zunichte gemacht, indem er den Glauben zurückwies, den sie in ihn gesetzt hatten; er hatte sich von ihnen abgewandt, sich zurückgezogen, war zu jemand geworden, dem es an Entschlußkraft mangelte, ein gewöhnlicher Mann, der in seinem Kampf mit dem Tod das Schweigen zuließ. Also kleidete Nolly ihn ein, machte ihn zu etwas Außergewöhnlichem. Außer den Chininritualen gab es das Bemalritual, das Spülen und Waschen, das Pflegen und Schmücken, das Verzieren und Verschönern. Sie wurde zu seiner Hüterin, und Amanda wachte über das Feuer. Jeden Tag schickten sie die anderen nach *unten,* um Brennholz und mehr Lebensmittel für sie und John zu holen. Sie waren durch ihre Pflichten so privilegiert, daß sie nicht merkten, als Oupi von ihnen ging. Jane war für sie wertlos, war in ihren letzten Tagen so träge gewesen, daß sie auch ihre Abwesenheit nicht bemerkten. Dann fehlten die Zwillinge. Danach war das Gleichgewicht auf dem *Oont* anders geworden, jeder Sonnenuntergang verschärfte die Situation, die Aufführung des Rituals rief nach Veränderung, bedeutete eine Chance zur Rebellion.

Sie hatte kaum noch Chinin. Das Ritual des Auflegens der Chinintablette auf Johns Zunge war zum Ritual des Auflegens eines einzigen Krümels geworden, eines Körnchens, das Nolly mit dem Rasiermesser von der letzten Tablette abschnitt. Ihre Beschwörungen waren ebenfalls beschnitten. Sie hatte ihre Worte zurechtgestutzt, genau wie die anderen ihre Antworten. Alles — ihre gesprochenen Worte, ihre Gesten, ihre Bemühungen — war zurechtgestutzt, auf das Einfache, Sinnbildliche reduziert, jeder Augenblick des Rituals war ein Symbol seines eigenen, früheren Selbst geworden, Symbol eines früheren Symbols, wie eine Liebe, die sich noch Liebe nennt, wenn sie schon lieblos geworden ist, wie eine Liebe, die ein Krieg ist.

Nolly mußte ihren Aufstand vorausgeahnt haben, hatte wohl gespürt, daß sie fliehen wollten. Sie wird die Anzeichen in ihrem Verhalten erkannt haben, genau wie Gott die Veränderung Luzifers vor seiner Flucht erkannt haben mußte.

Eines Abends, während der Gebete, hob die eine, die sie nicht mochte, die Schwarze, einen Zipfel des Lakens und sah darunter.

Das Laken war dreckig.

Ohne Wasser überlebten sie mitten in der Art von Dreck, die blutet, überkrustet und stinkt, aber etwas auf dem *Oont* in der Nähe von Johns Sonnendach roch seit einiger Zeit nach Verwesung. „Was *ist?*" flüsterte Gaby, als sie sich eines Nachts aufsetzte. Seit die Zwillinge fort waren, schliefen Monkey und sie nur eine Armlänge weit voneinander entfernt und stahlen sich jeden Morgen vor Tagesanbruch fort, um Eßbares zu suchen. Das Feuer war auch für sie ein Trost — sie fürchteten sich, *da unten,* außerhalb des Umkreises seiner Aura zu schlafen. Sie sprachen davon, es zu stehlen — es zu stehlen und zum Fluß zu bringen, den Monkey entdeckt hatte, und dort zu leben, aber sie fühlten sich durch ihre Treue an John gebunden. Statt zu fliehen, warteten sie darauf, daß irgend etwas geschah. Sie sprachen es nicht aus, wußten aber, daß sie auf einen weiteren Tod warteten, den Tod von Nolly oder Amanda.

Dann hob Monkey eines Abends während der Gebete den Zipfel des Lakens, das Johns Beine verbarg, und sah, was Nolly und Amanda mit ihm gemacht hatten. Gaby sah es auch und übergab sich sofort.

Nolly tat, als sei nichts geschehen. Sie verhielt sich, als ob nichts gesehen oder getan worden wäre, das ihr Ritual *Habe Erbarmen mit uns,* das sie gerade angestimmt hatte, unterbrechen könnte. Sie legte einen Krümel der Chinintablette auf Johns Zunge und sagte: „Erhebe unsere Herzen."

Wir erheben sie, antwortete Amanda ganz allein.

„Lasset uns danksagen . . ."

Nur Nolly und Amanda beteten.

Nacht für Nacht hatten sie ihn um ein wenig Haut gestutzt, hatten winzige Stückchen von seinen Beinen, seinem Fleisch gegessen, hatten die Blutung mit einem glühenden Stück Holz gestillt, das er nicht fühlen konnte, aber ihm das Fleisch verkohlte und ihn verrotten ließ.

An diesem Abend warteten Monkey und Gaby, bis Nolly den Segen sprach, dann zogen sie sich zurück und saßen zusammen, bis es dunkel wurde.

Es war Vollmond.

Fledermäuse segelten wie Drachen über sein Gesicht, flogen über einen gelben Mond.

Bald sahen sie die Funken fliegen, als Amanda das Feuer entfachte.

„— wir sollten gehen", drängte Monkey.

„Wir sollten *warten* . . ."

„Ich kenne einen Ort, an dem wir uns bis zum Morgen verstecken können."

„— *ich* auch."

„— warum sollen wir dann warten?"

„— damit sie uns nicht verfolgen."

„— können wir nicht ganz leise schleichen?"

„Wenn sie fertig sind. Wenn sie schlafen. Nachdem sie —"

Sie schlossen die Augen und hielten sich die Ohren zu.

Als der Mond sich silbern färbte, die Nacht ruhiger wurde und die Glut verglomm, kletterten Monkey und Gaby über den Rand des Kliffs, sie gingen nach *unten*.

Ein silberner Weg lag auf dem Wasser — weiße Muscheln säumten den Strand wie blaue Papierlaternen.

Sie hielten sich an den Rand des Dschungels — gingen und blieben stehen. Immer wieder sahen sie zurück.

Sie hatten Angst vor dem nächtlichen Dschungel, aber der Strand war zu hell, und sie durften nicht im Blickfeld vom *Oont* bleiben.

Sie gingen zu einem Ort, den Gaby kannte, einem Platz nicht zu weit vom Ufer, und als sie die Stelle erreichten, an der die Fässer und die Reste des Wracks aufbewahrt wurden, wollte Monkey etwas sagen, aber Gaby befahl ihr zu schweigen. Der Boden war mit zerfetztem Plunder, Seilknäueln und zersplitterten Spanten übersät, aber hinter dem Faß mit dem roten Streifen hörten sie ein Geräusch, etwas schwang in seinem Scharnier, ein Geräusch, als bewegte sich etwas in einem metallischen Gelenk hin und her, der Kessel, und dann flammten zwei Fackeln auf, und mit Federn im Haar und bemaltem Gesicht hielt Nolly in ihrer freien Hand einen Dreizack und Amanda einen Speer.

Gaby rannte und zog Monkey hinter sich her. „— Fliege! — Renne!" schrie sie.

Sie liefen zusammen, Seite an Seite, den Strand entlang, liefen, wie sie einst schon einmal gelaufen waren, und auch diesmal wollte Monkey, daß Gaby die erste sei, sie fühlte, daß sie Gaby aufhielt, Gaby war schneller, aber um Monkeys willen hielt sie sich zurück, also scherte Monkey aus und rief: „Lauf! Flieg!", und sprintete auf den Dschungel zu, aber Gaby wollte sie nicht allein lassen und schlug einen Haken, und beide brachen in den Wald, durch das dunkle Farn und das schwarze Efeu, nur Sekunden, bevor die anderen beiden mit ihren Fackeln kamen. Monkey wußte, daß der Dschungel nicht brennen würde. Sie fühlte sich darin sicher, solange sie sich verstecken konnte, also verkroch sie sich in einem Farngebüsch neben einem Baum mit Eselsfeigen. Sie hatte zuviel Angst, um weiterzulaufen, fürchtete die Nacht und den Dschungel, fürchtete das Alleinsein, ohne Gaby.

Gaby lief und lief.

Die Art, wie Gaby lief, hatte nichts Ruhiges an sich — mit Armen und Beinen griff sie den Dschungel an, griff ihn an wie ein Schwimmer das Wasser, und ständig schimpfte sie. Sie beschimpfte *Deus, João* und Großvater, Taubenscheiße und Schiffe, sie beschimpfte Monkey. Sie beschimpfte König Momo und König George. Sie schimpfte über den Dschungel. Sie machte ein großes, wild flatterndes, schimpfendes, krachendes Geräusch und ging dann plötzlich in die Hocke und war totenstill, so wie sie es bei winzigen Vögeln beobachtet hatte, die die Verwirrung nutzten, um Raubvögeln zu entkommen, Vögel, die die überraschende Stille zu ihrer Tarnung nutzten.

Lautlos wie eine Wolke zog sie durch den Dschungel. An einigen Stellen fiel das Mondlicht durch die Blätter und erhellte die Nacht mit gespenstischen Schatten. Sie suchte nach ihrem Baum, dem größten Baum im ganzen Dschungel, dem größten Baum im Umkreis, eine uralte, riesige Kiefer, von der aus sie, wenn sie hinaufkletterte, hoffentlich ein Schiff vorbeifahren sehen und ihm ein Signal geben konnte. Geschickt schlich sie weiter und unterdrückte den Wunsch, Monkeys Namen zu flüstern oder zu pfeifen. Sie fand die Kiefer mitten auf einer Waldschneise, und blitzschnell war sie den halben Baum hinauf. Sie war noch nie höher geklettert als bis zu dem Ast, auf dem sie saß, aber sie kannte ihn sehr gut, und sie saß bequem. Morgen würde sie nach Monkey suchen und das Feuer stehlen. Sie träumte, sie würde das Feuer stehlen, mußte es geträumt haben, träumte immer noch, denn sie konnte die Flammen sehen, sah, wie der Baum brannte, roch das brennende Holz. Sie hatte noch nie einen brennenden Baum gesehen, noch nie die Säule, zu der er dann wird, noch nie das Feuer, das hochläuft, das von Ast zu Ast springt, hoch, hoch, als wollte es fliegen. Das Feuer kam von unten, von ihrem Ausguck über der Erde konnte sie Nolly und Amanda sehen, kleine Menschen. Sie kletterte. Die Zweige waren so dünn, sie fühlten sich wie Bambusrohre an, wie Drachenstreben, und sie wußte, sie stand in einem riesigen Drachen. Über ihr flogen Fledermäuse vor dem Mond, als wären es Drachen. Ein plötzlicher, großer, heißer Atem explodierte unter ihr, blies hoch und hoch, und Gabriella de Castro Ortíz breitete die Arme aus und flog.

Lieben heißt akzeptieren, daß man den Tod eines anderen vor dem eigenen Tod sterben kann.

Als sie eines Morgens auf der Erde liegend aufwacht, ist Charlotte von dem heftigen Licht überrascht, ein so heftiges Licht, daß es ihr zuwider ist, daß es ihre Augen mit brennenden Tränen füllt. *Lieber Gott. Dies ist Sehen,* erinnert sie sich.

Als sie das Licht ertragen kann, entdeckt sie, daß sie sich auf einer schattigen Lichtung neben einem Wasserfall befindet, der ungefähr ihre Größe hat. Alles ist kleiner, als sie es sich während ihres Blindseins vorgestellt hatte. Als sie blind war, glaubte sie, der Wasserfall müsse die Größe eines Gletschers haben, müsse so groß wie die Viktoria-Fälle sein, so mächtig. Als sie blind war, war sein Geräusch ein Brüllen gewesen, beständig wie ein brennender Hochofen, und durch seinen Klang orientierte sie sich. Jetzt floß das Wasser nur mit der Wildheit eines kleineren Mühlenbaches, nicht mehr, nicht weniger. Auch die Vögel hatten größer geklungen, sie hatte sie über ihrem Kopf gehört, hatte gedacht, sie wollten über sie herfallen, aber jetzt kann sie sie sehen, kleine, harmlose Dingerchen von unerhörter Zartheit und Schönheit in den leuchtendsten Farben, während sie sich immer vorgestellt hatte, sie wären groß und grau oder schwarz. Auch die Blumen, selbst Dinge, die sie berührt, in ihrer Hand gehalten hatte, sind jetzt, während sie sie betrachtet, kleiner als damals, als sie sich nach ihrem Gefühl ein Bild von ihnen machen mußte. Auch der Fluß ist nur ein schmales Band, dabei hatte sie einen großen See erwartet.

Die ganze Welt scheint ihr kleiner, diese neue Welt, als wäre ihr Geist während der Blindheit zu einer lang vergangenen, erinnerten Relation zurückgekehrt, zu einer früheren Proportion, zur Relation einer kindlichen Selbsteinschätzung, zur Beziehung eines jungen Mädchens zu einer ungeheuren Welt.

Die Strecke, die sie gegangen ist, muß wirklich nur sehr gering gewesen sein, überlegt sie nun.

Sie ist neugierig auf sich selbst.

Ihre Hände, sieht sie, sind mit einem Flechtwerk von Schnitten und Narben bedeckt, wie auch ihre Handgelenke und die Arme, denn die hat sie, als sie blind war, zur ersten Verteidigung gebraucht, hat mit ihnen gesehen, sich mit ihnen geschützt, ist auf ihnen gelaufen.

Sonnenbrand und ein Ausschlag haben ihre Haut leuchtend rot gefärbt, und es überrascht sie, daß sie nackt ist. Sie hatte sich immer vorgestellt, sie wäre bekleidet.

Ihr Haar ist weiß.

Sie sieht es von ihrem Kopf herunterhängen und schreckt ängstlich zusammen, weil sie glaubt, ein Spinnennetz umhülle sie.

Sie versucht die Beeren wiederzufinden, die sie gegessen hat, doch sie muß die Augen schließen, um sie aufzuspüren. Sie versucht die kleinen Schlammfische zu finden, von denen sie sich ernährt hat, und voller Abscheu sieht sie zu, wie ihre erfahrenen Hände unter den Steinen im Flußbett Larven hervorholen.

Nichts ist so, wie sie es geträumt hatte. In ihrer Vorstellung hatte sie sich eine andere Landschaft geschaffen — diese hier scheint ihr irgendwie weniger wirklich, eine Geographie in Miniaturausgabe. Sie muß die Augen schließen, um sich zu erinnern, woher sie kam. Von *da drüben,* denkt sie, und stellt fest, daß sie den Fluß hinunter sieht. Sie erinnert sich, daß sie dem Fluß folgte, fort von all dem Donner, daß sie sich den Fluß entlang auf etwas zuschleppte, von dem sie hoffte, es möge eine Stille sein. Geräusche waren ein ständiger Schrecken gewesen.

Jetzt, findet sie, sind sogar die Geräusche kleiner geworden. Die Geräusche sind klein und winzig und weit entfernt. Der Fluß scheint nur ein Flüstern, nur ein Gemurmel zu sein, und die Stille läßt sie bald fühlen, daß sie allein ist. Als sie blind war, hatte sie gerufen, damit andere sie entdecken konnten. Jetzt sieht sie, daß es keine anderen gibt, und ihre Angst, die Angst, daß sie unsichtbar wäre, daß sie ungesehen von Ort zu Ort wanderte, daß sie ausgesetzt sein würde, mit allen ihren Sinnen, nur eben blind, verdammt zu einem geisterhaften Dasein, war ein Konstrukt ihres Verstandes gewesen, ein Geschöpf ihrer Einbildung, eine Zuversichtlichkeit unter dem Deckmantel der Angst.

Ihre Augen sagen ihr jetzt, daß sie allein ist. Doch ihr Gedächtnis weiß noch, daß es andere gegeben hat, andere, die sie gehört hat, andere, über die sie gestolpert ist. *Nein. Nicht daran denken* — und jetzt fühlt sie die Gegenwart eines anderen, als sie stehenbleibt, um sich am Fluß umzusehen.

Es ist ein Kind.

Es liegt auf der Seite, zusammengerollt im Schlamm, sein langes Haar ist mit Schlamm verklebt, seine Haut hat die Farbe des Schlamms, da schläft ein Kind vor ihr, und es weint in seinem Schlaf, und es zittert.

Sie kniet sich neben das Kind, streift ihm das Haar aus dem Gesicht, und in dem Augenblick erwacht das Kind. Monkey weicht zurück, auf Händen und Füßen, wie eine Krabbe, über den Schlamm, und aus der Distanz heraus starrt sie Charlotte an. Charlotte entblößt ihre Zähne. Charlotte glaubt, sie lächele, sie weiß nicht, daß ihre Zähne und ihr Mund rot von den Beeren sind, die sie gegessen hat, und Monkey schaudert vor dem Anblick dessen zurück, was sie für Blut hält. Charlotte streckt ihre Hand aus und sagt: *Nun, nun. Was ist denn das? Ich will dir doch nicht weh tun. Warum weinst du denn?*

Als sie Charlottes Stimme hört, kriecht Monkey auf sie zu, legt den Kopf auf Charlottes Füße und weint, und Charlotte tröstet sie, klopft ihr leicht auf den Rücken und hebt sie hoch, nimmt sie in ihre Arme, drückt sie an ihre Brust.

Ich hätte nie gedacht, ich würde noch einmal einen anderen Menschen *sehen,* will Charlotte sagen, aber Monkey schluchzt *wir . . . müssen . . .*

Brauchst nicht zu sprechen, sagt sie.

„— müssen versuchen, ihm zu helfen . . ."

Charlotte wischt ihr die Tränen ab und versucht das Haar zu bändigen, damit es ihr nicht ständig ins Gesicht fällt.

Ihm? fragt sie.

„Versuchen zu helfen", erklärt Monkey.

„John", fügt sie hinzu.

„John", sagt sie wieder. „John, John, John . . . der Kapitän . . ."

Mit den Fäusten schlägt sie auf Charlotte ein.

John? fragt Charlotte. *John lebt noch?*

„— ja!"

— lebt noch?

„— ja!"

Charlotte erinnert sich an eine Zeit, sie weiß nicht, wie lange es schon her ist, noch ehe sie den Fluß fand, an eine Zeit, als sie nahe beim Donner nach den anderen suchte.

„Lebt noch —?" fragt sie wieder.

„— ja!"

Mein John?

„— der Kapitän, ja . . .!"

Oh, du mußt mich zu ihm bringen! Wo ist er! O wunderbare, o erstaunliche Notwendigkeit, erinnert sie sich, als Monkey sie durch den Dschungel führt *Meine Liebe wiederzusehen! O wunderbare, großartige Fügung.* Monkey sagt nichts, zeigt ihr nur den Weg, und die Welt um sie her wirkt so neu, wie sie sicherlich am Tag ihrer Erschaffung gewirkt haben muß. *John,* wundert sie sich, *John und die ganze Welt, wie sie vorher war —*

Als sie sich dem Strand nähern, sagt ihr Monkey, daß sie sich verstecken müssen, und sie hält Charlotte zurück und zeigt hinauf zum *Oont,* während Charlotte erstaunt auf das Meer blickt. *All dies sieht so vertraut aus,* denkt sie. *Hier sind wir gelandet,* erinnert sie sich. *Hier war es, wo die Schildkröten —*

„Ist das unsers?" fragt sie Monkey und zeigt auf den Rauch über dem Kliff. „Ist das unser Signal —?"

Monkey zieht Charlotte an der Hand.

„Geh nicht —" warnt sie, aber Charlotte läuft bereits.

Monkey jagt hinterher.

Als sie zum Aschehaufen auf dem Strand kommen, bleibt Charlotte stehen und sieht die vielen Knochen.

Sie setzt ihren Fuß in den Kreis, der rundherum in den Sand gezeichnet wurde.

„— nicht überschreiten!" ruft Monkey, die immer noch versucht, sie zurückzuziehen, und fürchtet, die anderen zwei könnten sie gesehen haben.

„— aber was *ist* das?" fragt Charlotte.

„— was übriggeblieben ist. Das Grab. Das ist übrig. Wir dürfen nicht näher heran."

„Das ist doch kein Grab", erklärt Charlotte. Sie stupst Monkey auf die Nase. „Das ist nur Aas, das Tiere übriggelassen haben, hab keine Angst. Hat niemand dir erzählt, daß . . .? Hat Fitz — nicht? Matlock? John? Nun komm schon —!" Sie faßt nach

Monkeys Hand, beugt sich zu ihr vor und lächelt ihr blutiges Lächeln. „Warum bist du so traurig an so einem glücklichen Tag?"

Monkey bricht das Herz, sie kann es spüren in ihrer Brust, wie es bricht, und plötzlich will sie nicht, daß Charlotte etwas erfährt, will auch nicht, daß Charlotte entdeckt, was aus Nolly und Amanda geworden ist, was sie John angetan haben und was der Rauch dort oben, das Feuer auf dem *Oont* am hellichten Tag bedeutet.

„— geh nicht", flüstert sie.

„Gehen?"

„— nach oben. — bitte. — geh nicht. — es ist zu spät."

Der Rauch sah wie eine Wolke aus, erinnert sich Monkey — rein und weiß. Wenn sie an jenen Tag denkt, dann sieht sie ihn von oben, als wäre sie der Rauch, sie sieht, wie Charlotte sie an die Hand nimmt und wie ihr Herz sich dadurch wieder ganz fühlte, als wäre es immer noch möglich, so etwas wie Liebe zu empfinden. Sie sieht sie immer von oben, und sie und Charlotte sehen so klein aus, wie winzige Menschen, die an einem Strand auftauchen — zwei winzige Menschen, die Sonne in ihrem Rücken, nackte Gestalten, ein Kind und eine Frau, machen sich auf den Weg über den Sand zum Rauch auf dem Hügel, und sie gehen, und sie gehen, und Monkey sieht, und weigert sich zu sehen, was als nächstes geschieht: Sie gehen und sie gehen und sie gehen und sie gehen und sie gehen, so glaubt sie.